光文社文庫

闇先案内人（下）

大沢在《あり》昌《まさ》

光　文　社

目次

闇先案内人（下）　5

解説　宍戸《ししど》健司《けんじ》　380

闇先案内人（下）

18

十七時五十四分に新大阪を発車する「のぞみ」に乗ると、河内山《こうちやま》は連絡をしてきた。同じ列車は十八時十分に京都を発車する。東京着は二十時二十四分だ。

「わたしもいくわ。東京で後任にあなたたちを預けるまで、わたしの任務は終わったとはいえない」

京都駅へと向かう車中で咲村《さきむら》がいった。明らかに大出《おおいで》を意識した言葉だった。咲村はこの先何があろうと、葛原《くずはら》のそばを離れないと決心している。しかしその決心を大出は知らない。

知っているのは、葛原と土田だけだ。

「俺はもうこれ以上、ついていけん。課長の指示を仰ぐ」

「どうぞ」

咲村は冷ややかにいった。その横顔を見やり、大出は何かをいおうとするように息を吸った。が、でてきたのは言葉ではなく、ため息だった。

「無茶はしない方がいい」

葛原はいった。

「無茶じゃない。ただ仕事をするだけよ」

咲村はいい返した。

「ちょっと待てよ。じゃあまるで俺が仕事を途中で放棄するといってるようじゃないか」

大出の表情が変わった。咲村は大出にゆっくりと目を向けた。

「あなたの仕事はわたしの監視でしょう。わたしが土田さんのエスじゃないと確認した時点で完了している」

「俺はそんなことは認めちゃいない」

「待った――」

いいかけた葛原を目で制し、咲村は大出にいった。

「あなたとわたしとでは、警察官という職業に対する考え方がちがう。今回の任務はあなたにとって、昇進のチャンスだったていどでしょうけれど、わたしにとってはまったく別のものなの」

「何なんだ、じゃあ」

大出は鼻白んだように訊ねた。

「警官をこの先もつづけていくかどうか……、いいえ、わたしがわたしでいられるかどうかが試される任務なの」

「何をいってるんだ。それこそ私情をもちこみすぎだ」

「課長に報告したければ報告して。とにかく任務の領域について、わたしとあなたとでは考え方がちがう。わたしは、この二名が無事東京に到着し、東京サイドの護衛が着任するまでは行動を共にします」

「課長が止めたらどうする？」

「河内山警視正に判断を求めます」

「府警にいられなくなるぞ」

「そのときはそのときよ」

大出は呆然としたように咲村を見つめていた。首をふり、いった。

「何をいってるんだ……」

その手が上着の携帯電話にのびるのを見て、葛原はいった。

「我々が東京に向かうことは、今晩中は上司に報告しないでもらいたい」

「何だと?!　あんたまで何をいってるんだ」

大出は目をみひらいた。

「知っている筈だ。大阪府警にも在団のアンテナは達している」

「馬鹿いうな。俺をクビにしたいのか」

大出はとりあえないというように吐きだした。葛原は大出と咲村を見やった。

「俺たちはあんたたちを四条通りで置き去りにしたことにする。あんたの仕事はあくまでも護衛だったのだろう。ならばその対象者に逃げられても、責任はそう重くない」

「無理だ、そんな」

「皆んなの命がかかっているのよ！」

咲村が叫んだ。

「あなたは上司に報告すれば点数をそれで落とさないですむかもしれない。けれどその結果、在団特務や安全部が東京に追ってきたら、すべてあなたの責任だわ」

「馬鹿をいうな」

大出の顔は蒼白だった。

「馬鹿じゃない、事実だわ。あなたはどっちをとるの。課長の覚えと、人の命と――」

咲村は大出をにらみつけた。

「こじつけだ」

大出はつぶやいた。

「こじつけかもしれないが、事実はそれに近い」

葛原はいった。

「こういう立場に追いこまれたあんたには同情する。だが、俺たちは仕事をつづけなければならない。最良の方法は、あんたが俺たちに置いてけぼりにされることなんだ」

大出は目を閉じた。

「——じき着きます、駅に」

無言だった北見が口を開いた。正面に京都駅の建物が見えていた。

大出が目を開いた。何ごとかを決心した表情になっていた。

「わかった。俺も東京までいく。課長への報告は明日おこなう。それでいいだろう」

咲村は無言だった。北見が驚いたように葛原を見た。

「どうなんだ」

「わかった」

葛原は答えた。


新幹線「のぞみ」で葛原らと合流した河内山は、葛原と二人きりで話すことを望んだ。大出が車掌と交渉し、グリーン車にはさまれた車掌室を短時間借りた。

狭い車掌室で、葛原と河内山は向かいあった。

「メッセージの意味を教えて下さい」

河内山はいった。河内山はひとりだった。大阪に向かうにあたって、誰も帯同してこなかったのだ。そのことに葛原は驚きを感じた。

「その前に。あんたはあの国に関してどのていど情報を把握している？」

葛原は訊ねた。

「警視庁、警察庁を通じて、担当はしていました」

河内山は答えた。

「では訊く。国家安全部は既に、林忠一の暗殺を決定している可能性が高い。にもかかわらず、林が本国に戻るという理由は何だ」

河内山は葛原を見つめた。

「殺されるとわかっているなら、林は本国へは戻らず、亡命する道もある。それをしないとあんたは確信しているように見える」

河内山は小さく頷いた。

「そうです。林忠一は本国に戻ります。なぜなら、林剛哲の跡を、忠一と煥のどちらが継ぐのかは剛哲の決定に委ねられている。ところが既に、林煥は国家安全部を掌握しているのです。林剛哲が握っているのは、国家人民軍、即ち軍部です。軍部を握っている林剛哲に対し、林煥はまだ逆らうことはできません。ただし老齢と持病の悪化で、林剛哲の余命はそう長くはない。今の状況では、林剛哲の死後、林煥が権力を継ぐことはまちがいないでしょう」

「ならば尚更、林忠一が本国に戻るのは死にに帰るようなものだ」

「三日後に予定されているのは、林剛哲の八十七回目の生誕祭です。これはあくまでも噂ですが、林剛哲はその席上で国家人民軍の総指揮官を退くと発表するのではないかといわれています。もちろん、そのときはただ退くだけではなく、次の総指揮官の指名もおこなうでしょう。しかしそれが林煥であるとは断言できません」

「親子がうまくいっていないのか」

「林煥は、若い頃の林剛哲にそっくりだといわれています。跡を継げば、これまで以上に独裁色の強い国家体制を築こうとするでしょう。一方で林忠一は、大使として外交官経験をもっています。ほとんど国外にでたことのない林煥とちがい、柔軟な思考をもっている可能性があります。もっともそのことが、林煥に敵視される理由になっていますが……」

葛原はぐっと奥歯をかみしめた。

「メッセージの意味を」

河内山が促した。

「林忠一を処分したい安全部にとって、日本国内での暗殺に失敗しても、本国に帰ってからスパイ容疑を固めればいい。しかし仮にも後継者候補をただスパイであるとは決めつけられないだろう。密かに日本へ入出国したという証拠が必要だ。ここまできてわかったのは、成滝《なるたき》はデコイを動かしていない。林忠一にそっくりな人間を作り、それを動かせば京都のセーフハウスに安全部と在団特務をひきつけておくことが可能であるにもかかわらず、それをしていない。俺は最初それを、成滝のプライドかと思った。アメリカに頭を下げて協力を求めるのは、奴のプライドが許さないのではないか、と。

だがちがった。あんたの話を聞いてわかった」

河内山は頷いた。

「影武者を使えば、その影武者の写真がスパイ容疑を裏付ける証拠になってしまう」

「そうだ。だがもうひとつ、たとえ林忠一の身柄や写真をおさえられず本国に帰してしまっても、林忠一のスパイ容疑を立証できる証拠がある」

「何です？」

「成滝だ。成滝を捕えて、本国に連れていき、証言させる」

河内山は息を吸いこんだ。

「それで工作員を排除しろ、と……」

「林忠一の身柄をおさえることに失敗しても、安全部は成滝を追う。その生誕祭に間にあわなくても成滝を捕え、本国に連れてくれば、カードとして使える」

「しかしプロの成滝がそう簡単につかまりますか」

「つかまりそうになれば、成滝は自殺するかもしれない。もちろん林忠一を無事、出国させたあとの話だが」

河内山は考えていた。

「――安全部の工作員を排除することは、我々が林忠一の側面援護をおこなっていると知らせる意味がある、と？」

「そうだ」

河内山は不意に車掌室の壁に頭を預け天井を見上げた。ふうっと重い息を吐いた。

「我が国は……それに関与はできません」

「何だと。関与しているじゃないか、今でも充分に」

河内山の表情が虚ろになっていた。

「私がいっているのは、公式の見解です。林忠一がたとえ林剛哲の密使であるとしても、日本国政府は決して公けには、彼を保護したことを認められません」

「いっていることがわからない」

ぐったりと首を傾け、河内山は葛原を見た。濃い疲労感の淀んだ顔だった。何かをいいかけ、口をつぐんだ。再び目に強い光が戻った。

「とにかく、そういうことです。京都に展開している国家安全部の工作員に対しては、何らかの犯罪容疑事実が実証されない限り、警察はいっさい手をだしません」

葛原は河内山の目を見返した。目の前の男の考えていることがわからなかった。河内山はいったい葛原たちに何をやらせようとしているのか。

河内山は瞬きし、いった。

「大阪府警のあの二人はなぜあなた方といっしょにいるのです?」

「志願したのさ。警視庁の護衛が俺たちにつくまではいっしょにいると」

河内山の目は醒めていた。

「警視庁からは護衛の人間はでません。今回の作戦にこれ以上の人員を割くことは、もう認められないでしょう」

その言葉の意味を葛原はかみしめた。

「——あんたは見捨てられたということか」

河内山は曖昧な笑みを浮かべた。

「さあ……。見捨てられているかどうかは、何かが起こってみなければわかりません」

河内山と別れ、普通車の席に戻った葛原は大出と咲村の顔を見比べた。

「東京からあんたたちの後任はでないそうだ」

大出は唖然とした表情になった。

「どういうことだ……」

「さあ。河内山はそういっている」

「じゃあ、わたしたちの任務は続行ね」

咲村の方は平然としていた。

「越権行為だぞ、そんなことをすれば」

大出があわてたようにいった。

「じゃあどうするの。この人たちを放っておくの？」

大出は黙った。上司に、という言葉を口にしたいのをこらえているように見える。それを冷ややかに見やり、咲村が訊ねた。

「なぜ東京なの」

「勘だ」

短く葛原はいった。河内山にも同じことを告げていた。河内山はもはや、葛原らの任務の成功をあまり信じていないように見えた。河内山に対し、その属している組織から重圧が加わり始めている。その結果、圧力をはね返すのが精一杯という印象だ。

「もうちょっと詳しく聞きたいわね」

といってから、咲村は普通車の車内を見回した。六割方の座席が埋まっている。

「向こうに着いてから聞くことにするわ」

葛原は頷いた。

「のぞみ」が東京駅に到着すると、四人は八重洲の地下駐車場へと向かった。河内山はその後、葛原に車内では接触してこようとはしなかった。

地下駐車場に止めておいたワゴン車に四人は乗りこんだ。通常の移動に使っているもので、ナンバープレートも偽造ではない。

「何だかほっとするな、東京に戻ってくると。さて、どこへいきます？」

ハンドルに手をおき、北見が訊ねた。グループが使っている〝客〟用の住宅に咲村と大出を連れていくことは論外だった。

「恵比寿だ」

「了解」

葛原はいった。土田の娘のアパートの住所を、葛原は河内山から入手していた。

北見はいって、ワゴンをスタートさせた。咲村が訊ねた。

「なぜ東京なの」

「消去法だ。大阪府警の情報は、在団と成滝の両方に流れている。成滝はそれを見こして、中継基地すらデコイにした。土田をそこにおいたのは、我々があそこを発見しなくても、いずれ府警が見つけるとわかっていたからだ。成滝は警察の介入を当初から予想していたが、使い走りの豊川が殺されたことで利用しようと考えたのだろう。府警内部で情報が錯綜すれば、当然在団もそれに踊らされる。京都のセーフハウスを安全部が監視していたのも、林サイドから会見候補地を京都にしてはという提案があったからだと俺は考える。アメリカ側の人間が京都に向かう。その情報はたぶんどこからか在団にリークされたのだろう。安全部は大挙して京都に乗りこむ。京都、大阪に在団、安全部の目は惹きつけられる」

「じゃあ神戸はどうだ。大阪、京都に追っ手を寄せておいて、別の大都市を選ぶとすりゃ、神戸がある。それに名古屋も」

大出がいった。

「時間稼ぎが短すぎる。京都のセーフハウスをデコイに使った作戦は長つづきしない。せいぜい半日かそこらだ。稼げる時間は距離と反比例させなければならない。短時間で移動できてしまう場所にいては、時間稼ぎをした意味がない」

「しかし葛原さん、東京は成滝にとってはフランチャイズ外じゃないですか」

北見がいった。ワゴン車は、ＪＲの高架をくぐり、日比谷通りを左折した。

「そうだ。だから成滝を追う側は、誰もがフランチャイズである関西を考える。だが俺たちだって、東京を一歩もでないで仕事をすることがあるかい。俺たちの仕事は移動だ。どこかに隠れることじゃない。成滝が大阪で商売をしているからといって、大阪周辺にしか明るくないと考えるのは、考えちがいかもしれない」

「それは、そうですけど……」

「いずれにせよ、俺たちが恵比寿にいけば、俺の勘が当たっているかどうかがわかる」

葛原の言葉に北見は訝しげな表情を浮かべたが、何もいわなかった。

土田典子が住んでいるのは、恵比寿西一丁目だった。住居表示こそ恵比寿だが、むしろ代官山に近い。その番地を捜してつき当たったのは、旧山手通りに面した高級マンションだった。

「アパートっていってましたよね」

北見が驚いたようにいった。確かに名前は「アパートメント東代官山」である。だがオートロック機構を備え、建物の造りもがっしりとしている。

「月三十万以下じゃ借りられませんよ、こんなマンション」

「ああ」

マンションには地下駐車場も付属していた。その入口近くに北見は車を止めた。内部に駐車されているのは、メルセデスやBMWといった高級外車ばかりだった。

「土田の娘はいくつだった?」

葛原は咲村に訊ねた。

「三十だと聞いたけど……」

「夜のバイトでもしているのかな。美容師の給料だけじゃ無理でしょう。それとも――」

いいかけ、北見は葛原を見た。

「その可能性を今から確かめる」

河内山から得た所轄警察署刑事の調査結果では、土田典子は、フリーのヘアーメイクアーティストという触れこみになっていた。美容院に勤めるのではなく、ショウや撮影用の髪や化粧を作る仕事だ。ひとり暮らしで、夜遅くなったり、何日か家を空けることも多いという。

葛原は咲村を見た。

「いっしょにきてくれ」

咲村は無言で頷いた。二人はワゴン車を降り、マンションの玄関につながる階段を登った。

成滝グループが、林の変装用に顔師を連れ歩いているとして、それが土田典子であるなら、当然この時刻に自室にいる筈はない。したがって葛原の目的は土田典子に会うことではなかった。

階段をあがると、テレビカメラのとりつけられたインターホンに歩みよった。部屋番号と呼びだしボタンを押す。

チャイムの鳴る音がわずかの間をおいてインターホンから聞こえた。

葛原と咲村は待った。ロビーには管理人室もあったが、夜間であるせいか窓にはカーテンが降りている。

返事はかえってこなかった。

「いないようね」

咲村が緊張の解けた声でいった。

「ああ」

葛原は答え、テレビカメラを見上げた。

「いくか」

いって、踵を返した。ワゴン車に戻った。

「どうでした」

「いなかった」

北見がほっとため息をついた。

「さあて、ふりだしか」

「手がかりはここだけなのか」

大出が口を開いた。呆れたような口調だった。葛原は答えず、北見に告げた。

「門前仲町にいこう」

北見が驚いたような表情を見せた。

「いいんですか」

門前仲町には葛原の自宅があった。すでに警視庁に所在が割れている。

「ああ、かまわない。ひと休みしよう」

「もう、そんなに時間はありませんよ」

北見の顔は真剣だった。

「わかってるさ。成滝と林は今、東京のどこかにいる。そして俺たちも東京に戻ってきた。それで充分だ」

葛原はいった。北見は小さく首をふり、車をスタートさせた。

19

門前仲町のマンションに到着したのは午後十一時近かった。

「ここは?」

「俺の住居だ」

訊ねた咲村に葛原は短く答えた。二階でエレベータを降り、部屋に入った。わずかひと晩空けただけで、中の空気はむっとするほど淀んでいた。窓を開けると同時にエアコンのスイッチを入れた。

「殺風景ね。片づいているけど」

リビングの中央に立ち、咲村がいった。

「殺風景が好きなんだ」

大出が長椅子に腰をおろした。大きな息を吐いた。

「で、これからどうするんだ。早くもお寝んねか」

開き直ったような口調だった。葛原が答えようとしたとき、葛原の携帯電話が鳴った。

「葛原だ」

「頭がいいのをそんなにひけらかしたいのか」

男の声がいった。葛原はほっと息を吐いた。番号は非通知だった。

「メッセージを理解してもらえたようだな」

「ふざけるな。自分に都合のいい理屈ばかりを押しつけやがって。これ以上目障りな真似をしたら殺すぜ」

興奮した口調ではなかった。むしろ淡々としている。

「客のことばかりを考えているが、あんたは大事な点を見落としている」

葛原はいった。

「そうかい」

声は動じなかった。

「客が国に帰ったら、今度はあんたが立派な生き証人になるんだ。客を邪魔だと思っている連中にとっては」

「当然だ。だが俺はつかまる気はない」

「共闘を組まないか」

「寝言は寝ていえ」

「デコイを引き受ける」

葛原はいった。

「素人と組む気はない」

「俺が素人だと思うのか」

「俺から見ればな」

「まだ東京のことは誰にも知られちゃいない。だが気づかれるのは時間の問題だ」

「お前らのせいだ。仕事がすんだらきっちり責任をとらせてやる」

「ちがうな。お前の仲間の中にスパイがいる」

声は笑いだした。

「おいおい、そいつはちょっと古い手なのじゃないか」

「嘘やハッタリじゃない。会って話せば証明できる」

ふっと男が笑う気配があった。

「阿呆」

電話が切れた。

葛原は電話をおろした。

「誰だったの」

咲村が訊ねた。

「成滝だ」

咲村の目が広がった。

「どういうこと?!」

「土田の娘は成滝グループのメンバーだ。そしてその娘の部屋を成滝は監視させていた。俺たちが今夜そこを訪れたことで、成滝は東京にいるのを知られたと気づいた。その一方で、俺たちの行為が、結果、追っ手をおびきよせることになると怒っている」

北見が大出の方をちらりと見ていった。

「ある意味で当たっていますね」

葛原は頷いた。

「成滝たちが東京にいるという情報が在団に伝われば、特務と安全部は東京に押しかけてくるだろう」

「東京にも在団はあるわ。そこの人間だって林を捜していた筈よ」

咲村がいった。立ったたまま、葛原に目をすえた。

「林忠一が成滝を使ったのは、同じ民族の血が流れているという理由からだわ。成滝は愛国心の強い元在団特務をデコイに使った。わたしは大阪府警の公安部で、在団を担当していたからわかるけれど、連中は本国の安全部とつながっていてその支配力は強大よ。同時に外国に住む同国人どうしとして常に情報交換は怠らない。個人と個人の情報交換だけじゃなく、彼らだけにしかわからない方法でメッセージも発信している。当然、林忠一を発見せよという触れが、日本に住むあの国の人間すべてに発せられている。彼らはこの国であらゆる職業に従事している。ホテル、飲食店などのサービス業はもちろん、医師、小売業、マスコミ、芸能……在団に所属している人間たちすべてが、林忠一を捜せと指令をうけていたら、そのネットワークは警察なんかとても太刀打ちできない。まして東京は、在団所属の人間が多い。むしろ危険だと考える方が自然よ」

「しかし現実には見つかっていない」

葛原はいった。

「わたしが成滝なら、絶対に同国人を仲間には使わない。危険すぎるから。使うときは、黄のような捨て駒だけ」

「つまり成滝は東京にはいないと？」

「わからない」

咲村は首をふった。

「でも東京を選ぶなら、大阪にはない何かがある筈。ただ単にマークされにくいという理由以外の」

「俺にはわからんね」

大出が吐きだした。

「こっそり誰かと会いたいなら、どこか人里離れた場所を選んで、そこの一軒家なり何なりで会えばすむことだろうが。なんで、大阪だの、京都、東京だのと人目の多いとこばかりを選ぶ?」

「人目につきにくい場所は、かえって人目につくのよ。ちがう?」

咲村が葛原を見た。

「ああ、その通りだ」

もうひとつあった。葛原らが〝客〟を運ぶとき、最も警戒するのは、地方の人家の少ない地点を移動しているときだ。そうした場所では交通手段が限られている。鉄道であれ道路であれ、「一本道」であることが多い。追っ手に待ち伏せをされれば、逃げこむ場所がなくなる。

大都市では逆に交通手段は豊富でルートも多様だ。人が多いということは、それだけ目立たなくもなる。路上で追跡をうけても、電車や地下鉄にとびこんでしまえば、足跡をくらますことは簡単なのだ。

「この人たちの仕事のことは、大出さんだってわかっている筈じゃないよ」

咲村は大出にいった。大出はわずかに唇を歪めた。

「成滝と同じ商売なのだろ」

「そうだ」

「プロの〝逃がし屋〟か。本当なら追っかけ回さなけりゃならない人間を、俺たちは護衛させられてるってわけだ。お偉方のやることは……」

「葛原さん」

北見が初めて口を開いた。

「成滝は林と同国人ですよね。咲村さんがいう通り、連中はすごく結束が固い。だとしたら今までは、自分と同じ血の流れているメンバーでチームを構成することが多かったと思いませんか」

「ありえるな」

「でも今回の仕事ではそれができない。だから東京にきたとか」

「しかし、黄のようにあの国の人間すべてが、在団べったりとは限らない。今の在団のありかたや本国の状況に対して批判的な者もいる筈だ」

「そのフリをしているスパイもね」

咲村がいった。

「金富昌は、わざと在団の悪口をいうスパイを使って、在団の方針に批判的なメンバーをチェックしている」

「つまりこういうことか。成滝は一流のプロだが、今回に限っては、もてる駒をすべては使いにくい状況にある」

「ええ、だから東京にきたのじゃないですかね」

「東京にじゃあ、どんなメリットがあって？」

咲村がいい、首をふった。

「駄目よ、このままじゃどうどうめぐり」

姜なら——葛原は思った。姜は葛原のチームのツナギ役で、成滝と同国人だ。

姜はもちろん、河内山の脅迫と依頼のことは知らない。姜が在団に所属している、あるいはつながっているという話も聞いたことがなかった。

いや、駄目だ。姜がつながっていなくとも、姜の周囲につながっている人間がいるかもしれない。しかも今回の話をすれば、これまでの姜との信頼関係が崩れる可能性がある。

だが信頼関係に限っていえば、任務に失敗すれば——いや成功したとしても——葛原のチームは崩壊するかもしれないのだ。だとしたら、そんなことを恐れている場合ではない。

問題は、河内山の意図が不透明になっている点だった。河内山と話してみて、林忠一の来日の目的を実はつかんでいる、という感触を葛原は得ていた。

しかし河内山は、林忠一の保護に関して、警察は表だった動きをとれないという。

河内山の目的は、林忠一を秘密裡に捕えることにあるのだろうか。そうは思えないが、もしそうであるなら、土田の言葉を思い返さずにはいられなかった。

姜は表向き、麻布十番で金融業を営んでいる。暴力団とのつながりもあるが、深いものではない。抜け目がなく保身に長けているが、信頼はできる男だ。そして姜も葛原をプロとして認めている。

姜の他にツナギ役はあと二人いる。姜を万一失っても、仕事に困ることはない。ただこの世界では、〝失う〟ことは、ただなくすという意味にはならない。敵を増やすと同義なのだ。

葛原は立ちあがった。

「でかけてくる」

短くいった。

「いきますよ、いっしょに」

北見がいった。

「当然、いっしょね」

咲村もいった。葛原は首をふった。

「これからある人間に会って、情報を得られないかどうかを試してみる。その人間に会うにはひとりの方がいい」

「誰なの」

咲村が訊ねた。

「いえない。ここにいる彼も会ったことのない人物だ」

北見を見やっていった。北見の目にわずかだが傷つけられたような表情が浮かんだ。

「ひとりではいかせられないな」

大出がいった。

「大阪じゃないんだ。危険はない」

「そういう問題じゃない」

葛原は大出に向き直った。

「じゃあどういう問題だと――？」

大出は首をふった。

「あんたたちは〝逃がし屋〟だ。つまりプロの犯罪者だろうが。それが警察庁《サッチョウ》のお偉方に使われている。金だけで引きうけるわけがない。取引したのだろうが」

「どんな？」

大出は薄い笑みを浮かべた。

「パクらないって。ちがうか。あんたをひとりで動かせば、飛ばれちまうかもしれんじゃないか。捜査畑にいなくたって、それくらいはわかる」

「葛原さんはそんな人じゃない」

北見がいった。

「そんな人かどうか、飛ばれてみなきゃわからないだろうが」

「どうした。急に職務熱心になって」

葛原がいうと、大出の顔から笑みが消えた。

「気にいらないんだよ！　何もかも。わからないことばかりの中で、皆んないいように俺を使いやがって。俺は警官だ。お前らは犯罪者だろうが。それが何だって、俺が金魚の糞みたいにお前たちにくっついて、守って歩かなけりゃならない。しかも上司に報告するなとか、偉そうに指図しやがって――」

北見の顔色がかわった。踏みだそうとするのを、葛原は目で制した。

「何かといや、河内山、河内山って、あいつがこの先俺の一生を面倒みてくれるのか。府警中の嫌われ者だ、これじゃあ。まるで俺が警察庁《サッチョウ》の威光をかさにきてるみたいじゃないか。やってるのはお前らだってのに。え、何かいい返せるか。いい返せることがあるならいってみろ！」

「何もない。あんたのいう通りだ」

葛原がいうと、大出はかえって言葉に詰まったように頬をふくらませた。

「――気がすんだ？」

咲村が訊ねた。落ちついた声だった。そちらを見やり、大出はいった。

「俺は——大阪に帰らせてもらう。明日一番の列車でな。起こったことはすべて上司に報告する。あんたのこともだ。俺には俺の仕事があるんだ。正体もよくわからない奴らにこき使われるのはまっぴらだ」

咲村が葛原を見た。目にあきらめの色があった。

「いいだろう。とにかく俺はでかけてくる」

大出は荒々しい息を吐いた。

「勝手にしろ」

三人から離れたキッチンの椅子にいき、そっぽを向いてすわった。

北見が訊ね、キイをとりだした。葛原は首をふった。

「車、使いますか」

「俺の車が近くの駐車場にある。めったに使わないんだが……」

北見は目を丸くした。

「車、もってたんですか」

「ああ。二時間くらいで戻れると思う。眠くなったら寝ていてくれ。奥の和室の押入に布団が入っている」

北見は複雑な表情で頷いた。葛原はサイドボードから車のキイをとりだし、玄関に向かった。北見と咲村が送りに立った。

「何かあったら電話を下さい」

「わたしの携帯の番号も知っているわね」

葛原は二人に頷き、外にでた。


近くの月極駐車場に、国産の高級セダンをおいていた。名義はもちろん他人のものだが、ナンバープレートは本物だった。免許証は、葛原名義の偽造をもっている。夜間の検問ていどならまず見破られないできばえだ。

葛原は麻布十番へと向かった。ダッシュボードの液晶時計は午前零時まであと数分、という時刻を表示していた。

姜の事務所は、麻布十番のメインストリートを一本外れた路地に建つ雑居ビルにあった。ビル全体が姜の持物で、最上階の五階が姜の住居、四階が事務所、三階から下はテナントが入っている。一階は深夜まで開いている喫茶店だった。

焼肉屋やスナックをのぞき、早く看板をおろす商店が多い麻布十番はひっそりとしていた。葛原は姜の雑居ビルが建つ路地から少し離れた地点に車を止め、降りたった。

姜と葛原が直接顔を合わせることはめったにない。〝客〟をチームに紹介する役割の姜だが、それだけに表の顔として、〝客〟を追う側に存在が知られやすい。したがって姜も、葛原らのチームが〝客〟をどこにどうやって運んでいくかは知らない。知らない方が姜自身もむしろ安全なのだ。

葛原は車を降りたときから、少し酔っているような歩き方をした。べろべろではないが、酔っている。そして酔っているとは人には悟られまいと努力している、といった風情だ。

姜のビルの一階の喫茶店には明りが点っていた。客は三、四組いる。ラフな服装の地元の常連と思しい人間や、暇をもてあました若者たちのようだ。

その喫茶店の前を、葛原は通りすぎた。監視者らしき人間や車の姿はなかった。あたりを見回し、電柱に放尿した。放尿は目の高さより上の位置の窓やビルの屋上を調べるための方便だった。

小さな犬を連れた老女の二人連れが、葛原の背後を歩きすぎた。

姜の事務所は明りが消えていた。だが上の住居階の窓は点っている。

葛原は喫茶店と並んだ、ビルの玄関部分に歩みよった。ガラス扉があり、それをくぐると郵便受、そしてインターホンがひとつ壁にとりつけられている。姜の自宅とつながったものだ。

そのインターホンを押した。少しの間があって、女の声が、

「はい」

と答えた。

「夜分遅くに申しわけありません。葛原と申します。ご主人はいらっしゃいますか」

「はい。ちょっと待って」

女はいった。インターホンがいったん切られる音がした。

葛原は待った。インターホンが再び音をたてた。

「事務所まであがってきて下さい」

姜の声だった。こんな時間にどうしたのだと訊くことはなかった。落ちついている。

葛原は狭い階段を四階まで昇った。各階の踊り場にはスティールのドアがふたつずつ並んでいる。いずれも商売の内容の想像がつきにくい社名ばかりだった。

四階だけは、扉がひとつだった。片仮名で「マルカン」と書かれたプレートがはめられている。

高利貸しといっても姜は、一般の客を対象にした消費者金融を営んでいるわけではなかった。金融業者に金を貸しつけているのだ。

四階の踊り場に立つと、ドアの向こうからかすかに音が流れていた。テレビかラジオの音声のようだった。抑揚があまりない。

葛原はドアをノックした。

「どうぞ」

声が応えた。ドアを押し開いた。

革ばりの古びた応接セットとデスクが目に入った。姜がデスクのかたわらにかがみこみ、年代物のラジオをいじっていた。ポロシャツにスラックスで、はだしにサンダルをつっかけている。頭が薄くなりかけた五十代の男だった。顔には、実際の年齢以上に老けた印象を与える皺が多くよっている。

「すわって下さい。お茶いれますから」

ようやくラジオの調整に納得したのか、腰をのばした姜がいった。ラジオは短波放送を受信している。

「もうそろそろ、くる頃だと思ってました」

姜はおだやかにいった。

葛原は姜の顔を見つめた。姜は表情をかえることなく見つめ返してくる。

「なぜ私がくる頃だと――?」

姜は微笑んだ。

「情報です。あなたは情報がほしい。私が生まれた国の人間たちのことを知りたい」

「どこまで知っているのですか」

葛原の問いに姜は笑みを消さず、首をふった。

「それほどは。おかけなさい」

葛原が革ソファに腰をおろすと、姜は急須にポットの湯を注いだ。見慣れた情景だった。

ツナギとしての姜のもとに新たな〝客〟の情報を受けとりにくると、いつもこうして姜は茶をいれる。

「どうぞ」

湯呑みに入ったほうじ茶をさしだしながら、姜はいった。

葛原の向かいに腰をおろし、煙草に火をつけた。

「一週間ほど前、在団に所属する者たちに、奇妙な通告がありました。それはふだんとはちがうこと、たとえば古い友人から連絡があったり、親戚の紹介だと知らない人間が電話をよこすようなことがあったら、在団に知らせるように、というものでした。意味がわからないでしょう。しかし在団はときおり、意味不明の通告を在団員に下します。それはたいていの場合、スパイ狩りであったり亡命者を発見するのが目的で、在団員は皆、その裏にある意味に気づいています」

「協力するのですか」

「するしない、は本人の自由です。少なくともこの国では、協力しなかったからといって連行され、銃殺されたり収容所に送られたりすることはない。ただし、家族が本国にいる場合は、選択の余地はない。重要な情報をもちながら通報しなかったことが在団に知れれば、本国にいる家族にさまざまな嫌がらせがおこなわれます。在団はそうして、日本にいる同国人たちを支配してきたのです」

「あなたも在団員なのか」

姜は微笑んだ。

「もちろんです。私は十歳のときに両親とともにこの国にきました。両親は戦後在団が創設されたとき、それは熱心に在団のために活動しました」

葛原は息を吐いた。

「この国で今、起こっていることについてどれだけ知っています？」

姜は無言で葛原を見つめた。正面から見る姜の容貌は、いかにも気弱げで、目立たない人生をひっそりと送ってきた初老の男のようだ。見かけ通りの男だったら、葛原は決して知りあってはいなかったろう。だが用心深いことにかけては、見かけ以上の人物だ。

「――ある重要な人間がこの国にきています。そのせいかどうか、私の知っているアメリカ人の商社マンは、ずっと会社を休んでいます。彼は日系三世なのですが、本当の職業はCIAです」

「そのCIAは何をしているのです」

葛原は訊ねた。

「さあ。休暇をとって旅行にでかけていると、会社ではいっています」

「たぶん重要人物の近くにいるのかもしれない」

「それはどうでしょう」

姜はいった。葛原は湯呑みを手にした。ほうじ茶は濃く、苦かった。

「私がかかわっていることをどうして知りました？」

「自然に。あなたがここにこうしてきたことでも。必要がないのに、仕事に関係のある人間を訪ねていく人じゃない、葛原さんは」

葛原は湯呑みをおろした。

「林」

葛原がいうと、姜は小さく頷いた。

葛原は不意に閃いた。

「あなたは成滝ともつきあいがあった。ちがいますか、姜さん」

姜は一瞬、間をおき、訊ね返した。

「私と成滝が同じ国の出身だからそう思うのですか」

「成滝には強い愛国心がある。あなたにもそれはあるように見える」

姜は瞬きもせず、葛原を見つめていた。やがていった。

「愛国心。難しい言葉です。言葉には、それを口にした瞬間、犠牲を強いてしまうものがある。たとえばこの愛国心。大切な言葉だし、なくてはならないものなのに、なぜかこの言葉が人の口から発せられるときには、苦しみを伴う行為がそこにある」

「成滝を知っているのですね」

「葛原さん。私はあなたと会うと、いつもひとりの男を思いだしていた。その男と会うことがあると、なぜかあなたのことを思いだした。その男とあなたは、性格も外見も何ひとつ似ていないのに、どうしてか、私にはよく似た人物のように思えてしかたがない」

「それは私と成滝が同じ仕事をしているからだ」

「そうかもしれません。同じ仕事をしていて、しかもたいへん信頼のできるプロということが、二人の印象を私に近く感じさせたのかもしれない」

「私は成滝を捜すことを強制されている」

葛原はいった。

「強制しているのは、警察庁の幹部です」

姜の表情はかわらなかった。

「成滝を、つまり林を捜しださなければ、私と私の仲間は逮捕される。成滝はもうそのことを知っています」

姜は無言だった。

「私は成滝の敵になるつもりはありません。ですが、自分たちが逮捕されるのもごめんだ。何とかこの状態を脱したいのですが、それには成滝の協力が必要なのです」

「あなたが成滝だったら、どうしますか」

姜は静かに訊ねた。

「私の言葉など信用しない。決して協力などしません。それはわかっています。だから私は彼と彼のチームにプレッシャーをかけている。協力してもらえないのなら、在団特務と安全部工作員をすぐ近くまで連れていく」

姜は無言で煙を吐きだした。

「私は成滝に恨みはないし、林がこの国でやろうとしていることを邪魔する気もない。生きのびたいだけなのです」

葛原はいった。

「葛原さん、私は在団の人間だ。もし私が成滝の居場所を知っているなら、通報しなければならないのですよ」

「では訊きます。あなたのもっている愛国心と、在団の幹部の愛国心は同じものですか」

姜はすぐには答えなかった。その口もとが苦笑に似た笑みでほころんだ。

「おもしろいことを訊きますね」

葛原はいった。

「こんなやり方がルール違反だというのは承知しています。私と姜さんは、あくまでも仕事上のつきあいしかしてこなかった。私と私のチームのためにあなたが危険をおかす理由は何もない。だからこう考えてほしいのです。もしあなたの愛国心が成滝と同質のものならば、彼の仕事を成功させたいと願っている筈だ。そのために私たちも利用すべきだ、と」

「だが葛原さんも失敗を許されない」

「私に今回の仕事を強制した警察官は、結果的に組織から孤立しかけています。あと少し事態が煮つまるようなことになれば、私たちをほうりだす可能性もあります。つまり私たちの存在が彼のキャリアを脅《おびや》かすだけでなく、警察組織全体を危険にさらすまで熱くなってしまえばいいのです。もちろんこれは駆け引きです。うまくいかずに我々は刑務所に入ることになるかもしれない。だがいずれにせよ、私たちに選択の余地はない。より危険な熱さになるためには、成滝の協力が必要です」

「あなたは成滝にプレッシャーをかけているといった。それは彼を敵に回しているのと同じです。彼はあなたを殺しますよ」

「当然そうなることも覚悟しています。成滝も命がけでしょうから」

「それはつまり、葛原さんも必要ならば誰かを殺す覚悟があるということですか」

姜は訊ねた。葛原は姜の目をとらえていった。

「私も私のチームを守るためなら、誰かを殺すかもしれません。私にはあなたや成滝のような愛国心はないが、仲間に対する信義がある。特に今回の件では、私が原因で彼らを巻きこんでしまった」

姜はわずかに顎をひいた。その顔からは笑みが消えていた。

「成滝にどのような協力を仰ぎたいのです」

「彼は今、林とともに東京にいます。そのことを在団特務が嗅ぎつけるのは時間の問題です。彼は証拠となってしまうデコイを使えずにいる。デコイを使えないのは、我々の商売にとっては利き腕を封じられているに等しい。私がデコイを用意します。在団特務と安全部をこちらにひきつける」

「あなたのメリットは？」

「我々に注目を集めることで、警察が手をだしにくくなる。つまり熱すぎる存在になる」

「成滝抜きでもそれはできるのではないですか」

「今の状態では無理です。なぜなら成滝の近くにスパイがいます。私たちがいったん林の身柄を譲りうけ、その後で成滝のチームに戻す。我々がデコイを演じるためにはそれが必要なのです」

「スパイの存在を証明できますか」

「成滝のチームのメンバーで豊川という使い走りの若者が安全部に殺されました。その恋人で、畑谷加奈子というスナックのホステスが行方不明になっています。初め私は、畑谷加奈子も殺されたのではないかと思っていました。しかし豊川が最初に安全部に目をつけられたことを考えると、畑谷加奈子は特務が成滝を監視するためにつけたスパイだった可能性が高い。豊川は拷問されていた。畑谷加奈子が生きているなら、成滝は接触を考えるかもしれない。あるいは畑谷加奈子自身が成滝のチームのメンバーである可能性もある」

「もしそうなら、とうに安全部につかまっていてもおかしくはありませんか」

「成滝は今回の仕事に限っては、たぶんふだん使っているスタッフをすべては使えずにいるのではないかと思います。たとえば豊川や畑谷加奈子が在団に関係する人間であれば、最初から使わなかったかもしれない。そうして外された人間であっても、成滝のいどころを知る手がかりをもっている可能性はあります。時間はかかるでしょうが、それを辿っていけば、最後には在団は成滝をおさえることができる。たとえ林が帰国したあとであっても、成滝をおさえれば、安全部は目的を果たせます」

姜は無言で煙草を灰皿に押しつけた。

「我々が林を譲りうけたということを、在団に知らせるためにスパイが必要です。畑谷加奈子はその役回りにぴったりです」

「その女性がスパイであるという証拠は？」

葛原は携帯電話をとり出した。畑谷加奈子の身辺調査の結果は、まだ河内山から聞かされていない。

河内山から教えられた番号を押した。

「はい」

電話に応えたのは河内山本人の声だった。

「葛原だ」

「何か進展が？」

名乗ると、河内山は訊ねてきた。東京駅からまっすぐに自分の職場に向かい、机の前で待機していたのだろうと、葛原は思った。

「畑谷加奈子に関する調査結果を聞いていない」

「畑谷加奈子――豊川の情婦だったホステスですね。さっき府警からファックスが届きました。畑谷加奈子の本名は朴美湖《ぱくびこ》。在団への登録はされていません。ただし両親は在団員です」

「その後、行方は？」

「阿倍野区のアパートには戻ったようすがありません」

「わかった」

葛原が電話を切ろうとすると、河内山はいった。

「今後はどういう手を打つつもりです」

「結果がでたら知らせる」

河内山は一瞬沈黙した。

「――わかりました。私はいつでも連絡がとれるようにしておきます」

「そうしてくれ」

奇妙だが、河内山に対する同情に似た気持がふと起きるのを葛原は感じた。現場にでることなく、起こりうる〝何か〟を待ちつづける身も、決して楽ではないだろう。

電話を切り、葛原は姜にいった。

「畑谷加奈子の両親は在団員でした。本人は属していませんが」

姜は小さく頷いた。

「在団はかなり早くから、成滝をマークしていたようですね」

「それは成滝の経歴と関係があります。これ以上は私の口からは話せませんが」

姜は答えた。葛原は姜の目をとらえ、いった。

「成滝と連絡をとることができますか」

「できるともできないとも答えられません」

「土田というチームの中継係をつきとめました。しかし彼に情報を流せば、在団や大阪府警にも流れてしまう可能性がある。自らデコイを買ってでた、元大阪府警の公安刑事です」

姜は無言だった。

「成滝は当然、罠だと疑うでしょう。しかしこれは罠ではない。私は私たちが助かるためにも、成滝には生きのびてほしいと願っています」

姜は頷いた。

「連絡をとってみます」

「ありがとう、姜さん」

葛原はいった。姜は首をふった。

「誤解しないで下さい。あなたを助けるためではありません。葛原さんは大切な取引相手だが、成滝は私にとってそれ以上です。なぜなら、私と成滝は、心に同じものをもっている。あなたが先ほど口にされた、愛国心です」

20

姜のビルをでた葛原は止めておいたセダンに歩いていった。

駐車したのは、シャッターを降ろした商店の並ぶ一角だった。セダンの周囲に他の車は止まっていない。

車に乗りこみ、エンジンをかけた。サイドミラーに目をやったとき、ライトを消して後方から近づいてくる車に気づいた。

そのグレイの車は、互いのサイドミラーが触れあいそうなほど近くまで寄ってくると止まった。葛原はアクセルを踏みこんだ。寄ってきた車のサイドウインドウにはまっ黒なスモークシールが貼られている。

葛原のセダンの鼻先が、やってきた車の左側のフェンダーに当たり、大きな音をたてた。それでもかまわず葛原はオートマチックのシフトレバーをロウまで落とし、さらにアクセルを踏んだ。

タイヤが空転して悲鳴をあげた。かぶさってきた車はさらに前にでようとしている。葛原の車はその鼻先を押しのけて、前方を確保した。

障害物がなくなり、車は蹴とばされたように発進した。ルームミラーの中が明るくなった。グレイの車が即座にヘッドライトを点し、追いすがってきたのだった。

葛原は唇をかみ、急ハンドルを切った。一方通行の麻布十番通りを逆走する。進入してきたタクシーの空車が驚いたようにパッシングし、クラクションの金切り声をたてた。かまわずその鼻先をかすめ、最初に目にとまった曲がり角を左折した。グレイのセダンは同じようにタクシーをやりすごし、追ってきた。

葛原は左手で携帯電話をとりだした。表通りにぶつかると、合流した。車の流れの切れ目に入るためにスピードを落とした一瞬、後部から衝撃がきた。グレイの車が追突してきたのだった。

携帯電話が手から落ちた。拾いあげる暇はなかった。葛原はハンドルを左に切り、信号が赤にかわった交差点につっこんだ。流れこんできた車が急ブレーキを踏み、クラクションが鳴る。さらにハンドルを右に切って、交差点を大外から右折した。怒号が聞こえた。

鳥居坂の急坂をロウのまま駆け登った。ミラーを見ると少し遅れてグレイのセダンが追跡してくるのがわかった。

葛原はめいっぱいアクセルを踏みこんだ。頂上でジャンプするほどの勢いでセダンは鳥居坂を駆け登った。登りきった位置で、正面の信号が見えた。外苑東通りへとぶつかる直線の道だ。信号は青だが、渋滞する東通りのために七、八台の車がブレーキランプの赤い灯を点している。

ルームミラーにはまだグレイのセダンは映っていない。一瞬の判断で葛原は右手前にある東洋英和女学院の角につっこんだ。十メートルほど走り、停止するとサイドブレーキをひいてライトを消す。

初歩的な手段だが尾行車をまくには有効な方法だった。登り坂で視界から目標を見失った相手は、こちらの右折に気づかない。

葛原は体を助手席側に倒し、ルームミラーに手をのばした。角度をつけて、今いる道の入口が見えるようにする。

尾行車は、外苑東通りにぶつかるまでに目標を見失ったことに気づく。そのまま直進するか、戻ってくるかは賭けだった。

助手席の床に落ちていた携帯電話を拾いあげ、姜の事務所の番号を押した。

「はい」

姜の声が応えるといった。

「逃げろ、姜さん。そこは見張られている」

「葛原さんは？」

姜の声は落ちついていた。

「俺は大丈夫だ。あらためて連絡をとる」

「わかりました。私もあなたの携帯電話に連絡を入れます」

姜はいって、電話を切った。電話をおろし、見上げたルームミラーに猛スピードで接近してくるヘッドライトが映った。

葛原は舌打ちして、サイドブレーキをおろした。シフトはニュートラルに入っている。接近してきたヘッドライトは葛原の車を追いこすことなく、まうしろで停止した。

葛原は体を起こすと、シフトをロウに入れ、再びアクセルを踏みこんだ。車は急発進した。ルームミラーの中のヘッドライトが大きさをかえることはなかった。ただちに追ってくる。

一の橋の交差点から飯倉片町へと抜ける登り坂の道にぶつかる細い路地を葛原は疾走した。合流には信号がない。

だが合流直前、急ブレーキを踏んでいた。正面からこちらに突進してくる大型トラックがハイビームにしたヘッドライトを浴びせてきたのだった。

トラックをやりすごせるほどの道幅はなく、戻るには尾行車がいる。

葛原は歯をくいしばった。片手で携帯電話をとりだし、ワンタッチボタンで米島を呼びだした。

「罠にはまった。今、六本木の東洋英和中学の裏だ。たぶん在団特務の連中につかまると思う。電話は切らない」

それだけを告げて、電話を上衣の胸ポケットにさしこんだ。このあと何が起こるにしても、米島はそれを実況で聞くことになる。葛原が死ねば、チームの仲間に伝わる筈だ。

葛原の車は前後をトラックと追跡車でぴったりとはさまれ、動けなくなった。それでも万一のため、葛原はシフトをバックに入れ、サイドブレーキを思いきり引いた状態にしておいた。ブレーキをおろし、アクセルを踏みこめば、背後のセダンに衝撃を与えられる。

トラックのヘッドライトが葛原の車を射抜いていた。眩しさに葛原は左腕を掲げた。ドアはすべてロックしてある。

トラックの両側のドアが開き、人影がふたつとび降りた。

葛原の車に近づいてくる気配がして、次の瞬間、フロントグラスに何か重いものが叩きつけられた。まっ白にフロントグラスが曇り、クモの巣のようなヒビが走る。

さらにもう一撃がフロントグラスに浴びせられると、やわらかなアメのように内側へと凹んだ。

長い柄のついた鉄のハンマーだった。葛原はうしろをふり返りかけ、体を伏せた。ハンマーが今度は運転席のサイドウインドウめがけてふり降ろされたのが見えたからだった。

一撃でサイドウインドウは砕けとんだ。細かな破片が葛原の体にふりそそいだ。地上にハンマーが投げだされるゴトン、という音がして、軍手をはめた手が車内にさしこまれた。ドアロックを解く。

葛原は伏せたままサイドブレーキを降ろし、アクセルに右足を叩きつけた。セダンが急後退し、尾行車の鼻先にめり込んだ。衝撃で軍手をはめた腕が窓枠から消えた。

「――!」

怒号があがった。日本語ではないように聞こえた。尾行車のヘッドライトが割れ、背後が暗くなった。

葛原はクラクションボタンに手をあてがい、シフトをドライブに戻した。金属がひきちぎれる嫌な音をたて、葛原のセダンは尾行車のフロントから尻をひき抜いた。ハンドルを切って、トラックの左の鼻先に今度はセダンをつっこんだ。

衝撃で揺れるトラックの運転席にあわてて乗りこむ男の姿が見えた。グレイのツナギの作業衣をつけ、キャップのような作業帽をかぶっている。

葛原の車はクラクションをあたり一帯に鳴り響かせていた。トラックは息を吹きかえし、間合いを詰めてきた。葛原はシフトをバックに入れた。

再び尾行車の鼻先に葛原は車の後部をめりこませた。そこへトラックがぶつかってきた。内側にたわんでいたフロントグラスが砕け、葛原は衝撃でシートに背中を打ちつけた。トラックは今度は停止することなく、馬力にものをいわせて葛原の車を押してきた。葛原の車とトラックの双方が、尾行車をずるずると後退させ始めた。それに気づいた人間が叫び声をあげ、トラックは停止した。葛原の車は、ボンネットもトランクフードもくの字に折れ曲がり、盛りあがっている。

不意に何者かがボンネットにとび乗ってきた。散弾銃の銃口がフロントグラスのあった場所からさしこまれ、葛原の額に叩きつけられた。

葛原の左の目の上が切れ、ぱっと血が飛んだ。

「止まれ!」

葛原はブレーキを踏んだ。銃口は葛原のすぐ目前にあった。

運転席のドアが外から開かれた。何本もの腕がさしこまれ、うむをいわさず葛原の体はひきずりだされた。

六人の男たちがいた。作業衣が二人とスーツが四人だ。

男たちは無言で葛原に拳と蹴りを浴びせた。葛原はうずくまり体を丸く折って、急所をかばった。主に背中と脚に攻撃は集中した。いく度も蹴りを浴びせられるうちに、呻き声すら出なくなった。

最後にスーツの男のひとりが、葛原の髪をつかんで顔をもちあげた。口臭のある荒々しい息が浴びせられた。

「こいつはメッセージだ。お前ら、邪魔だ。わかったな」

額をアスファルトに叩きつけられ、目がくらんだ。号令のような声が聞こえ、足音が遠ざかった。

葛原は体を動かせずにいた。正座し、頭をかばうように上体を折っていた。少しでも体を動かそうとすると激痛で息が止まった。

これだけの騒音をまき散らしたにもかかわらず、一一〇番通報がされたようすもなく、パトカーもやってはこなかった。

時間にすれば、わずか数分のできごとだった。襲ってきた連中はプロだった。葛原はそれだけを考えていた。

やがて痛みが薄らぐと、葛原はのろのろと体を起こした。くしゃくしゃになった自分の車に手をつき、ようやくの思いでもたれかかった。

骨はどこも折れていない。傷は全身の打撲だけだ。散弾銃で切られた額をのぞけば、見える場所からは血すら流れていなかった。

車のシートにずるずると腰を落とした。もはや一歩も動けなかった。ハンドルに腕をおき、そこに額を預けて、葛原は失神した。

騒がしさに気づいた。

耳もとで名を囁かれ、目をひらいた。北見と咲村、大出の姿があった。

「葛原さん――」

三人の向こうに野次馬の姿もあった。

「よかった、動けますか」

北見がいった。

「ああ……」

しわがれた声で葛原は答えた。

「パトカーと救急車がもうすぐきます。どうします？」

北見は訊ねた。

「逃げる。肩を貸してくれ」

葛原はいった。北見と大出が両わきから葛原の体を支えた。

事故か、あとの運転手はどこいった、という声が聞こえ、間のびした救急車のサイレンが近づいてきた。

「はい、じゃあすいません。道を空けて下さい」

咲村が三人の前方の野次馬を動かした。私服を着てはいても、口調には警察官の匂いがあった。それを感じとったのか、野次馬たちは道を空けた。

乗り捨てられたトラックの向こうに北見のワゴンが止められていた。そのかたわらに救急車が到着したところだった。ヘルメットをかぶり、白衣を着けた係官が駆けよってきた。

「こちらが怪我をされた方ですか」

北見が首をふり、朗らかな声でいった。

「いやあ、これはただの酔っぱらいです。まぎらわしくてすみません。怪我人はまだ向こうの車の中みたいですよ」

救急車からストレッチャーが降ろされ、人だかりの方へと押されていくのを、葛原はワゴン車の中から見送った。

「間一髪でしたね。逃げますよ」

いって、北見はワゴン車を発進させた。

「米ちゃんから連絡もらいましてね。危かった」

葛原はおろされたシートの背にもたれ、苦痛に耐えていた。

「最初から、殺す気はなかったようだ」

つぶやいた。

「何人いたの」

咲村が訊ねた。

「六人。はさみ討ちにされた」

咲村は大出と目を見交した。

「ショットガンをもっていた。殺す気なら、そいつを使えば早い」

吐きけが襲ってきた。葛原は体を折って、それをこらえた。肝臓か腎臓をやられたのかもしれないという、不吉な考えが浮かんだが打ち消した。

「プロなんだ、手加減をしてた」

「特務の連中？」

咲村がベルトをゆるめ、シャツの前ボタンを外してくれながらいった。

「たぶん、ちがう。北さん、十番へいってくれ」

葛原はいった。吐きけがこみあげ、車の床に戻した。

「大丈夫?!」

「ああ、大丈夫だ。麻布十番だ」

葛原はくり返した。

麻布十番までは五分とかからなかった。ワゴン車が麻布十番に入ると、葛原は苦痛をこらえながら姜のビルまでの道を教えた。

ビルの一階の喫茶店の前に黒塗りのセダンが止まっていた。喫茶店は閉店している。ワゴン車がその前を走りすぎると、運転手が乗っているのが見えた。葛原はセダンから充分離れた角を曲がった位置で、北見に車を止めさせた。

「ここは？」

咲村が訊ねた。

「麻布十番さ」

「それは地名でしょ。何があるの。さっきの車は関係あるの」

咲村はいらだったように訊ねた。

「たぶん、あのビルに成滝がいる」

葛原が答えると、全員が驚いたように背後をふり返った。

「どういうことだ」

大出が低い声でいった。

「ビルのオーナーは姜といって、俺や成滝の仕事のツナギをやっている。親の代からの在団員で、成滝の今回の仕事もバックアップしている」

「どうしてわかったの」

「本人から聞いたのさ」

いって、葛原はワゴン車のドアを開けた。車にもたれかかり、ゆるめていた服装を整えた。血のにじんだ額は腫れあがっていた。割れるほどきつく殴られなくてよかった、と葛原は思った。これまでの経緯を考えれば、一週間は入院するほどの怪我を負わされてもおかしくはなかった。一週間というのは相対的な判断だが、暴力のプロの世界では数値は重要な意味をもつ。二、三日歩けなくする、一週間動けなくする、一ヵ月はベッドに縛りつける、永久に何もできなくする――その数値でプロのギャラは決まるのだ。

全員がワゴン車を降りた。

「見張りがいましたよ」

北見がいった。葛原は咲村を見た。

「俺が淀川で使った手を今度はあんたがやるんだ。わきまで歩いていったら拳銃をつきつけろ。それから手錠をかませてトランクに放りこむ」

咲村は息を吸い、小さく頷いた。

「わかった。やってみる」

「俺が――」

大出がいいかけるのを制した。

「男じゃ駄目だ。はなから警戒される」

そして咲村に告げた。

「スカートのウエストを折り返して丈を短くするんだ。ホステスに見えるように」

咲村は無言で言葉にしたがった。太腿の半ばまでスカートの裾を上げた。

「これでいい？」

葛原は頷いた。腕時計をのぞいた。

「北さんは車をターンさせてくれ」

「了解」

北見が先の道でワゴンをUターンさせて戻ってくると、葛原と大出はワゴンに乗りこんだ。窓をおろし、葛原は咲村にいった。

「顔を狙え。警察だと名乗りたけりゃ、銃をつきつけてからだ」

「もしいうことを聞かなかったら？」

「プロだから無茶はしない」

「答になってないわ」

「銃を抜いたら、あんたを撃つ気だと覚悟した方がいい」

「すごく参考になる意見ね」

いって、咲村はショルダーバッグの蓋を開いた。右手をさしこみ、拳銃の位置を確認した。

「いけ」

葛原はいった。

一瞬躊躇するように、咲村は唇をかんだ。だが無言で歩きだした。ライトを消し、そのうしろ姿を見送りながら北見がいった。

「いい度胸ですね」

「向きなんだ」

葛原はいった。

「どういう意味だ」

大出が訊ねた。咲村の姿が曲がり角を折れ、見えなくなった。角から姜のビルまで約二十メートルだった。

「楽しんでいるのさ。どこかな」

葛原は腕時計を見つめた。

「よし、いこう北さん」

北見がヘッドライトを点し、アクセルを踏みこんだ。ワゴンが発進した。角を曲がったとたん、セダンのかたわらで足を開き、両手で拳銃をかまえている咲村の姿が見えた。短くしたスカートからのびる白い脚が光っている。

「映画みたいだぜ」

北見がつぶやき、ワゴンを咲村のかたわらで停止させた。大出が降り、運転手をセダンからひきずりだした。

「大声をたてるなよ」

葛原はいって、すばやく男の体を検査した。携帯電話と拳銃をもっていた。財布には免許証があった。それらをすべて自分のポケットに移した。

男は無言だった。大出がうしろ手に手錠をかませた。北見がセダンのトランクを開けると、咲村は男の腕をつかみ、押しやった。

「中に入りなさい」

男は無表情に咲村を見返した。怒りやくやしさはまったく感じられない無気味な顔だった。

「大阪やな。大阪の刑事《でか》やろ」

低い声で男はいった。

「それがどうしたの」

「いずれ挨拶にいくわ」

男は目を細めた。

「ええ脚しとったからな」

「入んなさい！」

咲村は男の背をつきとばした。男がのろのろとトランクに体を入れると、トランクの蓋をおろした。

「スカート、おろしてもいいぞ」

葛原はいった。

「いわれなくても」

咲村はいい返し、スカートをおろした。そして葛原に右手をさしだした。

「拳銃は預かるわ」

「あとで渡す」

葛原はいった。咲村は無言で手をおろした。葛原は靴を脱いだ。

「電話するまで待ってろ」

「ひとりでいく気なの?!」

「この人数でどかどかあがる気か」

咲村はいまいましそうに葛原をにらみつけた。

「だから拳銃が必要なわけね」

「撃ち合いなんかする気はない。心配するな」

葛原はいって、姜のビルに入った。脱いだ靴を手にもち、階段を四階まであがった。

低い話し声がドアの向こうから洩れていた。葛原は軽く息を吸い、靴をはくと拳銃を手にした。五発の三十八口径弾が納まっている。ふくらんだフレームの中に撃鉄が隠れているタイプの短銃身リボルバーだった。アメリカ製で「ボディガード」という商品名で売られている。

銃を握った右手を腰の位置にたらし、左手でドアノブを回した。鍵はかかっておらず、ドアは内側に開いた。

さっきまで葛原がすわっていた位置に男がひとりいた。面長で、短く刈った髪が額の中央に切れこんでいる。切れ長の鋭い目が葛原をとらえた。男と向かいあっていた姜がさっとふり返った。二人とも無言だった。

「逃げる必要はなかったな、姜さん」

葛原はいった。

「あんたが呼んだ連中だったのだから」

そして自分を見つめている男に目を向けた。

「成滝だな」

「試したのですね」

男が答える前に姜がいった。

「結果的にはそうなるな。俺を追いはらいたくてうずうずしているこの男には絶好のチャンスだからな」

「殺せばよかったな」

男がいった。

「あの場にはいなかったろ。ショットガンをもっている奴がいた。この傷は台尻で作られたのじゃない。銃口でやられたんだ」

「最初からあなたはそのつもりだった。私を使って成滝をひっぱりだす気でここにきたんだ」

姜がつぶやいた。

「俺がここにはひとりでくると、あんたは信じてた。それが商売の仁義だからな。実際、俺はその通りにして、こんな目にあったよ」

葛原は答えた。

「それも計算ずみだろうが。お前は俺と会いたくて、自分を的にしたんだ」

男はいった。葛原は頷き、閉めたドアにもたれかかった。

「葛原さん、私たちと話すのに、ピストルは要らない」

姜がいった。鋭い口調だった。葛原は拳銃を見つめ、左手で携帯電話をとりだした。

「悪いが下で待ってる連れを呼ばせてもらう。連れがきたら、こいつはしまう」

電話が咲村につながると、いいぞとだけ告げて切った。

姜も男も無言だった。すぐに咲村と大出が階段をあがってきた。二人はまじまじと姜と成滝を見つめた。

「刑事《でか》を連れた〝逃がし屋〟か」

成滝は吐きだした。三十代の終わりから四十代半ばまでのどこかだろうと、葛原は思った。

「悪役も楽じゃないんだ。あんたらにも在団特務にも嫌われていてな」

成滝は葛原を見つめた。

「ひっぱるのか」

その目が大出に注がれた。大出が何かいうより早く葛原は答えた。

「いや。こちらの条件は姜さんから聞いた筈だ」

成滝が苦笑した。

「本気か。俺がお前に客を預けると思っているのか」

「特務と安全部は今はもう、あんたたちが東京にいると知った頃だ」

成滝の表情はかわらなかった。

「だからどうした」

「アメリカ側との会談は終わったのか」

「答える必要はないだろう。お前らが勝手にでしゃばってきたのだぞ」

葛原は姜を見た。

「まだ話していなかったのか」

「何をいってる？」

姜が口を開いた。

「葛原さんは、たとえ客が本国に帰っても、あなたが証拠になると考えている」

「それは聞いた。だが客を無事送りだせば俺は消える」

「そう簡単にいくかな。畑谷加奈子のことは聞いたか。本名は朴美湖」

成滝の表情がわずかに動いた。

「豊川の女やったそうだな」

「そうだ。在団は早くからあんたの周辺にスパイを送りこんでいたわけだ。この先のあんたの動きについても彼女から情報を得ているかもしれないぞ」

「豊川はそれほどの役やない。ただの使い走りだ」

「俺たちをデコイにしろ。あんたと客が助かる道だ」

デコイという言葉を口にした瞬間、脳裏で何かが閃いたような気がした。が、それをふりはらい葛原はいった。

「手を組め、といっているのじゃない。利用しろといってるのさ、俺たちを」

成滝は煙草をくわえた。葛原はつづけた。

「頭であるあんたが押さえられたら、あんたのチームは動きがとれない。俺の申し出はそれほど無茶じゃない筈だ。明け方には、東京中に在団特務と安全部が押しよせてくるぞ。そうなったらあんたたちだけで客を逃がすのは難しくなる」

「ふざけるな。自分だけがプロのつもりか」

成滝は目だけを上げ、葛原を見すえていった。

葛原は大きく息を吸いこんだ。

「いいだろう。じゃあ、ひとつだけ聞かせてもらおう。警察庁は客の来日を、本国上層部にいるスパイから知らされた。だから大規模な捜査網をしけば、スパイの存在が露見すると考え、俺たちを利用する計画を立てた。だがそれは表向きの理由だった。ほんの数時間前、警察庁の幹部のひとりは、安全部の工作員を排除してくれという俺の要請を断わった。警察はいっさい手をだせない、それが日本政府の公式の見解だというんだ。それなら何のために警察は俺たちに客を捜せと命じたんだ。客をつかまえても何もできないのなら、見て見ぬふりをするのが一番だ。たとえ客がこの国で殺されても、身元不明の死体で片づければすむ。そんな状況で、あんたは客を連れて東京へきた。なぜ東京なんだ？　在団員の数も大阪より多く、林忠一の顔を知っている人間も、東京にはたくさんいる。それだけじゃない。ＣＩＡも中国情報部も、この東京にはうようよいる。なのになぜそんなに危険な東京に客を連れてきた？　教えてくれ。大阪より東京が安全だと思った理由を」

喋りながら葛原は、成滝と姜の顔を交互に見ていた。姜はまじまじと葛原を見つめていたが、成滝は視線をそらせていた。

「――あの男が東京にはいないからです」

姜がいった。

「少なくとも、大阪よりは、あの男の力が弱い」

「あの男？」

「金富昌ね」

咲村が低い声でいうと、姜は頷いた。

「行方不明になっている在団特務の統括か」

葛原はいった。

「それだけではありません」

姜がいった。

「金富昌は林剛哲の熱烈な崇拝者であり、国外では最も力をもつ、国家安全部の幹部です。金富昌は、林剛哲と彼の唱える鎖国政策に反対する在日有力者を片はしから引きずりおろし、ときには暗殺してきました。本国の鎖国政策は、金の現在の地位と権力を支えるために不可欠なのです。金はしかし決して本国には帰ろうとしない。帰れば、金の地位は、将軍クラスです。しかしそうであっても金は帰らない。金の裏切りによって本国に送り返された多くの在団員が待ちうけているからです。金は本国に送り返した在団員の財産や地位を次々と奪いとり、今の立場を築いたのですから」

葛原は姜を見た。

「あんたとは宿敵か」

姜は頷いた。

「私の両親を死に追いやり、財産を奪ったのも金です」

「金を恐れているのか」

「金は日本の政治家とも強いつながりをもっています。特に大阪ではその力は強い。市長も知事も金の影響力を無視できない。だから私は、大阪を避けるべきだと思ったのです」

「もうひとつある筈だ」

葛原はいった。成滝が葛原に目を向けた。

「東京で林忠一に万一のことがあり、それがマスコミに発覚すれば、日本政府の面目は潰れる。日本海側の田舎や在団の圧力のある大阪とはちがう。何といっても首都だからな。マスコミは集中しているし、殺人や銃撃戦が起きれば、情報が大量に流れる。つまり東京へ林忠一を呼び寄せれば、日本政府は否が応でも、保護の立場をとらなければならなくなる――そう考えたのじゃないか」

成滝の目が姜に注がれた。

「それもあります」

姜は素直に認めた。その瞬間、葛原は察していた。

「あんたが立てたんだな、この計画を」

「計画？」

「そうさ。成滝を林の保護に当たらせると同時に、俺を使ってその成滝を追わせる」

咲村と大出が葛原を見た。

「何のために？」

姜は訊ねた。

「デコイさ、まさに。俺たちの存在じたいがデコイだった。俺はあんたの望んだ通り、大阪からすべてを始め、京都へ動き、特務や安全部の目をひっぱった。大阪では派手な騒ぎが起こったし、府警には警察庁の意向が完全には伝わらないことが明らかになった。だがそのせいで、あんたには日本政府や警察庁の考えていることが見えてきた。河内山に俺の存在を教えたのはあんただ」

「私が……警察と組んだと……？」

「警察とじゃない。河内山と組んだのさ。奴の真意はわからないが、奴はあんたの計画に乗り、警察庁も一部は奴の後押しをした。あるいはややこしい政治家と官僚の駆け引きがそこにあったのかもしれないな」

姜は大きなため息をついた。だが何もいわなかった。

葛原は成滝に告げた。

「最初のツナギは、姜さんだったのじゃないか？　だからこそ林忠一はあんたというプロを日本で保護者にできた」

成滝は無言で姜を見つめていた。

「俺たちは両方とも同じ人間に動かされていたんだ。あんたは愛国心。俺は脅迫で」

「刑務所に入るのがそんなに恐いのか」

成滝は吐きだした。

「殺されるわけじゃあるまいし」

「俺には俺の理由がある」

葛原は答えた。

「どんな理由だ」

「ここでは関係ない」

「その理由とやらを聞かせろよ」

成滝が食い下がった。

「お前のいったことはどうやら当たっていたようだ。そうだな、姜」

姜は弱々しい笑みを浮かべた。

「葛原さんがこんなに切れる人だったとは。あなたはずっと関西にとどまると思っていた」

「じゃあなぜ、『くる頃だと思った』と俺にいった?」

姜は首をふった。

「思ったより特務や安全部の動きが早かったからです。金は今、東京にきています」

「何をしに」

「林忠一の暗殺の指揮をとるために。私は忠一を助けるには、あなたの力も必要だと思った――」

「そのくせ、成滝の手下に私を襲わせた」

「殺してはならない、ひどい怪我も駄目だ、とこの人にいった」

「その時点で、あんたが糸を引いているとは成滝も知らなかったのか」

「少なくとも葛原さんのことは」

葛原は成滝に目を向けた。成滝は無表情に煙草を吸っていた。ひどく超然としていて、冷ややかに見える。〝逃がし屋〟よりも〝殺し屋〟の方が向いている雰囲気だった。

「日本政府が手を引くことはいつ知った？」

「今。あなたの言葉から」

姜は大きなため息を吐いた。

葛原は成滝を見た。

「ずっと東京にいたのだな。あんたも林も」

成滝は否定せず、煙草を灰皿に押しつけた。

「お前が警察に協力した理由を聞こう」

姜がいいかけた。

「それはこの問題には――」

「もういい！」

成滝がさえぎった。

「お前は俺もこいつも、いいように動かした。お前の目的は金への復讐だ。金の面子を潰し、いずれは奴を今の地位から引きずりおろしたかったのだろう。お前のいいわけは聞きたくない。俺が知りたいのは、この日本人がよけいなことに頭をつっこんだ理由だ」

葛原は姜に訊ねた。

「河内山が話したのですか」

姜は頷き、深々と息を吸いこんだ。

「彼と私は長いつきあいです。警視庁の公安部に彼がいた頃、私に接触してきたのです。私は在団の情報を彼に提供しました。スパイのような真似だったと思われるかもしれないが、それはちがう。私は在団の今のこの歪《いびつ》な形を少しでも正したかった。河内山もそれを理解していた。今回の件を知った河内山がまっ先に私に相談してきたのも、過去のそういう私たちの関係があったからです」

「だがあんたは一方で、林忠一からのオファーも受けていた」

葛原はいった。

「私のこのやり方を含め、私を信頼してくれている友人は本国にもいます。その友人が、忠一の意思を私に伝えてきたのです」

「だったらなぜ、河内山を通じて直接日本政府に働きかけなかった？」

姜は微笑んだ。

「もちろん考えましたとも。河内山は同期の外務省官僚に相談をもちかけました。その答は、日本の首班が今の人物である限り、日本政府は公的な関わりは一切もたないであろう、でした。触らぬ神に祟りなしなのですよ。もちろんちがう外務官僚なら別の答をしたかもしれない。あるいは別の政治家ならね。しかし相談する対象を広げれば、情報が洩れる可能性も高くなります。私は、林忠一に日本政府との交渉はあきらめよ、と伝えました。かわりにアメリカに相談をもちかけろ、と。忠一はその通りにしました。ですがその際、アメリカ側は日本国内での交渉を要求してきました。アメリカ国内では忠一に対するテロの危険性が高いと判断したからです。アメリカには、林剛哲に強い反発を抱く人物が多く存在するというのが、その表向きの理由です」

「裏の理由は？」

咲村が訊ねた。

「日本政府に対する貸し、です。責任の強制的な分担といってもよい。不測の事態が起ころうと、会談が成功しようと、その場が日本である限り、日本は知らぬ存ぜぬでは通せなくなる。アメリカ政府は、日本の現政権を信用していません。万一、本国でクーデターが起こり、林煥が独裁者となれば近い将来、アジアは火種を抱えこむことになる。それが発火したときのためにも、アメリカは日本を巻きこもうとしているのです。もちろん日本政府は、それでも今のところ知らぬふりをしている」

「何かが起こったら、日本が知らぬふりをできるわけがない」

大出が珍しく口を開いた。姜は大出を見やった。

「そうでしょうか。今のところ日本は金《かね》をだすことで問題に関わりあわないようにしているように見えますが」

葛原はいった。

「それが一番無難なんだ」

「その通り。日本には残念ながら、首とひきかえに外交交渉にのりだす政治家はいません。アメリカはそれを見抜いています。しかし最悪の事態が訪れないとも限らない。そうなれば、金ではなく命をさしだせと迫るか、とことん金を絞りとるか、アメリカ人も考えるでしょう」

「そんな話は別の機会にやってもらおうか。葛原――」

成滝が呼びかけた。

「お前の理由だ」

葛原は成滝を見た。

「それを知ることが、あんたにはそんなに重要なのか」

成滝は表情を変えることなく答えた。

「どんな人間にも、仕事をするからには理由がある。俺はその理由でまず人を判断する。使える男でも、金が目的なら、そこまでのつきあいだ。払う金以上の仕事をそいつには望まない。お前は刑務所が恐くて、この仕事を受けたという。刑務所よりも殺される方がましなのか」

「そう思ってくれていい」

「それじゃ答になってない」

葛原は鋭く成滝を見やった。

「俺の答にあんたが納得したら、こちらの計画に乗るか」

成滝は新たな煙草に火をつけた。

「いいか。林忠一は、誰にも身を護ってもらえない。それどころか、国に帰れば反逆罪に問われかねないのに、わざわざ日本にきている。日本の政府はそっぽを向き、アメリカ政府は林の値踏みをしてやがる。林の目的は、自分の国民を助けることだ。アメリカ人や日本人の命も同時にだ。奴はそれだけのために、命を張ってるんだ。俺やお前とはちがうんだ」

「俺はあんたの理由を愛国心だと思っていた」

にべもなく成滝はいって、唇から煙草をはがし、姜を見やった。

「そんなものはカケラもない。俺は姜とはちがう」

「じゃあ何だ」

成滝は葛原を見つめた。

「〝逃がし屋〟ってのは、どんな商売だ。俺やお前は今までどんな客を相手にしてきた？　詐欺師や横領犯、ひどいときには人殺しだ。小汚ねえ悪《わる》の、そのまた上前をはねるのが商売じゃねえか。だが林はそうじゃない。林を護って逃がすのは、悪を助けることじゃない。だから俺はやることにした。それが俺の理由だ」

姜は無言だった。葛原は息を吐いた。咲村と大出の方はふり返らず、いった。

「俺は殺人の容疑で手配されている。もう十年以上も前からな」

「死刑が恐いのか」

葛原は首をふった。

「問題は、その殺人は、俺がやったのじゃないということだ」

わずかな沈黙のあと成滝がいった。

「犯人を知っているのか」

「知っている。すでにつかまり、共犯の自供をした。主犯を俺だとな」

「なぜ裁判で決着をつけない？」

「犯人は俺を罠にかけるのが目的だった。俺と、殺した被害者を憎み抜いていた。そのために周到な計画を立てて、俺を罠にはめた」

「おもしろい話だな」

成滝は冷ややかにいった。

「俺がつかまれば、奴の目的は半ば果たされたも同然だ。だから俺は絶対につかまるわけにはいかない。奴は俺が一番大切にしていた人間を殺したんだ」

「女房か？」

「元はそいつのな」

成滝の目にあった皮肉げな光が消えた。

「それでお前は、警察の威しを受け入れたのか」

「そうだ」

葛原はわずかに息を吸い、答えた。

しばらく誰も口を開かなかった。葛原は成滝を無言で見すえた。

やがて成滝がいった。

「具体的な計画をいってみろ」

姜のビルの階段を降りてくると、エンジンをかけたままで北見が待っていた。三人は無言でワゴン車に乗りこんだ。

「どうでした」

北見が訊ねた。

「まだわからない」

「やれやれ。どこへ？」

「門前仲町へ戻ろう」

葛原はいって時計を見た。午前四時を回っていた。

「少しは眠れますかね」

「少しはな」

しばらくすると咲村が口を開いた。

「あなたはわざと自分を狙わせたのね。成滝と会うために」

「可能性があると思っただけだ」

「襲われることも？」

硬い声音だった。

「そういうこともあるかもしれないとは思った」

ひどく疲れていた。できるなら話をしたくなかった。

「じゃあなぜわたしを連れていかなかったの?! あなたを守るのがわたしの仕事なのよ」

葛原は息を吐き、目を閉じた。

「あんたがいっしょならどうなった。よくてあんたは俺を襲った連中の何人かを撃ち、悪けりゃ俺もあんたも殺された。いずれにしろ、成滝はでてきはしない。奴は俺を見くびり、威せば手を引くと考えた。その威しに成功したからこそ、姜のもとに現われたんだ」

「——あの男が動かしていたというのは本当なの」

「何を」

「警察庁《サッチョウ》、ひいてはわたしたち」

「ありうるだろうな」

咲村が深々と息を吐いた。

「いったい何なの。警官の仕事って……」

その言葉を聞き、葛原は土田が咲村についていったことを思いだした。咲村はそれきり黙りこみ、大出はひと言も口をきかなかった。ただ姜のビルをでたときから、大出が自分を見る目が変化したことに葛原は気づいていた。その変化は、葛原にとっては馴染み深いものだった。

容疑者を見る刑事の目だ。

21

午前九時、葛原の携帯電話が鳴った。葛原は二時間ほど眠っただけで目を覚ましていた。額の腫れをひかせるため、冷やしつづけていた。

「葛原だ」

成滝の声が耳に流れこんだ。

「あれから考えた。お前の計画は不完全だ。組む気はない」

葛原は目を閉じた。やはりそうでたか、という思いを苦くかみしめた。

「俺はあんたを警察に売ることもできたがそれをしなかった」

「だからどうした」

葛原の声に、床やソファで毛布をかぶり仮眠をとっていた北見や大出が目を覚ました。

「そんなことで信用しろというのか」

「あんたたちだけでは危険が大きい。いざとなれば俺たちは警察を動かせる」

「警察には金富昌もパイプがある。それに安全部の工作員を相手に刑事がたちうちできるものか。いいか、お前もいったろう。警察には公式の警護をする気はないんだ」

「そうかもしれないが少なくとも――」

「これ以上の話は時間の無駄だ。デコイをやりたいのなら勝手にやれ」

「成滝――」

電話は切れた。

「くそ」

葛原はつぶやいて床にあぐらをかいた。自分のベッドを咲村に提供し、葛原は居間で寝たのだった。

寝室のドアが開いた。

「どうしたの」

化粧を落とし、幼く見える咲村が訊ねた。葛原の提供したスウェットパンツをブラウスの下に着けている。

「成滝だ。組む計画はお流れだ」

「そんな！　ルール違反だわ」

「ルールなんかない。プロ同士のあいだには」

葛原は首をふった。

「今朝の段階では、奴はこちらの話に乗るふりをしなければ身柄を拘束されることがわかっていた」

「尾行をつければよかったんだ」

髪に寝癖をつけた大出が不機嫌そうにいった。

「尾行をまくなんて奴には簡単だろう。それに尾行がついている限り、奴は絶対に林のいる場所へ向かわない」

「そんな理屈ばかりつけて、じゃあいったいどうするんだ?! この先!」

大出が怒鳴った。

「ここはお前の地元の東京だろうが! それを大阪の野郎にいいようにやられてるのじゃないか。電話を貸せ」

「どうする気だ」

「河内山警視正に連絡して、あの姜とかいう金貸しをひっぱってもらう。奴が何か吐く」

「河内山と姜はグルだ。それを聞いたろう」

「そうさ! 俺もお前も、皆んな裏切られてる。結局は奴らのいいように利用されているだけだろうが」

「かっかしないで」

咲村が割って入った。

「何をいってんだ。いいか、こいつは殺人の指名手配犯なんだぞ。偉そうにプロぶっちゃいるが、やることは全部後手後手だ。あんたも河内山も、警官としての誇りはないのか?! こんな奴にいいようにふり回されて。いいか——」

大出は葛原を指さした。

「お前が警察庁《サッチョウ》とどんな約束をしたか知らないが、今度の件が終わって、お前が大阪にいるのを見つけたら、俺はお前をパクるからな。無実だの何だのほざきたけりゃ、裁判でやるがいい」

咲村がショックを受けたような顔になった。そのとき葛原の携帯が鳴りだした。

「はい、葛原」

「河内山です」

「今朝方、成滝に会った」

息を吸い、葛原はいった。

「六本木での事故騒ぎはあなた方も関係していましたか」

「ああ、していた。成滝に共闘を申しこんだが断わられた」

「共闘を？」

「俺にも保険が必要なのでね。姜はあんたとの関係も白状したぞ」

河内山はつかのま沈黙し、

「そうですか」

とだけいった。

「成滝はあくまで自分と自分のチームだけで客を守る気だ」

「つまり当初通り、ということですね」

「そうだ。何か新しい情報が？」

「今朝一番の新幹線で、在団特務の人間が複数名東京入りしたのが確認されました。おそらく安全部の工作員も車などで東京入りしているでしょう」

葛原はすばやく頭を働かせた。姜は、金富昌がすでに東京にいる、といった。すると今朝、戦闘要員を呼びよせたのは何のためか。

林忠一の居どころ、あるいは現われる場所をつかんだのだ。おそらくあとの方だ。襲撃の準備を整えるつもりだ。

「都内の検問は？」

「すでに昨夜から実施しています。過激派情報を、本庁公安部の後輩を使って流しました。しかし今の段階で私にできるのは、これが限界です」

「あんたの目的は何なんだ」

「客の無事な離日、ただそれだけです、今は」

「じゃあ俺は何のために駆りだされた？」

「わかっている筈です。あなた方のいうデコイになっていただくつもりだった」

「やはりな」

「とはいえ、契約は契約です。客が無事日本を離れるまでは最善を尽していただきたい」

葛原は自分を注視している大出、咲村、北見の顔を見渡した。

「何をどう、最善を尽すんだ」

「特務が大挙して東京に入ったのは、当然、客が目的の筈です。彼らは客の居場所をつかんだ公算が高い」

「尾行は？」

「つけていません」

「ふざけるな！　俺たちだけでやれってのか」

「ことを大きくしたくないのです。西成のような騒ぎを東京で起こせば、マスコミが大挙して押しよせてくる」

「いいか」

歯をくいしばって葛原はいった。

「襲撃部隊が客を襲えば、嫌でも大ごとになるんだ。それを俺たちだけでどうやって食い止めろというんだ」

「それがあなたの頭脳の筈だ。〝逃がし屋〟は、警官隊と撃ち合って客を逃がすのですか。そうではないでしょう」

葛原は息を吸いこんだ。

「今、安全部や在団を拘束しようとすれば必ず戦闘になり、市民にも被害者がでるかもしれない。ですから我々はあえて刺激を与えるような、尾行や職質を避けたのです」

「検問にひっかかって警官を撃ったらどうする」

「そのときは在団の本部を一斉捜索します」

「――理由が必要なんだな」

葛原はいった。

「何のことです」

一瞬の間をおいて、河内山が訊ねた。

「あんたたちは、在団と関係のある政治家の圧力を警戒している。尾行や職質は、嫌がらせととられかねず、手をだすことができない。しかし現場の警官が撃たれれば、事態は別だ。堂々と在団をやれるというわけだ」

河内山は無言だった。

「現政権下では在団を正面から敵に回せないものだから、あんたは計画を立てたんだ」

「いずれにせよ、客の保護が急務です」

「金富昌のデータが必要だ」

葛原はくいしばった歯のあいだから言葉を押しだした。

「何ですと？」

「金富昌だ。奴が向こうの指揮官だ。捜すんだ。東京にいる」

「資料だけでいいのですね。彼をひっぱるのは、たいへんな覚悟がいります」

「居どころは捜せるか」

「本庁公安部の特別部隊を使います。都内にいるのなら、ホテルか関係者の家などでしょう。あるいは――」

「ファックスの番号を教える」

「わかっています。資料を検討したら連絡を下さい」

河内山はいって電話を切った。葛原は無言で電話を見つめた。

「――飯、買ってきましょうか」

北見が起きあがり、いった。葛原は頷いた。咲村が一度寝室にひっこみ、スウェットをスカートにはきかえて現われた。

「在団特務の人間が今朝早く、新幹線で東京入りした。襲撃部隊が東京に集結している」

葛原はいった。咲村も大出も無言だった。

「おそらく金富昌が呼び寄せたんだ。金は、林忠一が近々現われる場所をつかんだのだろう」

「コーヒーはないの？」

咲村が訊ねた。

その顔を見つめ、葛原は答えた。

「ない。北見が買ってくるだろう」

咲村はため息をつき、首をふった。

「本当に何もない部屋ね。お酒も、飲み物も何もない。まるでモデルルームで暮らしているみたいだわ」

「煙草と灰皿はある」

葛原はいって、煙草に火をつけた。

「〝逃がし屋〟ってもっと儲かる商売だと思ったわ」

「いつも客がいるわけじゃないし、こちらから客を捜すわけにもいかない」

大出が葛原を見つめ、鼻を鳴らした。

「俺が客なら、お前には仕事を頼まないね」

「それが賢明かもしれないな」

「やめてよ。朝からそんなに角つきあわせて何になるの」

「飯がくるまでの暇潰しさ」

葛原は低い声でいった。

北見がハンバーガーとコーヒーの入った袋を抱えて戻ってきた。四人はリビングのテーブルを囲んですわり、朝食を摂った。

食べ終えると大出が財布をとりだした。

「いくらだ？」

「河内山に請求する」

葛原はいった。が大出は千円札を抜き、

「これで足りるだろう」

とテーブルにおいた。

部屋の隅においたファックスが動き始めた。金富昌の資料が送られてきたのだった。

葛原は煙草に火をつけ、ファックスから吐きだされた紙片に目を通すとテーブルにのせた。

「在団の担当だったといったな。この男のことをどのていど知ってる？」

テーブルをはさんですわる咲村に訊ねた。北見が手をのばして資料をとった。

「在団で一番恐れられている人物。その理由はもちろん在団特務を率いているからだけど、本国とも太いパイプをもってる。二十代のときに本国留学をして特殊工作の訓練を受けた。戻ってきてから在団特務を作ったのよ」

「――両親は強制連行か」

北見がつぶやいた。

「年齢は？」

「六十代の初め。青年指導部長の地位についたのは三十年も前なのに、それ以外の在団の公職には一切ついていない」

「それには安全部の幹部だという記述はなかったな」

葛原は北見が手にしている資料を目でさしていった。

「きのう初めて聞いたけど、別にそうであっても不思議じゃないわ。金は、在団員の本国への送金ルートを管理していて、誰がいくら送金しているか、数字を細かく握っているといわれているし、本国人民会議副議長兼国家安全部主席の楊正沢《ようしょうたく》とは特殊工作訓練校での同期生だという話よ。本国では経済と武力を握る人間は別々だけど、日本では金ひとりに集中している」

「それなのに青年指導部長以外の公職につかないというのは奇妙じゃないか」

「あまりにも憎まれているから、という説があるわ。病院で会った黄のように、殺したいほど金を憎んだり恨んでいる人間が、在団や元在団員には多い。そのせいで在団の理事にもなれないでいる。でも本国の権力が林剛哲から林煥に移ればまるでかわるでしょうね」

「――東京には金の妹夫婦がいますよ。驚いたな、『イメルダ』チェーンのオーナーじゃないか」

北見が唸った。

「宝石の？」

咲村が訊ねた。北見は頷いた。

「イメルダ」はフランチャイズシステムの宝石販売で店舗数を急速にのばした宝飾品チェーン店だった。独自の宝石鑑定書を発行し、自社販売品はその鑑定書がある限り、いつでも売値で買いとると宣伝して話題になった。

その一方で商品に粗悪な宝石が混じっていたり、店舗展開の過程で暴力団のマネーロンダリングが関係しているという噂が週刊誌の記事になったりしていた。

「そういえばあの国では良質ではないけれどダイヤモンドが採掘されているわ。ほとんどが工業用に回されるような品質だけど、たまにいい石がでると、林剛哲に献上されるって話よ」

「じゃ屑ダイヤをこっそり日本に運んで商売にしたか」

北見がいった。ありうることだ、と葛原は思った。とすれば、「イメルダ」チェーンと暴力団の関係は、密輸が発端だったかもしれない。

そのとき電話が鳴った。河内山だった。

「資料は届きましたか」

「届いた。妹夫婦が東京にいるな」

「関連資料を本庁四課からとり寄せられないか、交渉しているところです」

「関連資料?」

「『イメルダ』と柳井《やない》組の関係を四課が内偵したことがあった筈です。潰されましたが」

「国会議員か」

「ええ」

柳井組は北関東に本部のある広域暴力団だった。

「金の居どころについてはどうだ」

「部隊を招集するのに一時間はかかります。それから都内に展開させるので……」

よほど運に恵まれても金の居どころを捜しあてるのに丸一日はかかるだろう。

「客が襲撃されるのは、今日中だぞ」

「わかっています。ですが、それ以上急な手段は打てそうもありません。残念ながら私も片手を縛られているようなものなのです」

「あんたが失敗するのを待っている人間がいるということか」

「私たちの失敗、というべきでしょうが」

「あんたと姜と、か」

「あなたも含まれています。失敗すればそれぞれがツケを払うことになります。こういう不透明な状況に巻きこんだことは申しわけなく思いますが、今は葛原さんに全力を尽していただく他ないのです」

「俺が京都や大阪にとどまっていれば、姜の目的を果たしてやれたのにな」

「当初はそうだったかもしれない。しかし今はちがいます。在団や安全部は思ったより早く客の動きをつきとめた」

「姜はそれを知っているのか」

「もちろんです。彼はあなたの仕事が成功することを願っている」

「だったらなぜ成滝を説得しない」

「したのです」

河内山の言葉に葛原は驚いた。

「あなた方が帰ったあと、姜さんはけんめいに成滝を説得したそうです。しかし成滝は首をたてにふらなかった。彼の立場ではしかたのないことかもしれませんが、誰も信用する気はないといったそうです」

「その点に関しては俺も同感だ。俺が奴の立場でも同じ判断をする」

「いずれにせよ、成滝も在団と安全部が大挙して東京に入ったことを知れば、行動予定を変更する筈です。同時に情報が敵方に伝わっていることを悟る――」

「奴はもう悟っている。すべてに気づいた上で行動しているんだ」

成滝には在団と安全部の追撃をぎりぎりのところでかわす秘策が何かあるのだろうか。

喋りながら葛原は思った。もしあるとするなら、それは姜も知らない方法なのだ。

「アメリカ側からの情報はないのか」

葛原は訊ねた。

「客はアメリカ側の人間とも会っている筈だ」

「アメリカはまるで協力する気配がありません。これはおそらく、アメリカの政府内でも今回の会談が第一級の秘密にされているからだと思います。つまり、日本政府と同じく、客とアメリカ政府筋の人間が接触することを好ましくないと考えている人間が政府内に別に存在するのです。したがって、会談が、あの国にどのような結果を及ぼすかを見極められるまでは、この会談に関する情報は日本側にもたらされないと思われます。特に現在の日本政府代表をアメリカ政府は信用していませんから」

「アメリカ人は何か起きたら、そのツケを誰に支払わせるつもりなんだ」

「総理ですよ。反米政党に所属するのだから当然でしょう」

「つまりはそういうことか」

アメリカ側は、日本国内でのトラブルは恐れていない。どちらに転んでも使い途はある、というわけだ。河内山はそれに気づいているからこそ事態を恐れている。在団に流れている情報の出どころのひとつは、アメリカかもしれないと葛原は思った。

「今回の会談は、アメリカ側にとっては、ふたつの意味があるということだな」

葛原はいった。

「たぶんそうだと思います。あの国の問題と、我が国との問題です。意味の上で、より重いのは、我が国との関係に及ぼす影響かもしれません」

河内山はいった。その声にはわずかながら驚きがにじんでいた。

「鋭いですね」

河内山はつけ加えた。それにはとりあわず、葛原はいった。

「もしそうなら、アメリカ側は勝手に事態をコントロールしようとするかもしれん。情報を安全部にリークし、襲撃を意図的におこなわせることも可能だ。こちらの努力はまるで無意味になる」

「今のところそれはないと私は考えています。アメリカにとっては、悪い事態になれば、それはそれで使い途はあるでしょうが、最初からそのつもりで会談を設定しているとは思えません。もしそうなら、これほどまでの秘密主義を貫く必要はありませんから。会談の担当者は、いざという事態には備えているでしょうが、自らぶち壊しにする気はないと思います」

「もう少しはっきりいえないのか」

河内山は黙った。やがて、

「――これは未確認の情報ですが」

と切りだした。

「ＣＩＡの内部には、林煥が政権を受け継ぎ、鎖国独裁体制を維持するのを望んでいる勢力があると聞いています。理由は複雑で、こちらの推理には限界がありますが、たぶん大まかにいって、予算維持のための仮想敵国の存続とあの国で生産されているヘロインの国際市場における動向が関係していると思われます。その勢力が会談の内容や客の動きを探って在団側にリークしている可能性はあります」

「CIAは敵、ということか」

「一部の、です。ですが結果的には、CIAを全面的に信用できない状況が生まれています。今回に限って、私もCIAの担当者との接触は極力避けている状況です」

「会談はどこでおこなわれると思う？」

「通常は、こうした非公式な国際会談は、ホテルなり大使公邸などでおこなわれます。ですが警備面でホテルは使えず、情報の制御の面で、公邸も使えません。そうなると、個人の住宅を使って、という公算が高いでしょう。会談を担当する、アメリカ政府の人間に近い間柄の個人住宅を会場にしているのではないかと思います」

少なくとも今朝方、成滝は林忠一のそばを離れていた。それは保安面で、林と離れても問題がない、という確信があったからではないのか。とすれば、林が、アメリカ政府に近しい、いいかえれば在団特務や安全部ですら襲撃に躊躇する要人宅に滞在している証明かもしれない、と葛原は思った。河内山の勘は的を射ている。

「そういう人間をリストアップできるか」

「すでにしましたし、監視の人間を配置もしてありますが、ひっかかってきたところはありません」

つまり、まるで別の場所を選んでいるということだ。

「日本人はどうだ」

「日本人、ですか」

「右翼の大物やあの国出身の暴力団組長の自宅だ」

成滝ならば当然、同じ血の流れる暴力団幹部などを知っているだろう。保安面という点でいえば、広域暴力団の組長宅は、大使公邸などに比べてもひけをとらない。

「しかしアメリカ側がそれを受け入れるでしょうか」

「他に手がかりがなければ、あたってみる他ない」

「わかりました。それで葛原さんはどうするのです？」

考えていたことだった。

「よけいな世話を焼くしかないようだ」

「よけいな世話？」

「成滝にとって、という意味だ」

「どういうことです？」

金富昌と安全部、在団特務の動きを牽制する。それはそのまま、姜の作戦通り、デコイの役割を続行する、ということだ。

「デコイをつづける」

「そうですね」

河内山は嘆息した。成滝とつながる、姜という手段をもちながら、事態を掌握できずにいるいらだちを感じているようだ。

「何か起きるまでは……他に手はない。そういうことですね」

「そうだな。その何かがすべてを白紙に戻してしまえば、それきりだ」

林忠一の暗殺に安全部と在団特務が成功すれば、すべては徒労に終わる。そうなっても河内山は自分とチームを破滅に追いやるのだろうか。

追いやるのだろう。河内山のスタンドプレイの責任は誰かが被らなければならない。河内山は警察官僚だ。そして野心がある官僚なら、スケープゴートの準備は怠らないものだ。自らを檻に閉じこめる愚は決して犯さない。檻が迫ってくれば、別の誰かを用意する。

自分と河内山の関係に信頼は決して生じさせてはならない、葛原は自らを戒めた。河内山の情報に対する信憑性は高い。だがそれは河内山本人への信頼とはちがう。

「――またご連絡します」

河内山はいって、電話を切った。見つめていた咲村に葛原はいった。

「成滝は姜と袂を分った。アメリカ側にも会談を望まない人間がいて、情報は一切でてこないようだ」

咲村は目を閉じた。

「虚仮《こけ》にされたんだよ」

吐きだすように大出がいった。

「結局、最初から捨て駒だったのさ。河内山も、きのうの姜とかいう野郎も、お前を囮にする気だったんだ。それにつきあわされた俺たちが馬鹿を見た。何のことはない。自分の将来を捨てただけだ」

「だったら早く帰りなさい」

ため息とともに咲村がいった。

「愚痴る暇があるなら、府警本部長に詫びでも入れにいけばいいじゃない」

「指図する気か、俺に」

かっとなったように大出がいった。

「別に。男のくせに、ぐちゃぐちゃいうてんのが阿呆らし、と思っただけやわ」

咲村は醒めた目で大出に告げた。大出は口をつぐんだ。暗く、獰猛な目つきになっていた。

北見が口を開いた。

「『イメルダ』チェーンて、やくざとつながりがあったのじゃなかったですか？」

「柳井組だ」

葛原は答えた。

「武闘派ですね」

「警視庁の四課が内偵したところ、国会議員に潰された、と河内山はいっていた」

「柳井組は、確か、栃木だか群馬が本拠地でしたよね」

「群馬だ。新宿にも事務所がある」

おや、という顔を北見がした。

「葛さん、つきあいがあるんですか」

「つきあいがあるわけじゃない」

葛原はいって、煙草に手をのばした。

「木口《きぐち》という男を覚えているか」

「木口……」

北見はつぶやき、ああ、と頷いた。咲村と大出を気にしながらいった。

「無口な人でしたね」

木口というのは本名ではない。三年前に葛原のチームが逃がした本条《ほんじょう》というやくざの偽名だった。本条は柳井組の若手幹部で、跡目争いから、対立候補に命を狙われたのだった。

本条には踏みとどまって戦う選択肢もあった。が、それをすれば組が二分する可能性が大きく、世話になった組長への恩を仇で返すことになるからと、葛原のチームに「失踪」を依頼してきたのだった。本来ある、やくざの逃亡ルートにのれば、やがて居どころを知られることになる、それを防ぐには葛原のチームを使う他ない、と決心したのだ。本条を紹介したのは姜ではないツナギだった。葛原は当初その依頼を断わった。やくざを客にする気はなかったからだ。

しかしツナギを通して、再度の依頼を受け、本条と会って気がかわった。本条は、およそやくざらしくない外見で、しかも寡黙な男だった。

――足を洗う気です

暗い目で葛原を見つめ、ぽつりといった。

いるべきでない世界に足を踏み入れ、意に染まない立場に達してしまった人物――葛原にはそう思えた。その立場が本条を追いつめたのだ。

チームは本条をハワイへ逃がした。本条は密かにハワイのコンドミニアムを手に入れていたのだ。本条の「失踪」にトラブルは生じなかった。

だが本条が木口と名を変えてハワイに移り住んで三ヵ月後、本条のライバルが急死した。癌だった。引退を表明していた組長が、本条に返り咲きを打診した。本条は組長を継がない、という条件で日本に戻った。その折り、本条は葛原にツナギ経由で詫び状をよこしていた。無理をいって自分の逃亡を手助けしてもらったのに、その好意を無にする結果になり申しわけない、というものだった。

その後、本条がどうなったかを、葛原は知らない。引退したのか、それとも柳井組の大幹部におさまったのか。

北見らチームの仲間は、本条がやくざであったことを知らない。

葛原は電話に手をのばした。米島はすぐに呼びだしに応えた。

「おはよう、葛さん」

「米ちゃん、暴力団事務所の住所録って、もってたかい」

「暴力団？　あるよ」

米島はこともなげにいった。インターネットではさまざまな情報が売り買いされている。自宅をほとんどでることのない身でありながら、米島はコンピュータを通して、それらの情報を集めていた。企業の顧客データや住所録などが、インターネット上では、ときに公然と、ときに秘密裡に売買されている。それらの〝商品〟は、盗品であることも少なくない。

「柳井組のデータはあるかい？　柳に井戸の井と書く」

「待って。今、叩くから」

キイボードを打つ、カシャカシャという音が聞こえた。

「前橋に二つ、あと新宿にひとつ」

「電話番号はでてるか」

「あるよ。これはね、警視庁だか警察庁のデータが流されたやつだから」

いって、米島は三つの電話番号を読みあげた。葛原はそれをメモした。

「やくざもありなの？」

米島は訊ねた。情報に飢えているようだ。

「何でもありさ。ＣＩＡまでからんできている」

米島を喜ばせるために葛原はいった。

「すげえ。本物のＣＩＡに会ったら教えてよ」

「わかった。また連絡する」

メモをした電話番号を見つめた。たとえこのうちのどれかで本条と連絡をとれたとして、それで何ができるのだ。

葛原は考えるのをやめ、ボタンを押した。新宿の番号だった。なぜかはわからないが、本条がいるなら、柳井組の本拠地のある前橋ではなく、新宿ではないか、そんな気がしていた。

呼びだし音が二度鳴ったところで、

「はいっ。柳井総業ですっ」

威勢のいい若者の声が応えた。

「葛原と申しますが、そちらに本条さんはいらっしゃいますか」

「本条代行は、まだこちらに参っておりませんが、どちらの葛原さまでいらっしゃいますか」

「以前、お世話させていただいた旅行代理店の者です」

「そうですか。失礼ですが、ご連絡先をうかがえれば、代行にお伝えします」

葛原は携帯電話の番号を伝えた。

「承りました。失礼いたします」

咲村が訊ねた。

「柳井組に接触するの？」

「情報が得られるという確信はない。が、何かわかるかもしれん」

「金の妹夫婦と柳井組につながりがあるとしたら、へたな接触は危険じゃない？」

「遠巻きにしていたのでは、もう何も入ってはこない」

「姜がいるわ。あの男なら成滝の動きをあるていどはつかんでいるかも」

「もしそうならば、とうに河内山が情報をひきだしている。成滝は姜を切った時点で、姜のもつ情報が役に立たない方針に切りかえている」

咲村は天井を仰いだ。

「東京にきて、かなりいい線いったと思ったけど、またふりだしなのね」

「大阪には土田がいて、東京に姜がいる。どちらも似たような役割ということだ」

「でも成滝は、本当にひとりで全部を敵に回せると思っているのでしょうか」

北見がいった。

「今の話を聞いていても、無茶じゃないですか。在団特務や安全部だけでなく、ＣＩＡまで敵に回しているのでしょう。俺だったら、小便ちびりますよ」

「そうか。北さんは、あの場にいなかったのだな」

葛原はつぶやいた。

「成滝はこういっていた。〝逃がし屋〟は、小汚ない悪の、そのまた上前をはねる商売だ。だが林忠一はちがう。林忠一に手を貸すのは、悪を手助けすることとはちがう。だからやるんだ、と。愛国心は関係ない」

「あれが本音だとは、わたしには思えなかった」

咲村がいった。

「あの男を動かしているのは、やはり愛国心ではないかと思うの。ただそれを認めたくないものが自分の中にあって、ああいったのじゃないかって……」

葛原は頷いた。似たような気持を葛原も感じていた。だが一方で、成滝の言葉は、葛原の胸を射抜いていた。

無実の罪なら、国外逃亡を企てる者はいない。〝逃がし屋〟に仕事を依頼するのは、すべて自分が「有罪」であると知っている人間ばかりだ。無実の人間は、その証明を試みることなく、国外へ逃げだすのを潔しとはしない。

葛原自身がそうだ。これだけのあいだ、犯罪者を手助けしながら、自分は決して国外へ逃げようとは思わなかった。逃げればその時点で、「有罪」を認めたことになると思っていたからだ。

だがそれは誰に対してなのか。

警察か、裁判所か、それとも世の中に対してなのか。

葛原は、自分に対して無罪を証明する必要は感じていない。自分があの殺人をおかしていないことは、誰よりも自分が知っている。

しかし、法に対して無実であることと、事件に対して無実であることとはちがう。自分の存在なくして、事件はおこりえなかった。自分の存在なくしては、殺意も生じず、殺人もおこなわれなかった。

その意味で、葛原は無罪ではない。奇妙なようだが、この罪の意識の象徴が、出頭もせず国外逃亡もしない、今の葛原の位置なのだった。

〝逃がし屋〟は、確かに違法な職業であり、その業務は犯罪行為である。しかし葛原は、〝逃がし屋〟であることによって、今まで以上に自分が汚されると考えたことはなかった。

その点では、成滝は葛原よりはるかに、潔癖な考え方をしている。

携帯電話が鳴った。重い沈黙が漂っていた室内が緊張した。葛原の手もとで液晶画面を光らせている電話機に、全員が注目した。

「はい」

「電話をちょうだいした本条と申す者ですが——」

抑揚のない口調が耳に流れこんだ。

「葛原です。覚えておいでですか」

知らない、とかわされたらすぐにひきさがるつもりだった。

「その節はご迷惑をおかけしました」

「いえ。ていねいなお手紙をいただいて」

見つめる大出の目にいらだちが浮かんでいた。葛原は息を吸い、言葉を口にした。

「本条さん、今どちらにおいでですか」

「新宿です。出向になりまして」

「そうですか。お会いする、というわけにはいきませんか」

「——急ぎですね」

訊ねるというよりは、確認するようないい方だった。

「ええ」

「ではこちらからうかがいます。新宿においでになるよりは、その方がいいと思いますので」

「東京駅の近所ではどうです？」

「大きな本屋さんがありましたね。八重洲口の向かいに」

本条はいった。

「八重洲ブックセンターですか」

「そこの喫茶室に一時間後でいかがですか」

本条の口調に迷いやためらいはなかった。

「ええ。けっこうです」

「では、のちほど」

本条は切った。驚きも不快も、疑いも感じられない、終始落ちついた口調だった。

葛原は時計を見た。午前十一時になろうとしている。サラリーマンの客が多い八重洲ブックセンターでも、本条の姿はさほど目立たないだろう。ひと目見て、その正体をやくざだと見抜ける人間は、ほとんどいない。

「賭けね。もしかすると、柳井組はあなたのことも知っているかもしれない。金富昌にとっては、あなたも成滝も同じ側の人間よ」

咲村がいった。

「その本条ってやくざが、何の役に立つんだ。まさかさらって口を割ろうというのじゃないだろうな」

大出は猜疑心のこもった目を葛原に向けた。葛原は首をふった。

「さらったところで口を割るような男じゃない。だが彼は俺に借りがひとつある」

「やくざの貸し借りなんかに何の意味がある」

大出は吐きだした。

「あんなものは、意味のない記号みたいなもんだ。自分たちの都合でどうにでもかわる」

北見が訊ねた。

「あの木口が、今の本条って人ですか」

葛原は頷いた。

「驚いたな。やくざだとは思わなかった。でもあのときは人を殺したか何かしたのかと思ってました。あまり静かなんで、かえって無気味で」

「命を狙われていたんだ」

「そんな風には見えなかったな。落ちついていて」

「本条の地位は？」

咲村が訊ねた。

「電話番は『代行』と呼んでいた」

「組長代行？　まさかね」

「会えばわかることだ」

「もし組長代行だったら、とんでもないことになるわ」

咲村がつぶやいた。

22

八重洲ブックセンターの喫茶室に、本条はすでに到着していた。咲村と大出は、書籍売場に張りこみ、葛原は北見を車に残して、入っていった。

本条は濃いグレイのスーツに鮮やかな紺のネクタイを締めていた。窓を背にすわり、葛原の姿に気づくと、小さく会釈した。

「その節は」

「いえ」

葛原はいって、向かいに腰をおろした。店内に本条のボディガードと思しい人間の姿はない。

「その後、いかがです?」

本条は長い指でコーヒーカップに触れた。うつむき気味に話す。細面で、男にしては長いまつ毛が印象に残る顔立ちをしていた。

「前橋には戻りませんで、今は新宿の事務局を任されています」

「電話にでた人は、あなたを『代行』と呼んでいましたが」

「新宿の事務局長は、本家の会長が兼任しております。ずっとこちらが長かった人で、新宿方面のつきあい上、名前を外すわけにもいかなくて――」

本家という言葉は、本条には似合わなかった。

「そうですか」

本条は目をあげた。正面から見る本条の顔は決してやさ男ではない。

「どんなご用件で」

「金富昌という男をご存知ですか」

本条は瞬きひとつしなかった。

「お名前は」

「今、東京にきているそうですね。本条さんのところでお世話をされているのかな、と」

本条の目はまっすぐに葛原の目を見つめていた。

「お世話が必要なほど、こちらの地理に暗い方ではないと承っています」

「誰か、人を捜してらっしゃる筈だ」

本条の手がテーブルの上におかれていたラークにのびた。葛原の方は見ずに訊ねた。

「葛原さんとのご関係は？」

「その方が捜しておられる人を、私も捜しています」

「そういえば今朝、所轄の方がお見えになりましたよ。何かかかわったようすはないか、とね」

「あるのですか」

本条の目が再び葛原を見た。

「あの方の弟さんと、本家が兄弟分でしてね。その関係で動いている者は確かにいます」

「どこに？」

本条は沈黙した。つかのま待ち、葛原はいった。

「いえないでしょうね。失礼しました」

「いえないのではなくて、知らないのです」

葛原は本条を見直した。本条の口もとに薄い笑みがあった。

「妙なもので、若い者頭が死んでから、組は一気に世代交替が進んでしまいました。私のことを懐しがった本家の先代は、去年亡くなって、私はもう、いてもいなくてもいいようなものなんです。そうなると、私のところには、あまりニュースが入ってこない。別に入ってこないところで、困りもしませんから、そのままですが」

結局、どっちつかずの道を選んだことになったのだ。足を洗いはしなかったが、引退したのとさほどかわらない人生を歩んでいる。

葛原はそう受けとった。

「おかしなものですね」

本条の笑顔が大きくなった。

「ほんの三年かそこらなのに、あんなに思い詰めた自分は何だったのかと思えちまう。まるで惚れたはれたの騒ぎみたいなもんですよ」

「戻ったことを後悔していますか」

本条は頷いた。

「正直にいや、そう思います。でもあのときは、人伝《づ》てでも、先代が『本条さえいりゃあ』っていって下さってるのを聞いて、知らんふりはできませんでした。といって、先代が亡くなったとたんに、義理はもうねえ、じゃムシがよすぎるでしょう。先代は、『お前のエンコなんざいらねえ』とすら、いって下さったのですから」

指はしかし欠けていた。

「これはね、今の本家です。跡目を継がれたときに、ケジメをつけろ、とおっしゃって」

「じゃ飼い殺しですか」

「きついな」

本条は笑った。目には笑みのかけらもない。

「気楽な身分です。何かあっても的にかけられることもないし」

「無理なお願いをしました」

「いえ」

本条は首をふった。

「本家の地元からでてる羽月《はづき》って先生がいましてね。本家とその先生、それに金先生は、かなり濃いんですよ。私あたりにはなかなか入ってこない話が多くて。でもお困りなんでしょう、葛原さん」

「ええ」

「そうでしょうね。でなけりゃあなたみたいな人が私を頼ってくるわけがない。少し動いてみますよ。先ほどの番号にお電話すればいいんですか」

「金は兵隊を連れてきています」

「知ってますよ。物騒な連中だ。うちあたりの若い者でも三人四人がかりで何とかってのも、ときどき混じってますね。それでいて言葉が喋れなかったりする」

「今日明日のうちに、どこかへ集める筈です。それがどこかを知りたい」

「難しいかもしれませんが、やってみます」

葛原は本条を見つめた。

「お礼はできません、何も」

本条は微笑んだ。

「いいんじゃないですか、別に」

そして伝票をつかみ、立ちあがった。なにげない口ぶりでいった。

「でかいついてますね。知ってますか」

「ええ」

「外してほしければそうしますが」

「大丈夫です。本条さんにはご迷惑はかけません」

本条は再び微笑んだ。

「ご連絡します」

とだけいって、喫茶室をでていった。

うしろ姿を見送っていると、携帯電話が鳴った。

「河内山です。姜と連絡がつかなくなりました」

「姜と？」

「今、姜の事務所からかけています。襲撃された形跡があります。上の住居部分もやられています。住んでいた筈の、姜の妻、高校生の娘、全員の姿がありません」

「緊急配備はしたのか」

「これからするところです。ただ襲撃のおこなわれたのは、早朝のようで、今からでは役に立たないと思われます」

「金富昌の居どころはどうなっている？」

「状況に変化はありません」

「もしそれがつきとめられたら、あんたは警察を動かせるのか」

「姜に対する襲撃は材料になります」

うかつだった。葛原は後悔した。姜と土田の役割が同じなら、土田に対してと同様に、部隊が上京した時点で、姜に対しても襲撃がおこなわれると予測すべきだった。

「準備をしておいてくれ」

「今、柳井組の一件資料を急がせています。いざとなれば柳井組から叩きます」

「今は駄目だ」

葛原はいった。事態がねじれてきている、という思いがあった。

「今は柳井組には手をださないでくれ」

「なぜです？」

「情報が殺されてしまう」

「しかし、待っていては、姜の命が危険です。既に殺されているかもしれない」

目的地を東京に絞りこんだ金の部隊は、今度は容赦しない。死ぬまで姜を拷問する。だが姜は、成滝の居どころを知らない。

成滝は姜を見殺しにしてでも、林忠一を守るだろう。

「火がつきましたね、いよいよ」

河内山はいった。

「会ってお話しするわけにはいきませんか」

葛原が黙っていると河内山はいった。

「互いに情報を整理しておいた方が賢明かもしれません」

そちらに何の情報があるというのだ、という言葉を葛原は呑みこんだ。河内山のもたらす情報は常に結果ばかりだった。

「いいだろう。こちらは今、東京駅にいる」

「では真ん中をとって虎ノ門ではどうでしょう。二十分後に交差点に立っています。ピックアップして下さい」

「了解」

葛原は立ちあがった。八重洲ブックセンターをでてワゴンに乗りこんだところで咲村と大出が合流した。

「虎ノ門にいってくれ。河内山を拾う」

運転席の北見は無言で車を発進させた。葛原は後部席に無言ですわる二人をふり返った。

「姜がさらわれた。女房と子供もいっしょだ。たぶん在団特務だろう」

咲村は眉をひそめた。

「奥さんと子供も？」

「拷問するなら一番の材料だ」

「本庁が動けるな、これで」

大出がいった。

「さらった金富昌らの居どころがわからなければ役には立たない。金には一日か二日あれば充分なんだ」

「殺されるわね、彼」

咲村がつぶやいた。

「金も必死だ。大阪で安全部の工作員が死んでいる以上、林を見つけだせなければ本国の信頼を失うだろうからな」

「あの男はどうだったの」

「組長と金の弟は兄弟分だそうだ。柳井組は安全部の工作員を預かっている」

「じゃ柳井組を叩けば話は早い」

大出がいった。

「工作員を何人つかまえても、金を押さえなければ意味がない。今は、工作員や在団特務がどこに送られるかを調べてもらっている」

「いましたよ」

北見がいった。葛原は前方に向きなおった。虎ノ門交差点の横断歩道のかたわらに河内山が立っていた。

葛原はフロントグラスごしに車のうしろを指さした。北見がスピードを落とすと、大出がワゴンのスライドドアを中から開いた。

河内山が乗りこんで、

「すまない」

といった。

「どこいきます？」

北見が訊ねた。

「とりあえず新宿に向かってくれ」

葛原はいった。柳井組が工作員と在団特務の一部の面倒をみているとすれば、当然新宿事務局の勢力範囲でのことだろう。本拠地の前橋では、東京が遠すぎる。

「柳井組に関して何かわかったのですね」

河内山がいった。

「その前に状況を整理しようじゃないか」

河内山は小さく頷くと、大出と咲村に目を向けた。

「ご苦労さまです。だいぶ疲れているようですが、大丈夫ですか」

「大丈夫じゃありません」

咲村が厳しい表情でいい返した。

「大阪勤務に復帰したいということですか」

咲村は無言で腕を組んだ。大出が口を開いた。

「我々はすでに本来の職分を逸脱しています。情報を、得すぎているようです」

不安げな表情だった。葛原はいった。

「このふたりは望むと望まざるとにかかわらず、あんたの闘いに巻きこまれたんだ。本当はもっといいたいことがあるだろうな」

河内山は無言で咲村と大出を見つめていたが、大きく息を吐いた。

「――今なら任務を離脱して大阪に戻られてもかまいません。府警本部長には、こちらから話を通しておきます。おふたりには当初の見通しとは異なる任務となってしまったことは申しわけなく思っています」

「わたしは離脱しません」

咲村がいった。

「事態の推移を見届けるまではそのつもりはありません」

「管轄外なんだ、東京は。我々がこちらで活動をおこなえば、それは服務規定に違反する」

大出がいい、河内山を見つめた。

「そうなった場合、我々の立場は認められるのでしょうか。河内山警視正にではなく、警察庁によって、という意味です」

反論しかけた咲村が口を閉じ、河内山を見つめた。

「あなた方には絶対、累が及ばないようにします。府警本部長とは了解ずみの事項です」

河内山は答えた。

「警視庁とはどうなんです。警視庁の公安部長や刑事部長も了解ずみなのですか」

大出はさらに訊ねた。

「警視庁には一部情報は流しています。状況から想像はつくと思いますが、このチームの情報を事前に各部署に送るというわけにはいかないのです」

「ということは我々が逮捕される可能性も否定できないわけですね」

咲村がいった。責めるというより確認するかのような口調だった。

「逮捕まではないと思います。よほどの事態が起こらぬ限り――」

「よほどの事態になっているのじゃないか、もう」

葛原は口をはさんだ。河内山は沈黙した。

「つまり我々の身分は保証されていないということですね」

大出は河内山を見つめた。

「完全には。離脱を要求しますか」

河内山は大出を見つめ返した。大出はすぐには答えなかった。咲村は黙っている。

「離れたいのなら離れた方がいい。じきそうしたくともできなくなるぞ」

葛原はいった。

「殺人指名手配犯に意見されたくないね」

大出は葛原の方を見ずにいった。河内山がわずかに息を吸いこんだ。

「――話したのですか」

「成滝が知りたがった」

葛原はいった。

「今日一日だ」

大出が口を開いた。

「今日一日はつきあわせてもらう。明日には大阪に帰る」

決意のこもった口調だった。河内山は頷いた。失望も安堵もその顔にはなかった。

「けっこうです。では今日一日、任務を全うして下さい」

葛原に顔を向けた。

「柳井組の情報について聞かせて下さい」

「柳井組の組長と金富昌の弟とは兄弟分だそうだ。柳井組は、安全部の工作員と在団特務の上京メンバーの面倒をみているらしい。その連中がどこへ動くかを、調べてもらっている」

「柳井組と安全部の関係についてはこちらも想像していました。新宿署の人間にはそれとなく注意するよう命じてあります」

「前橋選出の羽月という議員がいる。羽月と組長、それに金の弟はつながりが深いようだ」

「羽月六郎《ろくろう》ですね。この前の選挙で保革が逆転するまでは建設省の政務次官をしていました。地元の問題に関しては、地検がやりかけてやめたという噂を聞いたことがあります。相当、よごれているらしくて」

「たぶん柳井組への内偵を潰させたのは、その羽月だろう」

「金富昌の妹夫婦は、群馬県一帯で、パチンコホールやラブホテル、消費者金融などを手広くやっています」

葛原は頷いた。河内山は息を吸い、大出と咲村、葛原の顔を見渡した。

「整理します。林忠一は成滝とともに東京に潜伏している。アメリカ側との会談はすでに始まっていて、あるいは終わった可能性もある。いいですね」

全員無言で頷いた。

「一方、金富昌は、在団特務と本国から密入国した安全部の工作員をひき連れて上京している。受けいれ先となっているのが柳井組で、柳井組は宿舎や交通機関などの手配をしていると考えてよいでしょう」

「金は林忠一の居どころ、あるいは立ち回り先を事前に察知し、そこに襲撃を加える気でいる。金にとっては最大の機会となるので、柳井組の協力も仰いだというわけだ」

葛原がいうと、河内山は頷いた。

「ただし成滝もそれを知っている。葛原さんの協力を退けたのは、金の裏をかく自信があったからではないでしょうか」

「問題は姜だ」

「しかし姜は、成滝や林の居どころを知らないと思われます。姜が葛原さんを私に紹介し、デコイとして使ったことで、姜に対する信頼を成滝は捨てましたから」

「居どころではない。姜が知っている可能性があるのは、金らの追撃をかわすための成滝の作戦だ」

「それが金側に洩れた場合、どうなります？」

葛原は煙草に火をつけた。

成滝には秘策がある、と思っていた。その秘策とは何だ。葛原はきのう、姜はそれを知らないと思った。それは、秘策が場所だ、と考えた場合の話だ。

だが場所が秘策ならば、成滝は葛原を利用することもできた筈だ。葛原らに林を預けると見せかけ、別の場所に誘導することでデコイの役割をつづけさせればよかったのだ。

成滝はプロだ。成滝のやり方、思考は、葛原に似ていると、姜はいった。

葛原ならそうする。もうひとつのチームの存在を姜が隠していたからといって、感情的な理由で協力を断わりはしない。受けいれるふりをして、とことん利用する。

ならばデコイを必要としなかった理由は何か。

そうだ。必要としなかったのだ。

葛原は目をみひらいた。いくつもの可能性が目前に広がった思いだった。

デコイを必要としなかった理由。その一番は、秘策が場所ではなかったからだ。

場所でなければ何なのか。

人、または手段といいかえられる。成滝はある種の反撃をしかけるつもりではないのか。

そしてそのことが、金の追撃を牽制する効果をもつ。

「どうしました」

河内山が訊ねた。

「金に洩れたら成滝は破滅する」

葛原は短く答えた。

「破滅？」

デコイを必要としなかった二番目の理由。葛原はそれを頭から追いだした。その点については、今考えるべきことではない。

「成滝は金に対し、攻撃を考えている」

「攻撃とはどういうことです」

「実行はしなかったが、こういう計画をたてたことがある」

葛原は煙草を口からはがし、いった。

「小さな組だが地元に強力な影響力をもつ暴力団に追われている人間を、その地元から連れだす依頼を受けたときのことだ」

当然、組側は街のどこかに依頼人が潜んでいることを知っていて、全組員を動員しても捜しだすつもりだった。

その場合、組事務所は連絡係をのぞくと、ほぼ人間がではらった状態になる。

葛原が考えたのは火災だった。火災が生じた場合、火災時ではなくその鎮火後に現場は大量の人手が必要となる。運びだした家財道具の搬入や消火作業後の清掃など、消防署の協力を得られない人的作業は多大だ。

その結果、依頼人を捜す人間の数はぐっと減少する。そのすきを狙って、依頼人を脱出させるのだ。

実行しなかったのは偶然の助けによるものだった。その組の幹部がスナックで配下の組員から撃たれるという事件が起こり、警察が取締りを強化したため、捜索が手薄になったのだ。

「いわば捨て身の手段だ。最後の方法といっていい」

「そうかしら。攻撃は最大の防御というじゃない。陽動作戦の一種でもあるし、プロなら当然使いそうな手だわ」

咲村がいった。葛原は咲村を見た。

「こんな話をしてもしかたがないが、それはちがう」

「なぜ」

「確かに依頼人にとっては、どんな作戦をとっても逃げられさえすればそれでいいだろう。この仕事では、リピーターというのはいないのだからな。一度〝逃がし屋〟を使った人間が、またあそこに頼もうという事態は起きないのがふつうだ。たとえばの話、一回我々の手を経て、国外にでた人間がその後秘かにこの国に舞い戻り、再び追われる立場になったから逃がしてくれと頼まれても、私は断わるだろう。仕事はひとりの依頼人に対して一度きり、というのが鉄則だ。何度も依頼するということは、こちらの仕事内容を軽視しているのと同じだと私は考えている」

「確かにそれはそうかもしれないけれど……」

「一方で、仕事を終えたあとの我々はなるべく痕跡を残したくないと考える。依頼人には常に追われるだけの理由があるが、その理由は依頼人とともに消滅してもらわなければならない。それを追う側がどう考えるか。いいかえれば、消えてしまった依頼人に対して、追う努力を無駄と考えるようにしむけるのが我々の仕事だということもできる。しかし火災を起こすとか、あるいは他の方法で追う側に被害を与えた場合、今度は、我々に追われる理由が生じてしまう」

「だって〝逃がし屋〟じたいが既に違法だろうが。そうは考えないのか」

大出がいった。

「〝逃がし屋〟は確かに違法だ。だがそれは存在が司法機関に発覚して初めて、違法となる。依頼人の失跡と〝逃がし屋〟の存在をつなげて考えない限り、違法行為の存在はそこにない。もし火災を起こしたりすれば、逆にその存在を証明することになる」

「早い話、依頼人が追われるのはかまわないが、自分たちが追われるのはごめんだということか。勝手な話だな」

「仕事とはそういうものだと思っている。一度きりの依頼人のために我々が余分な犯罪を背負いこんでいたら、最後は自分を依頼人にしなければならなくなる」

「そのつもりだったのじゃないのか」

葛原は答えなかった。

「プロらしい考え方だと思うわ」

咲村がいった。

「認めはしないけれど、理解はできる」

「立派だね」

大出が皮肉った。今日一日と腹をくくったことで、咲村に対する反感を隠す努力を放棄したようだ。

「俺は点数稼ぎの必要な末端の警官だからな。もし将来、この連中を自分の管轄で見かけたら、容赦なく職質をかけるつもりだ。あるいはそれ以上のことをするかもな。かまわんでしょう、警視正」

大出は河内山を見た。全員が河内山に目を向けた。大出の問いには挑発がこもっていた。

河内山は一瞬の沈黙ののち、口を開いた。

「すべては今回の事案の結果しだいですね。我々が勝ち組に回れば、あなたはそんな考えを露ほどももたなくなるでしょう。もし負け組に回れば、彼らと出会う可能性すらなくなるかもしれない」

咲村が顔を歪めた。

「そうじゃない。どちらに転んでも、わたしたちは知りすぎている。この件で出世なんてありえない。なぜならわたしたちの活動そのものが、もう既に警察官の範囲を超えているのですから」

河内山は頷いた。

「その通りです。この事案におけるあなた方の行動内容が勤務評定に影響を及ぼすことはありえません」

「じゃあこれはいったい何だったんだ?!」

大出が激しい語調でいった。

「あんたも我々と同じだということだ。兵隊であり捨て駒なんだ」

葛原は告げた。

「馬鹿をいうな。俺たちは警察官だ。お前らのような犯罪者とはちがう！」

大出が葛原をにらみつけた。

「今わたしがいったことを忘れたの。わたしたちはここに警官としているのじゃない。ボディガードとしているだけなのよ。そういう意味では葛原さんたちと何ら立場にちがいはない」

大出はぐっと頬をふくらませた。だまされた、そういいたい気分なのだろう。ただ険しい目で河内山をにらみつけた。

「組織とはそういうものですか、河内山警視正。我々は、警視正の警察庁《サッチヨウ》内における私的闘争の駒にされたと。そういうわけですか」

すごみのこもった口調でいった。

「私的闘争ではない。この国の将来にかかわる重大問題の立場対立だ」

「だが俺はそんなことは知らない。知ったことじゃないんだ！　あんたたちキャリアとはまるで立場がちがうんだよ！　失敗したって、せいぜい地方県警の本部長さままでは必ずいかせてもらえるキャリアと、一生ハコ番で終わる俺たちとでは、ぜんぜんちがうんだ。なのにあんたは、俺や咲村を巻きこんだ。殺人指名手配中の常習犯罪者と行動を共にとらせ、管轄外で服務規定違反となる警察活動をおこなわせ、それでどれだけ何が起ころうと、勤務評定には何の影響もないだと?!　ふざけるな！　じゃ俺たちは体よく利用されているだけだろうが！　馬鹿にしてるのか。俺たち末端警察官を」

つかみかかるより一瞬早く、咲村が割って入った。

「やめなさい！　やめてっ」

河内山の襟首をとらえようとした腕をおさえつけ、咲村が叫んだ。

「何とかいえっ。いってみろ」

河内山の顔は蒼白だった。だが怯えたようすはなかった。大出の目をとらえ、冷ややかにいい放った。

「あなたたちは志願したんだ。それを忘れてもらっては困る」

大出は沈黙した。しかしその沈黙は、言葉以上に大出の気持を表わしていた。

危険だと葛原は思った。大出は暴走する可能性がある。といってここで放りだせば、何をするかわからなかった。えてして、こういう一本気な人間が忍耐の限界を超えると、マスコミにすべてを暴露したり、反対陣営に一気に走ったりする。大出をそばにおいておかなければならない。さもないと警察庁において河内山と立場を異にする官僚のもとに出向き、これまでのことをぶちまけかねなかった。

そのときにはもう、自分の立場保全などを考えず、河内山に対する復讐の念につき動かされているにちがいない。

「――そう。わたしたちは志願したのだわ。別に昇進を約束されたわけじゃない」

咲村が虚ろに聞こえる声でいった。

「責めるのだったら、自分を責めるべきだ。警察なんて建前ばかりの組織だって、最初から知りつくしているのだから」

葛原は河内山を見た。河内山は無表情だった。もしこの先、大出か咲村が殉職するようなことにでもなったら、河内山はどう〝責任〟をとるつもりなのだろうか。

〝責任〟などとりはしないだろう。もし〝責任〟をとり、警察官僚を辞するようなことにでもなれば、それこそ死んだ者は犬死にだ。そう理屈がつく以上、河内山は決して辞職しない。

人間の持てるものは不公平だ。同じ量を失うことで、すべてを失ってしまう立場の者と傷になるだけで生きのびられる者とが、はっきり分かれている。まるでテレビゲームの主人公たちのようだ。ＨＰ（ヒットポイント）と呼ばれる生命力の数値設定が低い者と高い者がいる。モンスターと戦ったとき、百なら百という同じダメージを受けていながら、HPが百に満たないキャラクターは死亡し、百を超えるキャラクターは生き残る。

そういう意味ではまさに大出と河内山とでは、HPの数値がちがいすぎる。

葛原は、はるか昔、久保悦子と夢中になったテレビゲームを思いだした。現在のような派手な演出もグラフィックもない、シンプルなロールプレイングゲーム。だが夢中になった。久保が帰らない日、朝までゲーム機のコントローラーを握りしめていた。

指が痛くなった、そう笑ったら、悦子は無言で葛原の親指を口に含んだ。

「もういい」

葛原はつぶやいた。

「止まっていることはどうせできない」

「攻撃のことを話して」

咲村がいった。

「成滝はふたつのチームをもっている。ひとつは林を護衛し、安全に移送するチーム。もうひとつは、六本木で俺を襲ったチームだ。成滝はあとの方のチームを使って攻撃をしかける」

「金に？」

葛原は頷いた。

「でもどうやって？　金は柳井組に保護されているし、居場所だって簡単にはわからない」

「金本人はそうだろう。だが金とつながる、もうひとりの大物がいる」

「羽月――」

「そうだ。代議士が襲撃をうければ、マスコミも大きくとりあげるし、警察も背景を厳しく捜査する。それによって在団と羽月の関係が表沙汰になれば、金は動きを制限される」

「でもそんなことをしたら、成滝自身が首謀者として手配されるわ」

「黄のような人間を使えばいい。大阪の印刷会社にデコイとしていた男だ。在団、特に金富昌に憎しみを抱いている人間に因果を含めれば、成滝とは無関係に羽月を襲ったことにできるだろう」

「それでも疑いが残るわ」

葛原は咲村を見た。

「だからこそだ。一引く一は零になる犯罪だったら、マスコミは飛びつかない。事件そのものは派手でも、その場限りの報道で終わりだ。しかし何か背景がある、割り切れないものを感じるとなれば、マスコミはしつこく動く。そのときは政治家が警察を封じこめても、マスコミにまでは手が回らない。特に在団に反感を抱く、右寄りのマスコミは」

咲村は河内山に目を移した。

「姜がそのことを知っていると思いますか」

「姜は、成滝が俺を襲わせることを知っていた。つまり成滝のチームに襲撃班が存在すると知っている。襲撃班をただのボディガードとしてのみ考えていれば別だろうが、万一、職質をうけたら一巻の終わりになるような連中をそばにおかないのが常識だ。となれば、襲撃班には別の目標があると気づくのがふつうだろうな」

河内山の表情が変化した。

「羽月の警護を強化するのか」

葛原は訊ねた。河内山は無言だった。

警護を強化すれば、襲撃は失敗する。失敗のしかたによっては、成滝が打った最後の手段も水泡に帰する。

だが万一、姜が拷問に屈し、羽月の襲撃計画を白状すれば、ただちに羽月は身を隠すだろう。対象を見失ってもこの作戦は失敗する。

そのとき葛原の携帯電話が鳴った。

「はい」

「本条です。今、お話ししてよろしいですか」

「大丈夫です」

「兵隊はふた組に分かれています。ひと組は都内に昨夜からいますが、もうひと組はどうやら神奈川に向かったようです」

「神奈川？」

「ええ。都内の方は場所がわかるのですが、神奈川については、かなり厳しい箝口令がしかれてましてね。これは自分の考えなのですが、どうもよその社ともめる可能性があるんで、うちの社員をなるべく引っこめておこうってことじゃないかと思うんです。というのも、都内には、うちの正式な社員が何人か世話するためについてるんですが、神奈川の方は、道案内する人間にさえ、社員を使ってないんです。桜田商事すら関係を知らない、フロントを使ってましてね」

「そのフロントの名前と、都内の場所はわかりますか」

「ガサ、かけさすんですか」

本条の声が低くなった。葛原が承知で刑事を従えている姿を見て、警察とつるんでいると踏んだのだ。

葛原は無言で目を閉じた。

「じゃあ待って下さい。うちの人間、もってかすわけにいきませんから。外したら連絡します」

「本条さん、遅れると人が死ぬ」

本条は黙った。本条が都内の在団特務のアジトを教えたことは、決して誰にも洩れない。

したがって柳井組の組員がそこで逮捕されたとしても、本条に責めが及ぶことはない。だが、本条は面子とはかかわりなく、それをできないと考える男だ。

「悪かった、本条さん。あなたの気持を考えないことをいいました」

葛原はいった。本条はそっと息を吐いた。

「いいんです。なるべく急がせます。それとフロントの方ですが、児島産業といいます。産廃の処理業者です」

「ありがとう」

「またご連絡します」

いって、本条は電話を切った。全員が葛原を注視した。

「柳井組が、在団特務と安全部のために用意したアジトがわかった。それと金は、二つに部隊を分け、ひとつを神奈川に向かわせている。たぶん神奈川に林がいる。ただし、情報を提供してくれた人間の話だと、神奈川は、別の組とのかかわりがあるらしく、柳井組との関係を知られていない企業舎弟を部隊の移送に使っているようだ。企業舎弟は、産業廃棄物の処理業者で、児島産業という会社だ」

「アジトの位置は？」

携帯電話をとりだしながら河内山が訊ねた。

「今はまだ教えてもらえない。警察が動くと読んでいて、組員を外すまで待ってくれといわれた」

「でも外したら、自分が情報を流したと認めるようなものだわ」

咲村が口を開いた。

「そういう男なんだ。裏切り者といわれることより、身内に傷をつけない方を優先する」

「下手をすれば殺されますよ。柳井組の現組長は、先代と打ってかわって情に乏しい人間だそうです。金儲けには熱心ですが――」

「柳井組の資料があるのか」

河内山は首をふった。苦い笑みを浮かべていた。

「本庁刑事部をおさえられてしまいましてね。捜査四課の公式な協力は得られなくなりました」

暴力団を担当する捜査四課は刑事部に所属する。河内山と立場を異にする警察庁幹部の刑事部に対する影響力の方が大きい、ということだ。

「あんたが動かせるのは、公安だけか」

「それもすべてではありません。ただ群馬県警には後輩がいるので、あのあと連絡をとり、向こうにわかっている限りの情報を口頭で伝えてもらったのです。文書化だと時間がかかりますし――」

そのあとの言葉を河内山は濁した。大半が東京大学出身者で占められる、警察キャリア官僚にとって、先輩後輩の関係は、他の学歴保持者にのみ意味をもつ。義理は果たすが、泥をかぶるつもりはない、ということだろう。

「口頭による情報がそれか。他には？」

「柳井組は、地元の公共土木事業に企業舎弟を食いこませています。羽月のあと押しです」

「成滝が狙うのも当然ね」

「組員数は約百二十名。そのうち二十名が東京にいます。これに準構を併せると――」

「ほぼ倍か」

河内山は頷いた。

「その中に児島産業が含まれている」

河内山は携帯電話のボタンを押した。

「こちらも招集した部隊の半数を神奈川にふり分けます。もし児島産業が何らかの形で在団とつながっていれば、案外簡単に動きをつきとめられますから」

河内山は電話に出た相手に、隠語を交えた指示を下した。

「神奈川県警に後輩はいないのですか」

電話を切ったあと、大出がようやく口を開いた。皮肉のこもった口調だった。

河内山は息を吸いこんだ。

「神奈川の本部長は、警察庁刑事局長の子飼いといわれている」

「つまりあんたの敵は、警察庁《サッチョウ》の刑事局長か……」

大出はつぶやき、首をふった。

刑事局長は、全国警察組織の刑事部門の頂点に立つ。それより上の権力をもつ警察官僚は、警察庁長官とその次長しかいない。

「葛原さんの情報提供者によると、神奈川は、別の暴力団がかかわっている可能性があるということですが、成滝は特定暴力団との関係をもっているのですか」

葛原は首をふった。

「それについては、俺は知らない。だが今朝もいったが、同じ国出身の組長や、右翼の大物が協力している可能性はある」

「神奈川か……」

河内山は頷き、目を閉じた。

「在団に対して正反対の立場をとる出身者が、暴力団の中にいることは事実よ」

咲村がいった。

「ただそういう人間は、自分が出身者であることを隠したがるわ」

「たとえ在団に対する立場が同じでも、出身者どうしの協力や連帯はしないのか」

「そうとは限らない。在団とは無関係でも同胞意識をもつことはある」

「神奈川に手を回すことはできないのか」

葛原は河内山を見つめた。

「捜査四課には、出身者である組長のリストがあるだろう」

「もちろんある筈です。しかし神奈川の捜査四課を動かすことはできません」

「公安はどうだ」

「公安には、あるとすれば在団と関係をもつ組長のリストでしょうね」

「それは手に入るのか」

河内山は頷いた。

「ならば、神奈川の主だった暴力団からそのリストに載っているところを排除することはできるだろう」

河内山は考えていた。

「いや、そういうリスト作りは危険です。在団に近しい関係であると思われていても、在団に不満をもっていたり、わざと接近して利権だけを狙っている組長もいるでしょうから」

「そういうものなんですか」

北見が息を吐いた。咲村がいった。

「在団の構造は複雑怪奇よ。現に、公的な肩書の小さな金富昌が巨大な権力を握っている。

本国への莫大な送金は、それじたいがとてつもない利権になるわ。内部にいる人間にとって、誰が敵で誰が味方か、見きわめるのは簡単じゃない。反在団的だと思われれば、事業に対する資金援助を打ち切られたり、顧客とのパイプを一方的に断たれたりする。在団は、日本国内においてすら、ある種の恐怖支配をおこなっている。反発する者は、在団の援助を受けずに、この国で独立しなければならない。差別と戦いながらね」

「何だか悲しいすね。日本人だけが悪者ならまだ納得できますよ。俺も日本人だけど。それなのに、同じ国の出身者どうしで支配したりされたりするなんて」

「もともとは、利益や人権を守るための共同体だった。それが本国との関係が強くなり、政治的な思惑がからみ、さらに日本にいる出身者の中から、経済的、文化的な成功者が現われると、それを利用しようとする動きが活発になったのね。もし日本人が海外で同じ立場におかれても、きっと同じことをしたと思うわ」

「勝ち組と負け組の戦争だな」

葛原はつぶやいた。

「何ですか、それ」

「昭和二十年、日本が敗戦したとき、ブラジルに入植した日本人社会で、日本が戦争に負けたとは信じず、勝ったと主張するグループと負けたと主張するグループのあいだで争いが起こった。対立は初め、嫌がらせていどのものだったがエスカレートし、やがて死者がでるまでの抗争に発展した」

「そんな馬鹿な」

「五十年以上もたった今、それは馬鹿げた争いに思えるだろう。だが愛国心は、祖国が戦争に負けるなどという事実を決して認めなかった。だが負けたと主張する側にとっても、それをもって愛国心の欠如だといわれるのは、耐えがたい屈辱だった。現在の林剛哲の国家体制をめぐる争いも同じかもしれん。林こそ偉大な指導者だと信ずる人間にとってみれば、林に批判的な出身者は、愛国心がない、ということになる」

「国を愛すればこそ、ということだってあるでしょう。祖国がまちがった方向に向くのを何とか食いとめたい、とか」

北見はいった。葛原は頷いた。

「だが俺たちが考えられるのはそこまでだ。俺たちは邪魔者であっても、その争いに首をつっこまなけりゃならん」

「情けないすね」

北見の言葉に河内山は厳しい表情になった。

「手をこまねき、対岸の火事を決めこむことの方が情けない。万一のことがあれば、日本国民は世界の笑い者だ」

「日本国民ではなく、日本警察キャリア官僚といったらどうですか」

大出が吐きだした。

「結局、あんたたちは、民族の愛国心を賭けた対立すら、派閥抗争の材料にしているんだ」

「思想の異なる者が対立するのは派閥抗争ではない」

「だったら自分たちで殴りあえよ！　末端を兵隊にして、兵隊どうしを戦わすのじゃなくて！」

大出が再び熱くなった。

「もうよせ」

葛原はあいだに入った。河内山を見つめていう。

「この男のいっていることも確かに一理ある。あんたたち高級官僚は、自分では滅多に動かない。あんたは警察を辞める覚悟があって動いているのか」

「もちろんだ」

河内山は即答した。

「この事案を計画したときから腹はくくっています。末端にすべてを押しつけて、自分は軽傷ですまそうなどとは思っていません」

「じゃあ訊くが、羽月の警護はどうする？　襲撃計画があると、地元の警察に知らせるのか」

難しい問題だった。河内山はさすがに苦悩の表情を浮かべた。

「姜の口から襲撃計画が洩れていた場合、成滝の計画は失敗します。羽月は安全な場所に逃げこみ、地元の警察が警護を固めるでしょう。陽動作戦に失敗した成滝は、金の攻撃を半分の戦力で受けとめざるをえません」

「姜が口を閉じていたら――?」

葛原は訊ねた。河内山は顔をあげた。

「襲撃計画は実行されるでしょう。羽月が死亡したということにでもなれば、金は在団特務とともに手をひかざるをえない。安全部の工作員だけに、林忠一を狙わせる。今後も日本に住み、在団内での権力を維持していきたい金富昌は、警察やマスコミにマークをされかねない行動を控えようとする筈です」

「とすれば、羽月の襲撃まで、さほどの時間はない、ということだな」

「葛原さん、どういうタイムスケジュールを考えているんです」

葛原は本条と話して以来、頭の中でまとめていた考えを口にした。

「在団特務と安全部工作員による、林忠一に対する暗殺は、今夕から夜半、明朝にかけてのどこかだろう。もし成滝がそれを察知していれば、羽月の襲撃は、それ以前の昼間の時間帯に決行される」

河内山はぐっと奥歯をかみしめた。携帯電話を耳にあて、呼びだしボタンを押した。

「私だ。群馬県選出、羽月六郎議員の本日のスケジュールをただちに調べろ。急を要する」

葛原は腕時計を見た。じき二時になろうとしている。

「――待つしかないすね」

北見が呻くようにいった。

「でも葛原さんはどちらに動くの。神奈川？　それとも東京？」

咲村が見つめた。

「まず姜だ」

葛原はいった。

「姜がどこまで喋らされたかをつきとめなければならない。それによって、我々の動きはかわってくる」

「もし襲撃を白状していたら？」

葛原は河内山を見た。

「群馬県警の公安部を動かすんだ」

河内山は驚いた表情になった。

「姜の襲撃を材料にすれば、刑事部ではなく公安部として、在団特務と柳井組の関係を立証するためにガサ入れをかけられる筈だ。柳井組組長と金富昌のパイプに揺さぶりをかける。羽月に対する襲撃ほどではないが、在団特務と安全部を牽制する効果はあるだろう」

「ガサ入れは柳井組本部ですか」

葛原は頷いた。

「時間が足りません。ガサをかけるには令状をとるための下捜査が必要です」

「それをやるんだ。裁判官を威してでも泣きついてでもいい」

「刑事部による妨害も予想される」

「だからどうしたんだ。あんたクビをかけてやるんだろう」

河内山は険しい表情になった。頭の中で何かを考えていたがいった。

「それでも二時間はかかります」

葛原の手もとの携帯電話を見ていた。

「都内の潜伏先がわからなければ、証拠をあげようがない」

「あんたのエスは、組員を外すといってるのだろう。それで証拠があげられるのか」

大出がいった。

「在団特務の口を割らせればいい」

葛原は答えた。

「簡単に吐くかな」

「金の名は吐かないだろう。だが世話をしたのは、日本人の組員だ。吐くさ」

「それじゃあ結局、木口さんを巻きこむことになりますね」

北見が本条を偽名で呼び、いった。

「最悪の場合だ」

葛原はつぶやいた。自分は何をしているのだろう。姜を救いたい気持はある。本条には恨みはない。だが成滝を支援するために、本条を窮地に追いこみかねない作戦を現実には立てている。

本条の恨みを買うのが恐いわけではなかった。作戦の失敗が自分ひとりの破滅ですむのなら、本条を裏切るような真似をしただろうか。

わからなかった。

成滝をなぜ支援している？

助かるためか。

土田の使った、「大義」という言葉を葛原は思いだしていた。自分もまた、成滝の「大義」に殉じようとしているのではないか。

同時に、成滝の言葉も思いだしていた。

悪《わる》のそのまた上前をはねている人間が、悪を助けるのではない仕事に命をかけている。

だがそれは、成滝の〝建前〟だ。本音は愛国心にある、と葛原は感じていた。その〝建前〟にこそ魅せられているのは自分だ。

葛原はいつしか、会ったこともない林忠一のために、成滝を支援する側に回っていた。

「姜がもし口を割っていなかったら？」

咲村が訊ねた。

「神奈川だ。今夜中にすべてが決する。林忠一の暗殺を防ぐためにできる限りの手を打つ」

「成滝が拒否したら？」

「今夜にはもうその余裕はない。襲撃部隊を羽月の側に送りこみ、成滝は手薄になっている」

それでも拒否はするかもしれない。だとしても自分は成滝の支援をするだろう。何のためにかは説明する機会がない。

河内山の携帯が鳴った。応えた河内山は耳を傾け、わかったとだけいって電話を切った。

「羽月のスケジュールがわかりました。今日は地元の前橋市に終日います。午後三時から後援会を中心にした地元支持者対象の演説会をおこなう予定です」

「たぶんそれだ」

葛原はいった。河内山は頷き、葛原を見つめた。

「今のところ羽月のスケジュールに変更はないそうです」

「姜はまだ口を割ってないのだわ」

葛原は無言だった。姜ひとりなら、口を割らないことは想像できる。だが在団特務と安全部は、姜の家族も誘拐していった。家族を拷問にかけられれば、どれほど意志強固な人間であっても屈さずにいるのは容易ではない。まして姜には高校生の娘がいる。

姜のおかれた状況は、悲惨を通りこし、陰惨なものですらあるかもしれない。

葛原の携帯が鳴った。

「はい」

「本条です」

「どういう状況ですか」

「外せた人間もいますが、何人かは本家の命令だからと動かずに残っています。葛原さん、頼みがあるのですが」

「何でしょう」

「私も同行させてもらえませんか」

「そんなことをしたら、あなたがただじゃすまない。しかもそこにいるのは、あなたもいった通り、ひとすじ縄ではいかない連中ばかりなのでしょう」

「人数はだいぶ減っています。どうやら連中は誰かをさらったようですね」

隠すのは無意味だった。

「私の友人で姜という男です。家族もいっしょです」

「そうか、だからか……。今朝早く、シャブをとりにこさせられた者がいました。嫌な話ですが」

「そこに何人の人間がいるんです」

「うちの者が四人。向こうの人間が五人です」

「状況はわかりますか」

「かなり手荒いことになっているようです。ずっと叫び声がしてるといってましたから」

「本条さん、あなたが同行すれば、本家に対するあなたの立場がなくなる」

「かもしれませんが、私がいかなければ、警察は大量の人間を送りこむ」

「警官と撃ち合うことすらためらわない連中です」

「そうなったらうちの人間もただじゃすまない。私に説得させてくれませんか。あなたの友達を返すよう」

「そんなものが通じる相手じゃありません。特殊工作員なんだ」

「通じなくとも、いかなけりゃならない。もしそれを許してもらえないのなら、葛原さんに教えるわけにはいかない」

「こちらのメンバーは？」

「今、葛原さんには何人の警官がついています？」

「二人です」

河内山は数に入れられない。警察庁のキャリア官僚に戦闘能力のある筈がない。

「じゃあ機動隊でも使う気だったんですか」

「場合によっては」

「今いるメンバーだけでできてもらえませんか。私を信じて」

「それは無茶だ。皆殺しにされるかもしれない」

「現場についている四人は、私を頼ってる奴らです。必ず私が説得します。ただ本家の命令に逆らえないだけなんです。私がいけば、私をとります。残ってるのも、奴らが馬鹿で融通がきかないからなんです。そういう人間をむざむざ、もっていかせたくないんです」

その四人が味方になったとして、数でせいぜい上回るくらいだ。不意を突いても、姜が救いだせるかどうか。

葛原は息を吐いた。本条は静かにいった。

「これは葛原さんと私の問題だ。ちがいますか」

「――その通りです」

葛原はいった。あくまでも拒めば、本条は、決して潜伏先を教えないだろう。

「どこにいけば?」

「中野です。JRの駅の近くまでこられたら電話をいただけますか」

「わかりました」

電話を切り、河内山を見た。

「姜と家族についている見張りは、柳井組が四人。在団特務と安全部が併せて五人だ」

「機動隊を手配します」

「できない。我々だけできてくれと先方はいっている」

「無茶です。返り討ちにあうのが見えてる」

「柳井組の四人については説得するといっています」

「それでも向こうは五人だ。殺されにいくようなものです」

「でもそれが条件なんだ。向こうが決めた以上、そうする他ない」

「周辺に待機させては駄目ですか」

「そんな小細工は通用しない。頭の切れる男です」

葛原はいって、咲村と大出の顔を見渡した。

「冗談じゃない」

大出がつぶやいた。

「撃ち合いになったらどうする。殺されるか、運よく殺されなくとも、法的に山ほど問題を抱えこむ羽目になるのは見えてる」

「いかなければどうなるの」

咲村は訊ねる。

「別に。どうにもならない」

葛原は短く答えた。

「あなたはどうするの」

「いく。私は彼に協力を頼んだ。結果、彼は組うちでの自分の立場、自分の生命とはかかわりなくアジトに赴く、といっている。自分を頼っている組員を警察にもっていかせるわけにはいかない、というのがその理由だ」

「馬鹿げてる」

大出は吐きだした。

「馬鹿げているのはわかっている。だが相手がそうするという以上、そこへ追いこんだ私が知らん顔はできない。警察や安全部の工作員が関係していようが、相手にとっては、自分と私の問題なんだ」

「戦闘になったらどうするのです」

河内山が訊ねた。

「わからない。おそらく死ぬ覚悟なのだろう」

「理解できません。そこまでの恩義を柳井組に感じている人物なのですか」

「むしろ冷飯を食わされている、といってもいいだろう。だが他人にどうこうというより、自分の生き方の問題としてこのやり方を選ぶ男なんだ。警官隊を送りこむといえば、彼は絶対に協力しないだろう。といって、ここでひくわけにはいかない」

「なぜです」

「すでに彼は、アジトから警護の組員を何名か外させている。残っている頑固な四人を何とか救うために、自分がそこへ乗りこむといっているんだ。彼にとって事態はもう動きだしている」

「どうしてそんなことをするの」

咲村が訊ねた。

「ある種の恩義というか、借りを私に対して感じているんだ」

「やくざの貸し借りほど都合のいいものはないぜ」

大出がいった。

「そんなものが信用できるか」

「私も同じ意見です。それについては」

河内山はいった。

「だったらこの話は終わりだ。北さん、俺をＪＲの中野駅まで連れていってくれ」

葛原はいった。

北見は眉をひそめたが、無言で車のハンドルを切った。咲村がいった。

「ひとりでもいく気なの」

「いくしかないだろう。こちらの頼みに応じて命を張っている男を、自分は命が惜しいからと見殺しにするのか」

咲村は息を吸いこんだ。河内山は首をふった。

「そんなことで命を落としたら、何にもなりません」

葛原は答えなかった。本条に協力を仰いだ時点で、こういう事態になるかもしれない、と感じていたのだった。

結局、自分も成滝と同じだ。手持ちのカードをすべて、この仕事につぎこんでいる。

車内を重たい沈黙が支配した。ワゴンは大久保通りを進み、中野通りにぶつかったところで右折した。正面にＪＲの中野駅がある。

「いくわ」

咲村がいった。

「通訳が必要になるかもしれないし」

葛原は頷いた。

「わかったよ！」

大出が叫んだ。

「いきゃあいいんだろう、いけば。俺もいく。そのかわり、警視正殿、あなたにも同行してもらうぞ」

河内山をにらみつけた。河内山は小さく頷いた。

「もちろんそのつもりでした」

葛原は北見に告げた。

「北さんは我々を降ろしたら、この近くの、すぐ動けるどこかに車を止めておいてほしい。ただし、我々以外の誰かが近づいてくるようなら、すぐに逃げだせ」

「葛原さん——」

北見は苦しげな表情を浮かべた。その先をいわせず、

「頼んだぞ」

葛原は告げた。

23

ワゴンを降りた葛原は本条の携帯電話を呼びだした。

「葛原です」

名乗ってあたりを見回した。

「今、中野郵便局の前にいます」

「何人ですか」

「四人です」

「今、迎えにいきます」

本条はいって、電話を切った。葛原はふり返った。大出は不安げにあたりを見回している。咲村と河内山はまっすぐに葛原を見つめていた。

「今、迎えがくるそうだ」

言葉通り、五分とたたないうちに中野通りを二台のメルセデスが走ってきた。二台とも黒で、窓ガラスをすべて遮光フィルムでおおっている。

先頭の一台が葛原の前で停止すると、後部席の窓が降りた。本条だった。

「乗って下さい。あとの方《かた》はうしろの車に」

葛原は無言で頷き、ガードレールをまたいだ。

「葛原さん」

河内山がためらいがちに声をかけた。葛原は河内山をふり返るといった。

「こうなればいくしかないだろう」

葛原の乗ったメルセデスには、本条の他にハンドルを握る運転手がいるだけだった。

「いろいろご迷惑をおかけします」

葛原はいった。

「いいえ。潮どきってやつじゃないですか。本家も羽月先生も金先生も、いろいろあって軋みはかなりありましたから」

本条は苦笑した。

「今度のことで本家が身内のことを考えてくれるようになるかもしれません」

「本条さん、死ぬ気なのですか」

「さあ。しかしこの世界は、生きたい、と思うとかえって早死にしちまうものです。死ぬつもりでいたら、生き残った、そう、よく聞かされました」

答えて本条は運転手に告げた。

「高円寺だ」

「はい」

運転手は答え、一瞬ルームミラーに目をやって、車を発進させた。

「高円寺に、形上、うちが預かっている建物があります。バブルでお定まりの塩漬けになって、管財人もかかわりたがらないようなマンションなんです。手をひいたって周りに思われると、クチバシつっこんでくるところもあるんで、常時若い者を二、三人寝泊まりさせていたんですが、最近、本家がとり壊すからと、建物の周辺に目隠しを入れさせましてね。そこにお知り合いはいます」

「まだ生きていますか」

「多分。手を下してるのはうちの人間じゃありませんから。私らは、責め殺すってのは、あまりやらないもんです。寝覚めが悪いですからね。やるときは、なるたけあっさりやります。ただ向こうの人間はどうですか」

葛原は息を吸いこんだ。

「うしろの車に、警察庁のキャリアが乗っています。あとの二人は、その男が私につけた人間です」

「その人が葛原さんをこの件にひっぱりこんだのですか」

「そうです。どうやったか、私のこの仕事を調べあげていた。金富昌が追っている人物を、関西の私の同業者がかくまっている。私を使って、その人物と接触しようというのです」

本条の表情はかわらなかった。

「日本の面子をその人が背負《しょ》ってるってわけですか」

「誰も背負いたがらない国です。たまたま彼は背負う気になった」

本条は笑った。

「背負いたがる人間には背負わせたがらない国なのに、妙な話だ」

「警察の中にも敵はいると聞いています」

「でしょうね。群馬じゃ羽月先生は敵なしです。県警は総理大臣なみの扱いです」

「つまり羽月と組んでいる本家も敵なし、ということですか」

「まあ、そうですね。しかし親父がいいからといって、子らがすべてよくなりゃいいんですが。いいのは親父とその身内だけというんじゃ、つらいです」

葛原は本条を見つめた。

「最近じゃ本家は、県議にでる、なんてこともいってます。羽月先生や金先生見てるうちに、政治をいじりたくなってきたんですかね。だったら廃業してくれりゃ、それはそれであきらめがつくんですが……」

「政治には金がかかるでしょう」

「らしいですね。だから廃業はできない。でも子供に、金はもってこい、ツラは出すな、じゃしんどいものがあります」

葛原は笑った。

「本条さんは極道が嫌いだと思っていました」

「嫌いですよ」

本条はあっさりいった。

「上が白といえば白、黒といえば黒。理不尽なのはあまり得意じゃありません。でもこの歳まで食わせてもらったら、それなりに下の人間には責任をとんなきゃいけないと思っています。看板欲しさに盃をほしがる奴もいますが、どこからも弾きだされて、それこそ極道にでもなんなきゃ野垂れ死ぬよりない奴もいるわけで、むしろそういう奴のことを考えてやんなきゃならない。わかってますよ、葛原さんはそういう考え方のほうがよっぽど極道らしいといいたいのでしょう」

「そうです」

「戻ってからかわったのかもしれません。自分は一度ケツを割った人間だ。だから他人様に偉そうなことはいえないが、せめて自分は堅苦しくいこう、とね」

「代行」

運転手が口を開いた。

「下につけますか」

「待て」

答えて、本条は葛原を見た。

「私がまず先に入ります。うちの人間をだしたらご連絡します」

「トラブルは？」

「さあ。拷問なんてのは、やってる方もだんだん頭に血が昇ってきて、まともな神経じゃいられなくなりますから。何がどう転がるかは、でたとこ勝負です」

本条はそして釘をさすように告げた。

「そこに知らない顔が入っていけば、何が起こるかわからない。初めは私ひとりでいかせて下さい。いいですね」

葛原は頷く他なかった。

「うしろの方々にもそう伝えて下さい」

いって、本条はメルセデスのドアを開いた。

葛原は本条と同時に車を降りると、うしろに回った。ドアを開け、河内山が降り立ったところだった。その車には、運転手の他にボディガードと思しい屈強な男が乗っていた。河内山たちが車を降りても助手席にすわったまま動かない。事態を静観するよう、本条から厳しくいいつけられているようだ。

マンションはスティール製のフェンスとテント地のシートによって周囲をおおわれた、八階建てくらいの建物だった。本条は塀のすきまをくぐり、ひとりで内部に入っていく。

「どうなったのです」

河内山がそのうしろ姿を見つめ、訊ねた。

「まずひとりで部下を外しにいく、といってる。それまでは手だしをしないで欲しいそうだ」

「あがったとたん弾かれたら、それで終《しま》いじゃないか」

大出が低い声でいった。緊張で顔にうっすらと汗をかいている。

「その覚悟はしているのだろう」

「代行は丸腰だ」

助手席にすわる男が口を開いた。冷ややかな目を葛原らに向けていた。

「俺もいく、といったんだ。だが警察《サツ》のために無駄死にすることはないといわれた」

「警察だって無駄死にする気はない」

大出がいい返した。男は横を向いた。

葛原は濃いグリーンのシートを見つめた。あのシートに隠された部屋のどこかに姜とその家族がいる。

姜を救いたい、と思った。殺されていないことを願った。口を割らない限り、姜は生かされている。ただし家族の生命はどうなっているか。

河内山が葛原に身を寄せていった。

「警視庁に所属するS・A・T《特別強襲部隊》が待機しています。建物の位置を知らせれば、構造調査と状況把握の二時間があれば突入できます」

葛原は河内山を見やった。

「相手もプロの特殊工作員だ。そんな真似をしたら、人質を皆殺しにして自殺するだろうな」

河内山は小さく首をふった。

「S・A・Tはあなたが考えているより優秀だ。そうなる前に相手を無力化することもできます」

「S・A・Tを即座に動かせるという保証は？」

葛原は河内山の目を見つめた。

「総監と公安局長の許可があれば」

「難しそうだな」

葛原はいって、建物に目を戻した。そのとき葛原の携帯が鳴った。

「本条です。今、うちの人間を連れて、一階のホールに降りてきたところです。きてもらえますか」

「わかった」

葛原は電話を切り、河内山に告げた。

「こいとさ」

シートをくぐると、内部はがらんとしたマンションのエントランスホールだった。稼動していないエレベータの前に、ジャージのスポーツウェアなどを着た四人の男たちと本条がいた。

本条は入ってきた葛原らを認めるといった。

「今関《いまぜき》以外は帰れ」

男たちはあからさまに不審げな視線を葛原たちに向けた。四人とも寝不足なのか、顔がむくみ険悪な表情を浮かべている。

「代行、まさかこれって――」

ひとりが口を開いた。

「四の五のいうんじゃねえ」

本条が低い声でいった。

「俺のいうことが聞けねえなら、今この場で破門にしてやってもいいんだぞ」

男は口を閉じた。

「いいか。全部忘れろ。お前らはここにいなかった。何も見ちゃいない。いいな」

「はい」

男たちが口を揃えた。

「表に門田《かどた》と新浦《にうら》が車できてる。門田の車にいろ」

「了解しました」

三人の男たちはぞろぞろとエントランスホールをでていった。本条は残ったひとりに向き直った。

「今関、こちらの皆さんに上のようすを話してさしあげろ」

今関と呼ばれた男は唇が渇くのか、しきりに舌でなめている。わずかに間をおき、口を開いた。目は一番後方に立つ咲村の体に向けられている。

「上にはさらってきた家族三人と、金先生んとこの人が五人います。五人のうち二人は日本語が喋れねえ連中で、もっぱらこいつらが締めに入っています」

「家族というのは？」

「親父とカミさん、それに高校生くらいの娘です。カミさんと娘は、昼前からシャブぶちこんでいます。俺らは外番ばかりで中に入っちゃいませんが、連中はとことんやってるみたいです」

「とことん？」

咲村が訊き返した。男は息を吐いた。

「親父の見てる前で、カミさんと娘につっこんでるんです。泣き声はずっと聞こえてましたが、一時間くらい前から止みました」

「全員がひとつ部屋にいるのか」

葛原は訊ねた。

「いえ、大阪からきた三人のうち二人は、今、仮眠とってるところです。七階の七〇一が仮眠所になってて」

「あとの連中は七〇四にいるようです」

本条がいった。

「連中は武器をもっているのか」

河内山が訊ねた。今関はちらりと本条を見やり、いった。

「日本語を喋れねえ二人が。拳銃と機関銃みたいなのを一挺ずつ」

「あとは？」

今関は首をふった。

「きのうの晩は、他に二人がいて、そいつらがでかいバッグにごっそりもってましたが、今朝、親父たちをさらったあとは、それをもってでかけました」

「シャブは女だけか」

本条が訊ねた。

「連中も使ってます。じゃなきゃ、延々つっこめませんよ」

「――外道だな」

本条はつぶやいた。

「外道とつるんで、何が県会議員だ……」

本条の顔に怒りが浮かんでいた。

「お前らの中に女に手をだしたのはいないだろうな」

今関は怯えたように瞬きした。

「俺ら、中には入れませんから。ずっと廊下でした」

本条は頷いた。

「よし、わかった。お前も帰れ。忘れろ」

「いいんすか。本家が――」

「本家もくそもねえ。マワシの張り番やらすために看板あげてんじゃねえぞ、俺たちは」

今関は体を硬くした。

「帰れ」

弾かれたように今関はその場を離れた。本条はそれを見送ると、深々と息を吸いこんだ。

「今の連中は、今回の件と関係がない。そういうことにしてもらえますね」

鋭い目で河内山を見つめた。

「お偉いさんなのでしょう」

「だがおたくの組長は無事じゃやすまないかもしれんぞ」

一瞬の間をおいて、河内山はいった。

「親を守るのは子の務めです。が、腐った仕事に子を使う者に親の資格はないでしょう」

そして葛原に目を移した。

「金先生には金先生の事情があるでしょう。それはそれぞれのお国の問題だ。だが、うちの本家は単に銭金のつながりで、金先生とおつきあいしていた筈だ。何もここまできたない仕事でまでつるむ必要はありませんよ」

葛原は本条の目を見ていった。

「その通りかもしれません。だがここから先は、本条さんにとってもかかわりがない話だ。ひきあげて下さい。あなたが残ってとばっちりを受ければ、結局はさっきの若い衆にも累が及ぶことになる」

本条は伏し目になり、笑みを見せた。

「そうさせてもらうつもりでしたがね。お偉いさんは、警官隊を待たせているのですか」

「これから手配することになるだろう」

河内山はいった。

「だったら間にあわないかもしれませんね。お役所は人を集めるのに時間がかかりますから」

本条はエレベータの横の扉に目をやった。「非常階段」の表示がある。

「駄目だ、本条さん。これはあんたの喧嘩じゃない」

葛原は急いで首をふった。

「葛原さんの喧嘩でもない。ちがいますか」

本条はいった。河内山に目を向けた。

「私は葛原さんて人を知ってる。この人がこんなことにかかわりあうのは、自分を守るためじゃない。仲間を守るためだ。私にものを頼むのだって、この人のやり方じゃない」

「それにあんたがつきあう必要はないいんだ」

鋭く葛原はいった。

「私がつきあうのは、別の理由があるからです」

本条はいった。その意味するものを葛原は理解した。おそらく上にいる五人の中に、在団特務で、柳井組との関係を深く知っている人間がいる。その者の口を封じようというのだ。それによって、少しでも柳井組に累が及ぶのを防ごうとしている。

「私の面《メン》は奴らに割れている。あなた方がいきなり踏みこめば、即座にどんぱちだ。いっしょなら、それも避けられるかもしれない」

本条の真意に気づいたのは葛原だけのようだった。河内山は迷ったような視線を葛原に向けた。

「応援を呼べば、大阪の二の舞だ。膠着状態のあげく、連中は自決するかもしれない」

葛原はいった。口がひどく渇いていた。

「だがよほどうまく先手をとらなければ、こちらがやられます」

河内山は眉をひそめた。

「迷っていれば、どのみち負けですよ」

本条は低い声でいった。河内山は深々と息を吸いこんだ。

「方法は？」

「私がまず先頭に立って、七〇四に入ります。中の奴らの注意をそらします。奴らは、私がうちの者を下に連れていったことは知っています。交代だといってあるんです。だから私が打ち合わせにあがってきても不思議じゃない。ただ、シャブでてんぱってるでしょうから、足か腕にでも一発ぶちこまないと、説得はきかないでしょう」

葛原は河内山に訊ねた。

「武装は？」

「していない」

河内山は首をふった。

「していてもいっしょだろうよ。最後に実弾撃ったのはいつですか、警視正は」

大出が初めて口を開いた。甲高い声だった。河内山は無言だった。

「あとはハッタリで決めるしかない。下におおぜい警官がきていると思わせるんだ」

葛原はいった。

「そんなものが通用するか」

大出が吹きだした。

「恐いのなら帰れば。拳銃は警視正に預けて」

咲村がいった。バッグからオートマチックをとりだしている。

「かわいい鉄砲だな」

本条はいって、非常階段への扉を押した。踊り場に立っていう。

「いくならいきましょう。あまりここで手間どると、上の連中が怪しむ」

「結局こうなるのかよ！」

大出が吐きだした。腰から拳銃をひき抜いた。

「いきましょう」

河内山がいった。顔面が蒼白になっている。五人は階段を登った。先頭は本条だった。

六階まであがると本条はいった。

「人数がいないんだ。正面突破でいきますよ」

大出は歯をくいしばり、肩で息をしていた。咲村はバッグを肩から外すと、踊り場の床においた。

「俺が合図をしたら、中に入ってください」

そのようすを見やり、本条はいった。

「一発勝負です。先に鼻面をおさえれば何とかなる。びびったり、迷ったら、死にます」

五人は七階まであがった。

「静かに」

本条はいって、非常階段の扉を押した。非常階段は、廊下の中心部にあり、左右に三室ずつ部屋があった。七〇四は、でて左正面の部屋だった。休憩室として使われている七〇一は、右奥にあたる。

本条は非常階段の扉の陰に四人を待たせ、ひとり七〇四の扉に歩みよった。

廊下に並んだ扉の内側からは何の物音も聞こえなかった。

本条は左手でドアをノックした。ドアの向こうから低い声がした。

「柳井組の本条です。李《り》さんはこちらですか」

おう、という返事が聞こえた。ドアロックとチェーンロックの外される音がして、扉のノブが回った。本条の右手がスーツの上着の下から拳銃を抜きだした。

坊主頭の大柄な男が顔をだした。上半身裸で、スウェットパンツを着け、汗ばんだ白い胸にタオルを巻いている。

「すまない、李さん」

本条がいって銃口を大男の額にあてがい、引き金をひいた。ドン、という音とともに男の両目が裏返った。大男はそのままうつぶせに倒れこんだ。

「嘘！」

咲村は小さく叫んだ。

本条は背中に回した左手で合図を送り、大きく扉を開くと中に踏みこんだ。

「いこう！」

河内山が叫んで、非常扉を押し開いた。本条の背は七〇四の扉の内側に隠れかけている。

怒号が聞こえた。悲鳴とドン、ドン、という銃声が七〇四の内側で響いた。

葛原はまっ先に七〇四の扉の前に辿りついていた。すぐうしろに咲村と河内山がつづいている。

七〇一の扉が音をたてて開いた。

「動くなあっ」

大出が叫ぶ声が聞こえた。戦闘服を着けた若い男が二人、裸足のまま廊下にとびだした位置で凍りついた。

大出が非常扉をでた位置で銃をかまえている。

「こっちは任せろ！　お前ら中に！」

大出はいった。咲村が葛原を押しのけ、七〇四の中へととびこんだ。

そのとき扉のすぐ左側の窓が、カラカラと音をたてて開いた。入ってすぐ左手にある部屋の窓だった。ずんぐりとした銃をかまえた小柄な男の姿があった。

「危い！」

葛原が叫ぶのと、複数の銃声が交錯するのが同時だった。

大出の体から血煙があがった。大出は体を縮ませながら拳銃を発射した。

葛原は小部屋の扉を開いた。小型のサブマシンガンを手にした男が廊下に面した窓につっぷした。

「大出！」

河内山が叫びながら大出にとびついた。大出は非常扉に背を預けながらずるずると尻もちをついた。その目がみひらかれたままであることを目に焼きつけ、葛原は七〇四の内部へと踏みこんだ。

七〇四号室は、玄関を入ってすぐ左手に部屋があり、正面に扉で仕切られた形でリビングルームがあった。その扉の手前に肩を撃たれた男がしゃがみこんでいて、咲村のつきつけた銃口をにらんでいる。

仕切りのドアをくぐった位置に、半裸の男がひとり転がっていた。その先の床に二人の女がうずくまっている。二人とも全裸で、明らかに暴行されつづけていたとわかる姿だった。

そこから少し離れた窓ぎわに、木の椅子に縛りつけられた姜の姿があった。姜も全裸で、全身に打撲と切り傷がある。両目は腫れあがり、鼻と口もとには大量の血がこびりついていた。

かたわらに本条が立っていた。本条はくるりと葛原をふり返った。そのまま無言でリビングをでると、咲村が確保している男に歩みよった。

「本条さん！」

葛原は叫びかけたが間にあわなかった。

「やめなさい！　やめて！」

咲村の叫びと、銃声が重なった。本条は廊下にうずくまっている男の頭に拳銃をつきつけ、発砲したのだった。

一瞬の間をおいて、死体が床に転がる、どさっという音が響いた。

本条は無言のままリビングに戻って、右手をふった。拳銃が床に落ちた。その顔に点々と返り血が飛んでいた。

本条の顔は虚ろだった。

「ボディガードは丸腰だといってた」

葛原はかすれた声でいった。本条の顔がゆがんだ。

「――若い者にもたせてあった。万一のとき、口封じのため消されたのじゃかなわねえ。本家から見りゃ、東京にトバしてるのはクズばっかりだ……」

そのままどっかりと床にすわりこみ、顔を伏せた。

葛原は無言で姜の額に触れた。腫れあがった瞼の奥でかすかに目が動いた。

咲村が呆然としたようすでリビングに入ってきた。うずくまっている二人の女を見て、足を止めた。

「く、くずはら……さん……」

姜の喉の奥からくぐもった声が洩れた。瞬きがあり、涙がこびりついた血をとかして流れ落ちた。

「よかった、生きてたか」

葛原はつぶやいた。咲村をふりかえった。咲村は二人の女の脈をとっている。

「そっちは」

咲村は大きな息を吐いた。

「奥さんの方は駄目みたい……」

少し離れた位置にダンボール箱がおかれており、使い捨ての注射器と蒸留水の壜が並んでいた。

姜が呻き声をたてた。新たな涙が腫れた瞼の奥から溢れでた。

咲村が上着を脱ぎ、若い方の女の体に巻きつけた。女は目をみひらいたまま、激しく体を震わせている。

「外にまだ二人いる――」

葛原ははっとしていった。本条が床に捨てた拳銃を拾い、玄関をでた。

戦闘服の男二人は、河内山によって廊下にうつぶせにさせられていた。その手に大出の拳銃がある。

葛原は大出を見やった。大出は最後に見たときと同じ姿勢のまま尻もちをついていた。

複数の銃弾が胸に命中している。

河内山は泣いていた。

「殉職者を……殉職者をだしてしまいました……」

「泣くのはあとだっ」

葛原は河内山を怒鳴りつけた。河内山ははっとしたように顔をあげた。

葛原はうつぶせになっている戦闘服の男たちに歩みよった。短く刈りこまれた髪をつかみ、顔をひき起こした。

土色の肌にどこか垢抜けない目鼻立ちをしている。目だけに激しい憎悪の感情があった。

葛原は河内山をふりかえった。

「手錠はもっているか」

「いえ――」

河内山は首をふった。

「じゃベルトとネクタイをよこせ」

葛原は自分のも外しながらいった。まずネクタイを戦闘服の男の口にかませ、縛りあげた。ベルトは両手を固定するのに使う。

猿グツワをしたのは、自殺用のカプセルをかみ砕かせないようにするためだった。この二人が安全部の工作員なら、訊問の前に自殺されてしまう危険がある。

「よし、奥へ連れていこう」

二人を縛りあげると、葛原はいった。河内山は大出をふり返り、頷いた。血の気を失った横顔はひきしまっていた。

二人を立たせ、拳銃をつきつけて、七〇四号室に入った。咲村が姜の縛《いまし》めを解いている。

椅子から解放された姜は、そのまま床に崩れ落ちた。だがそこにとどまることなく、喉の奥で声をたてながら、妻と娘の近くへ這い寄った。

そのようすを見つめていた咲村が河内山に訊ねた。

「大出さんは？」

河内山は無言だった。

「駄目だった」

葛原はいった。咲村は河内山から目をそらした。

「そう」

と短くいい、何もない部屋の隅を見つめた。乱れてもいないのに、髪をかきあげた。

葛原は姜に歩みよった。姜は妻のかたわらにうずくまり、その腕をさすりながら何ごとかを囁きかけていた。母国語だった。

本条はまるで石像のようにすわりこんだまま、身じろぎしない。

「殺して下さい」

姜がいった。葛原はふり返った。姜の腫れた瞼の奥から、光る細い目が葛原を見すえていた。

「何だって」

「殺して下さい、私を」

姜はくり返した。

「妻を死なせ、娘をこんな目にあわせてしまった。私は死ぬべきだ」

姜は虚ろな声でいった。葛原は無言だった。

葛原は深々と息を吸いこんだ。

「姜さん、まだ終わってない。死ぬのなら、全部が終わってからだ。じゃなけりゃ、あんたががんばった意味がない」

姜は無言だった。

「あんたは殺されてなかった。つまり成滝のことを喋っていなかったということだ。そうだろう？」

姜は小さく頭を動かした。

「成滝は羽月を襲撃するつもりだ。ちがうか？」

姜は答えない。葛原は姜の正面に回り、その目をとらえた。

「姜さん、俺は成滝を支援する。林を守るよ」

姜はまだ口を閉じていた。

「林の居どころを知るよりも、今は成滝を支援する方が重要だと思っている。いってくれ」

長い沈黙のあと、姜は口を開いた。

「葛原さん、あなたを信じたい。だがもしあなたが嘘つきだったら、私は家内を無駄に殺したことになる。できない。いえない。私には」

「何をいってるんだ。死人がでているんだ」

河内山がいった。

「我々だって仲間を失っているんだ」

「いいから」

葛原は河内山を制した。

「わかった。姜さんの気持はわかった。あとは俺たちで何とかする。じゃあ、金はどこだ？」

姜の目が動いた。

「川崎」

「川崎の？」

「川崎駅の前に宝生《ほうじょう》会館という、映画館やレストランの入ったビルがあります。在団の人間が経営しています。そこの川崎クラブというところにいて、指揮をとっています」

葛原は河内山をふりかえった。

「ひっぱれるか」

河内山は携帯電話をとりだした。

「タイミングです。もし羽月が襲撃されるなら、ちょうどいいタイミングになります」

河内山の顔に血色が戻っていた。

「やらせるんだな」

葛原はいった。河内山は静かに息を吸いこんだ。

「私にとって目的はひとつです」

「よし」

葛原はつぶやいた。

「ここはあとはあんたに任せる。救急車を呼んで、姜さんと娘さんを病院に運び、こいつらを連れていって訊問するんだ」

河内山は葛原を見た。

「あなたは？」

「川崎にいく。成滝を側面援護するつもりだ。金がパクられ、羽月が襲撃をうければ、柳井組と在団特務はかなりのダメージだ。あとは安全部と児島産業だ。児島産業はフロント企業だから、道案内はしても、襲撃には加わらない。結果的に林が生きのびる確率は高くなる」

「でも川崎のどこにいるのかはわかっていないわ」

咲村がいった。

「児島産業を探る」

「神奈川の協力は得られませんよ」

河内山は葛原を見つめた。

「あんたの部下が児島産業を調べている筈だ。そっちと合流するさ」

河内山は頷いて携帯電話のボタンを押した。二度短い通話を交し、いった。

「神奈川に送った部隊のうち二人を葛原さんに回します。あとは都内の部隊と合流させ宝生会館のガサ入れに向かわせます」

「わかった。それでいい」

「わたしは？」

咲村が訊ねた。河内山は咲村に目をやった。初めて会う人間を見るような視線だった。

「今さら任務を外すつもりではないでしょうね」

河内山は黙っていた。が、やがていった。

「大阪府警の人間が東京で殉職した理由をマスコミは知りたがるでしょう。あなたがその者と行動を共にしていたとわかれば――」

「マスコミなんてどうでもいい！」

咲村はさえぎった。

「わたしの任務は何なの？　どこにあるの。その本庁公安は、葛原さんをガードできるのですか」

河内山は葛原に目を向けた。葛原はためらい、口を開いた。

「いっしょにきてもらおうか。俺も銃をもった頼りになる人間が必要だ」

咲村の顔が歪んだ。一瞬、泣きだすのではないかと葛原は思った。

「頼りにしてくれるの」

「もう、他にいない」

それが葛原の答だった。

24

「あの本条というやくざはどうなるの？」

マンションをでると咲村は訊ねた。

「立ち止まるな。歩くんだ」

それには答えず、葛原はいった。電話で迎えにくるといった北見を制し、ピックアップのポイントを高円寺の駅の近くに葛原は指定したのだった。

銃声がマンションの外に洩れたようすはなかった。だが河内山の要請に応じて駆けつけた警察が現場検証を始めれば、問題のマンションの前でワゴンに乗りこんだ男女のことを喋る目撃者も現われるかもしれない。

河内山の話を聞く限りでも、警察内部は拮抗するふたつの派にわかれている。もし河内山の派が圧倒されるようなことになれば、葛原も咲村も、起こったすべての事件の重要参考人として手配される可能性があった。

キャリアである河内山は密かに左遷され、人知れず警察官人生を終えることになる。葛原と咲村は逮捕され、検察と勝った派の警察の取引で作りだされた罪状で起訴されるだろう。むろんそのときには葛原自身が負っている殺人容疑も、都合のいいおまけになる。

午後のＪＲ駅前は、さほどの人出はなかった。学生のような若者と主婦の買物客が目につく。

駅前のロータリーの手前で、葛原と咲村はワゴンに乗りこんだ。

「米ちゃんが宝生会館、あたっています。大出さんは残ったんですか」

ヘッドセットをつけた北見がふりかえった。咲村は無言だった。

「川崎にまっすぐ向かう」

葛原はいった。その言葉で北見は何が起こったかを理解した。

「何てこった……」

つぶやくとハザードを消し、アクセルを踏みこんだ。葛原は助手席におかれていたヘッドセットをつかみ、咲村にいった。

「さっきの本条だが、逮捕されて、何も抗弁せず刑に服すだろう」

「でも三人殺してる。下手をすると死刑よ」

葛原は頷いた。自分が巻きこんだことだった。だが身にそぐわない組織で、生きながら死んでいく道よりも、もしかするとこういう瞬間にであうチャンスを、本条は心のどこかで望んでいたのかもしれない、と思った。本条にとっては、生き方とは死に方であり、そんな考えのための言葉としか響かないだろう。口にすれば、自分や咲村の心の負担を軽くするための言葉としか響かないだろう。本条にとっても困り者のはねあがりでしかない。

助手席にすわり、ヘッドセットをかぶった。米島の声が耳に流れこんだ。

「首都高速横羽線は、大師でトラックの横転事故があって、大師を頭に七キロの渋滞がでてる。たぶんその影響で産業道路も、着く頃には混んでるから、平和島で降りて第一京浜を進むのが最短だと思うよ」

「了解」

北見はいった。

「環状線は今のところ、外苑から竹橋にかけての渋滞、だから内回りをいけばたいしたことはない」

「オッケー、じゃ幡ヶ谷から乗る」

北見は事務的に答え、ちらりと葛原を見やった。

「米ちゃん、宝生会館の周辺はどうなってる?」

葛原はいった。

「葛原さん! びっくりしちゃった。大丈夫だったんですね」

「ああ。だが俺たちを守ってくれていた刑事さんがひとり亡くなった」

米島が息を呑む音が聞こえた。

「——本当に」

押し殺した声でいった。

「本当だ。もしこれからの十二時間のあいだに、俺と北さんの両方と連絡がつかなくなるようなことがあったら、米さんは旅にでてくれ」

「どうして? だっていわれた通り、協力してるじゃない」

「向こうもひとつのグループだけじゃないんだ。我々のやっていることに反対しているグループがいて、下手をするとそいつらは、これまでに起きたことの責任をすべて俺たちにおっかぶせるかもしれない」

「そんな!」

「また人が何人も死んだし、警察も全部が全部、外国人のやったことではすませられなくなってきている」

「でもそれってひどくない？」

「ひどい。だが後戻りはできない」

もしかすると自分は、北見や米島を巻き添えにしているのかもしれない、と葛原は思った。全員を逮捕させないため、というのは方便で、実際は自分をつき動かしている、成滝や姜に対する言葉にできない感情に、チームを巻きこんでいるのではないか。そしてその感情は、〝逃がし屋〟という稼業の人間が、決して心に抱いてはならない種類のものなのだ。

そうかもしれない、と葛原は思った。だが今の自分は咲村と同じだった。見届けずに、舞台を去ることができなくなっている。そのひきかえに何をさしだすことになるのかはわからない。命か、それとも残りの人生のすべてか。

もし命であるなら、後悔する時間はない。残りの人生であるのなら、決して後悔しないと、今決めておこう。

そして思った。

何かを見届けるために、残りの人生を棒にふった傍観者というのが、きっと大きなできごとのときにはいたにちがいない。その名も存在も、歴史には決して残らない傍観者。それでいて、ときには当事者よりも高い代価を、見届けることに支払った。自分はそういう人間のひとりとなるのだ。

愚かだ。しかし、自分が愚かだとさえ思わなければよい。

決めた。もともと賢明な人生など歩んではこなかったが、自らが選んで得た結果を悔いるくらいなら、今、ここにはいない。


川崎駅に到着したのは、五十分後だった。宝生会館は、ＪＲの川崎駅と京浜急行川崎駅のちょうど中間にあった。河内山が葛原の支援につけた刑事は、その隣のビルの一階にある喫茶店で待っていた。

じきに午後五時になる。人通りは多く、喫茶店は待ちあわせと思しい客で混みあっていた。

葛原は北見を待機させ、咲村とともに喫茶店に入っていった。待っていたのは、ノーネクタイでコーデュロイのジャケットを着け、黒縁の眼鏡をかけた大学院生のような男と、それよりやや年下の、やはり学生に見える女の二人組だった。

男は湯本《ゆもと》、女は麻木《あさぎ》と名乗った。所属を訊ねた咲村に、湯本は公安機動捜査隊だと答えた。

「公安機捜なの」

咲村の表情が変化した。

「外事課は動いてないのか」

葛原は訊ねた。

「外事二課のことをおっしゃっているなら、都内からうちと合流するのがそうです」

湯本は表情に乏しい男だった。眼鏡の内側の目は大きくみひらかれており、ときどき激しい瞬きをくりかえす。麻木はほっそりとした体つきの婦警で、リゾート帰りのような陽焼けをしていた。

「いつ入るんだ？」

葛原が訊ねると、湯本はちらりと麻木を見やり、答えた。

「高円寺の件で令状がとれましたので、河内山さんがつきしだい。一時間以内には」

「で、児島産業についてわかったことを教えてくれ」

麻木が黒いプラダのバッグからメモ帳をとりだした。細く、聞きとりにくい声だった。元からそうではなく、周囲の耳を警戒しているようだ。

「登記上の本社は川崎区の日ノ出町にあります。社長は児島俊《こじましゅん》、四十一歳。群馬県前橋市の出身で、柳井とは縁戚関係にあります。児島産業には金井商事という、同じ前橋の会社が出資しており、これは金富昌の弟、金石文《きんせきぶん》の会社です。社員は現在、正社員が八名、あとは契約やアルバイトの運転手、作業員などが約二十名います。作業員の中には、柳井組の準構などが含まれていると思われます」

「日ノ出町ならここから遠くないな」

葛原は咲村にいった。川崎は市の東側が東京湾に面しており、一帯は石油コンビナートや重工業、関連運輸業などの工場や施設がつづいている。日ノ出町はその入口といった位置にあった。

「現在、本社事務所には、四、五名の人間がいます。情報を得てからの監視状況では、在団特務や安全部工作員と思しき人間の複数の出入りはありません」

「児島産業は、神奈川県内に他に不動産をもっているか」

葛原は訊ねた。麻木はメモをめくった。

「伊勢原市に現在は使用していない処理施設があります」

「遠すぎるな。待機させておくには、いざというとき遠すぎる」

「金井商事はどう？」

咲村がいった。湯本の瞬きが激しくなった。

「それについてはわかりません」

「調べられるか」

「自分たちは児島産業を担当していたので、ちょっと――」

「連絡をとりなさいよ。方法はあるでしょ」

咲村が険しい口調でいった。湯本の頬がかすかに赤らんだ。何かをいいかけたとき、麻木がバッグから携帯電話をとりだした。三人の方は見ずにボタンを押した。

「あ、麻木です。先ほどの金井商事の件ですが——」

でた相手に話し始めた。用件を告げると、返事を待っているといって切った。

「じきわかります」

咲村を見ていった。

無言のまま、四人は待った。やがて麻木の携帯電話が鳴った。

「麻木です。はい、すみません。え——」

麻木の言葉が途切れた。相手の言葉に耳を傾けている。

「——十七時十分。講演会場をでたホテルの通路、はい。で、怪我の状態は？」

咲村が葛原を見た。

「被疑者は？　はい。死亡。その場でですか？　病院で、はい」

麻木の右手がメモをとっていた。羽月、テロ、重傷、と書かれた。

「わかりました。で、先ほどの件は？」

メモが再び埋まった。つるみ区平安町と記されている。

「ありがとうございました」

電話を切った麻木は淡々といった。

「十七時十分、羽月六郎が、講演会場のホテルで狙撃されました。弾丸は右肩を貫通、重傷ですが命は助かるそうです。狙撃犯はその場で自分の腹を撃ち、病院到着時に死亡しました。所持品から、在団と在団と癒着する羽月を糾弾する文書が発見されたそうです。ほぼ同時刻、前橋市の柳井組事務所に火炎壜が投げこまれ、全焼したそうです。こちらは被疑者はつかまっていません」

「やったわね」

咲村が低い声でいった。

「で、金井商事の方は？」

「横浜市鶴見区に会社名義のマンションがあります」

「そこにいってみよう。たぶん安全部はひきはらったあとだろうが、何か手がかりがあるかもしれない」

葛原はいった。

「宝生会館のガサ入れを待った方がよくはないですか。そこから何かでれば、正式に叩けます」

「また令状をとるのを待つのか。それではまにあわない。ことは今夜中に起きるんだ」

葛原は立ちあがった。

「住所を教えてくれれば、あとはこっちでいくわ」

咲村がいった。麻木は湯本を見やり、メモをさしだした。この二人が互いに口をきこうとしないのに葛原は気づいた。

「同行はします」

湯本があわてたようにいった。

「いっておくけど、これは公安お得意の、ただの情報収集とはちがうわよ。相手は銃で武装した工作員で、何かあれば撃ってくる」

「いきます。銃は着装してきました」

麻木が応えた。

「もつことなんてあるの？」

驚いたように咲村がいった。麻木は初めて笑った。

「ありますよ。機捜ですから。リンチの現場とかにいきますし」

「いこう」

葛原はいった。


北見のワゴンに全員で乗りこんだ。米島がマンションまで誘導する。途中、麻木の電話が鳴った。

「十七時四十二分、宝生会館に捜索入りました。安全部工作員と思われる一名が銃を乱射して自決しました。現場から三名の死体を発見。うち一名は、金石文でした。他の二名は在団特務の人間と思われます。あとは投降したそうです」

電話を聞きながら麻木が叫んだ。喫茶店とはうってかわった甲高い声だった。

「金富昌は?!」

「乱射の際の混乱にまぎれ、逃亡したもようです。投降者の中には日本人も含まれており、マルBと思しき人台の者が二名いるとのことです」

「これで柳井組は切れた。児島産業も手をひく筈だ。あとは金富昌が直接、安全部を指揮する他ない」

葛原はいった。

「金は安全部と合流するわ。あとは林のところにまっしぐらね」

咲村がいったとき、その携帯電話が鳴った。

「はい、咲村」

応えた咲村は、相手の声に耳を傾け、携帯電話を葛原にさしだした。葛原は無言でうけとると耳にあてた。

「土田や。今、テレビで速報見た。羽月のこと、知っとったか」

葛原は咲村を見やり、答えた。

「知っていた。少し前、河内山が川崎の在団特務のアジトに踏みこんだところだ」

「金はおったんか」

「逃げられた。だが在団特務はこれで動きにくくなる筈だ」

「金を甘くみたらあかん。奴はやるときは、どんなえげつない手でも使いよる。咲にいうとけ。いや、お前にいうといた方がええわ。チャンスがあったら、金を殺しとくこっちゃ。たとえ話やない。本当に殺せ、いうこっちゃ」

「そういう仕事はしたことがない」

「せやろな。けど、お前が本物の仲間思いやったら、きっちり息の根を止めとくんや。奴は必ず、仕返ししよる。あんな執念深い奴はおらん」

「詳しいな」

「府警におったとき、わしが一番やりたかったんは金や。けど奴は警察のＯＢとつるんで、府警の首根っこをおさえとった。成滝をエスにしよ、思うたんも、金をやりたかったからや」

「金と成滝はつながりがあるのか」

「まだ知らんかったんか」

土田はあきれたようにいった。

「成滝は、金の妾の子や。日本人の妾に生ませよったんが成滝なんや。金は成滝を本国に留学させた。在団特務の要《かなめ》にしよう、思うたらしい。だが成滝は金の思い通りにはならず、在団をとびだした。二人は今会《お》うたら、殺し合うやろな」

「そうか」

葛原はつぶやいた。

「金にしてみりゃ、成滝の手のうちは全部読めるつもりでおる。だがそれは成滝も同んなじや。だからこそ、成滝は雇われたんや」

「雇われた？」

葛原は訊き返した。土田は沈黙した。

「誰に雇われたというんだ？」

姜のことをいっているのだろうか。だが成滝と姜の関係はそんなものではなかった。

「林忠一のことをいっているのか」

「そんなようなもんやろ」

「あんたは成滝は大義のために動いているといったじゃないか。ちがうのか」

「大義ちゅうのは、そんな簡単なもんやないやろ。神様でもなけりゃ、どこそこに大義があるとわかるわけないやないか」

「つまり成滝に大義の在り処《ありか》を教えた人間がいるということだな」

それは姜なのか。葛原の直感はちがう、と告げていた。

今の今まで、葛原は、成滝の背景には姜の存在しか見ていなかった。だが別の人物がまだ存在していたことに気づいた。そしてそれは林忠一ではない。

林忠一と成滝をつないだのは確かに姜だったろう。だが姜と林忠一をつなぐのに、別の人物が必要だった筈だ。

「誰だ、いったいそれは」

葛原はいった。土田は答えなかった。

「お前は確かに約束を守っとる。これまでのところはな。あの警察庁《サッチョウ》の役人をうまく使って、在団特務を封じこめたんは、お前の手柄や。咲もお前を殺さんですんで、ほっとしとるやろ」

「そいつは関係がないな。あんたは話をそらそうとしている」

「お前は、わしより成滝のそばにおるやないか。そんなに訊きたいんやったら、本人に訊いてみい」

「葛さん、じきつきます」

北見が声をかけてきた。葛原は目をあげた。ヘッドライトの連なった国道を、ワゴンは軽快に走っていた。

「成滝が死んだら聞けなくなる」

「奴は死なん。死なさんのが、お前の仕事やろ」

「だったら教えろ。奴は今どこだ」

「あかんな。お前は何も知らんから、上手に動けたんや。知っとったら、こうもうまくはいかんかった。これからもヤマ勘で動いてもらわんと」

「いつまでもそのヤマ勘が当たるとは限らないんだ！」

葛原は歯をくいしばり、いった。監視下の身になっても、土田は成滝と連絡をとる手段を確保しているにちがいない。

「もうちょっとや。もうちょっとだけ、がんばり。泣いても笑っても、明日にはカタがつく」

土田はいって、電話を切った。

「くそ」

葛原は思わずつぶやいていた。

電話を咲村に返した。

「知っていたのか、成滝と金のことを」

咲村は首を傾げた。

「何の話」

「二人は親子だ」

「嘘」

咲村は目をみひらいた。

「あの狸親爺が。俺たちが必死にやっていることを、ヤマ勘がうまく当たったといいやがった」

咲村はくすりと笑った。

「土田さんらしい」

「本当に食えないおっさんだ。いまだに成滝ともつながっているようだ」

「でももしそうなら、成滝もわたしたちの行動を評価している筈よ」

「だからって礼状をよこすような男じゃない。もらいたくもないがな」

ワゴンが停止した。

「前方左側のマンションだそうです」

北見がいった。葛原はフロントグラスに顔を近づけた。いわゆるファミリータイプの大型マンションだった。十四階建てだ。

「三〇五、三〇六のふた部屋を、金井商事は社宅として購入しています」

麻木が口を開いた。

「また突入ね」

咲村が顔をひきしめ、いった。

「もしかすると金が逃げこんでいる可能性もあるわ」

「今回は俺ひとりだ」

葛原はいった。

「馬鹿なこといわないで。それこそ死ににいくようなものよ」

「いや」

葛原は首をふった。

「向こうの連中は、警察がくるのなら、宝生会館と同じやり方で踏みこんでくると思っている筈だ。その裏をかく」

「どうやって?!」

葛原は咲村を見返した。

「化ける」

「化けるって、誰に」

「金は府警にコネがあった筈だ。それを逆に使う。手帳を貸してくれ」

葛原はいった。

「在団に飼われている刑事に化けるってこと?」

咲村は訊ねた。葛原は頷いた。

「金は今、なぜこう次々に自分の足元に火がついているのかわからず、混乱している筈だ。頼みの綱である羽月が襲撃をうけ、柳井組も手をひかざるをえなくなり、これまでは順調だと信じてきた、林忠一に対する作戦に急激にほころびが生じてきている。しかもそれは成滝のたてた作戦がすべての原因ではないこともわかっている。何が起こっているのか。そして次には何をまずおこなうべきなのか、迷っている。奴が何より知りたいのは、警察の情報だ。それを提供してくれる人間がいれば、一も二もなく、とびつく」

「でも大阪府警の刑事に化けるのは無理だわ。金の地元は大阪よ。地名、人名、いくらでもテストができる」

咲村はいった。

「だったらわたしがいく方がいい」

「いや。芝居のできる人間じゃなけりゃ駄目だ」

「二人でいく？」

「それも駄目だ。今、金富昌に接触するのは、警官としては自殺行為だ。それをのこのこ二人もやってきたら、偽者だとすぐにばれる」

「じゃあどうするの」

「大阪府警内部の在団のエスに借りがある人間、ということにする、警視庁の。そうなれば、人名などが正確に答えられなくとも、相手は納得する。それに何より、情報欲しさにスパイの疑いをもちながらも金は動く」

葛原は湯本に目を向けた。

「あんたの警察手帳を借りたい」

湯本は首をふった。

「できない。そうした捜査活動をおこなう承認はえていません」

「承認もくそもないわ。やらなきゃどうしようもないのよ」

　咲村がいった。

「ならば我々はここで離脱します。我々の任務は情報協力であって、捜査ではありません」

「じゃ何のために拳銃を着装してきたの?!」

　咲村は強い口調になった。

「自分の身を――」

「腰抜け。それでもあんた警察官のつもり！　わかんないの。警視庁の手帳がいるのよ。渡しなさい！」

　警察手帳の表紙には所属する自治体警察本部名が印字されている。咲村の手帳は「大阪府警」で湯本は「警視庁」だ。咲村の手帳を使って、警視庁警察官を偽ることはできない。

「できません！」

　湯本はいった。咲村は麻木をさっと見た。

「あなたも？」

　麻木は目を伏せた。

「申しわけありませんが、そこまでの指示をうけていませんので」

「いったい何人が死んだと思ってるの。大阪府警の刑事もひとり死んだ。警視庁って、そんな腰抜けの組織なの。たかが手帳ひとつ貸すのにびくびくして――」

「我々の任務はちがうものだ」

湯本の顔が赤らんでいた。

「何が任務よ。いってごらんなさいよ。あんたの任務は、所属上司のご機嫌をとることじゃないの。本気で都民を守ろうなんて思っちゃいない。ちがう？　こっちはね、大阪からのりこんで、仲間を死なせてるのよ。死んだ大出さんも好きでうけた任務じゃなかった。でも、この人を守ろうとした。最期まで。それが任務だから」

「だから我々の任務はちがうといっているだろう」

「情報収集に協力するのが任務なら、警察手帳をよこしなさい！　よこして！」

咲村が怒鳴った。

「話にならん。離脱する」

湯本はいって、立ちあがった。

「待って。河内山警視正に追認をうけてはどうですか」

麻木がいった。湯本は麻木を見た。

「わかってないな、お前。自分の身は自分で守る、ということの意味が――」

麻木は瞬きした。葛原はいった。

「それは所属する上司の言葉か」

「そうです」

否定しようとした湯本に先んじるように麻木がいった。

「わたしたちに拳銃着装を指示された際に、公安機捜の隊長がいわれた言葉です」

「麻木、よけいなことはいうな」

湯本が鋭い声でいった。

「つまり、公安機捜は、河内山の命令はうけいれるが、それはあくまでも指揮系統の問題であって、心中をする気はない、ということだな」

「答える必要を認めない」

「認めたと同じね。つまり自発的な協力はしない。そういいたいのでしょう」

咲村の言葉に、二人とも無言だった。葛原は咲村を見た。目が合った。咲村は小さく頷いた。

「けっこう。それなら」

バッグの中から拳銃をつかみだした。二人につきつける。

「警察手帳と拳銃をだしなさい」

湯本が眼鏡の奥の目をさらに大きくみひらいた。

「何をいってる――」

「だからあんたたち警視庁にいいわけを用意してあげてるのじゃない。銃をつきつけられ、強要されたと。早くして」

　咲村は冷静だった。

「馬鹿なことを……。逮捕するぞ」

「できる？　いっておくけど、実弾発砲は、この任務についてから実践ずみよ。撃てないと思わないでね」

「いいわけはたつ筈だ」

　葛原はいった。

「後悔するぞ」

　湯本は咲村をにらみつけていた。

「ふざけないで。あんたみたいな点取り虫の腰抜けに説教されるすじあいはないわ」

　拳銃は二人とも、ジャケットの下に吊るしていた。ニューナンブの短銃身モデルと、コルトのポケットモデルだ。

　二冊の警察手帳と二挺の拳銃を葛原は手にした。咲村がいった。

「乗りこむのなら、銃ももっていって。何発撃ったって、警視庁の予算だから、痛くもかゆくもないわ」

「電話をかけさせてもらいたい」

　憤然と湯本がいった。

「あとだ」

短くいって、葛原は北見を見た。

「北さん、道具箱をだしてくれ」

「はい」

北見は答えて、運転席から立ちあがった。咲村のかたわらを通るとき、いった。

「見直しましたよ。大阪の女の人って、度胸がありますね」

咲村は目をぐるりと回してみせた。

北見がワゴンの後部荷物室から工具箱をとりだした。うけとった葛原が蓋を開く。

「何をするの」

シートにうしろ向きにすわった咲村が身をのりだした。

工具箱の中には、免許証やクレジットカード、レンタルビデオ店やスポーツジムなどの会員証とともに、印字機やインク消し、カミソリや糊、ゴム印などが入っている。

「これは非常用のキットだ」

いって、葛原は湯本の警察手帳の身分証の頁を開いた。警察手帳の身分証の頁には、写真が貼付され、所属部署、階級、支給拳銃などが書きこまれている。

「向こうは俺がどこの人間かを知りたがる。ただ見せただけじゃすまないだろう」

手帳に貼付された写真の下にカミソリの刃をすべりこませた。全員が、魅せられたように、葛原の手元を注視していた。湯本の写真をはがし、工具箱の中に用意してあった自分の証明用写真をハサミで切ってサイズを合わせ、そこに貼りつける。刻印の部分は、ゴムマットを下におき、細い鉄ペンで慎重に形を整えた。

こうした即席の身分証を使うことはめったにない。仕事中に予測しないトラブルが生じたときのための、非常手段だった。

湯本の階級は巡査だった。生年月日を改変し、階級も警部補に書きかえた。

「二階級特進ね」

咲村がつぶやいた。

「この年で平巡査じゃ、よほど使いものにならない奴だと思われるからな」

葛原はいった。

「大出さんも二階級特進するんですかね」

北見が咲村を見た。咲村の目がうるんだ。

「わからない。でもできたら……」

言葉が途切れた。

ティッシュペーパーで糊の湿り気をとり、さらに北見にいって強にした車のエアコンの通気孔で頁を乾かした。

「拳銃は?」

手帳を懐ろにし、ドアに手をかけた葛原に咲村がいった。

「やめとこう。もし奪われた拳銃で誰かが撃ち殺されたら寝覚めが悪いだろうからな。それに拳銃なんて使う羽目になるのは、俺の化けの皮がはがれたときだ。俺はそこまで大根じゃない」

「でも手帳以外は、何も金を信用させる材料がないわ」

「頭の中にある」

葛原は答え、ワゴンを降りた。

25

用心のために、直接車からマンションに向かうことはしなかった。マンションを半周し、裏手の駐車場の出入口から、エントランスホールに入った。オートロックで、インターホンを通さなければ、内部には入れない。

「三〇五」のボタンを押した。返事はない。

「三〇六」を押した。ややあって、

「はい」

男の声が答えた。

ロビー内に人けはない。葛原は監視カメラに向かって低い声でいった。

「大阪の知人に頼まれてきました。話がわからなくて困ってる人がいる筈だ、と知人はいっています」

「部屋をおまちがえじゃないですか」

「早く入れろ。急がないと、こっちにもいつ外事がくるかわからないんだぞ」

葛原は身をかがめ、マイクにいった。

わずかの間をおいて、ガラスの自動ドアが、がたんと音をたて開いた。

エレベータに乗って、三階にあがった。

エレベータを降り、右手に歩いた。夕餉の時刻を迎え、廊下には、料理の匂いが漂っている。廊下の右側は、駐車場への吹き抜けで、左側に部屋が並んでいた。

「三〇六」の扉の前で立ち止まった。扉わきのインターホンを押した。

携帯電話を左手にもった大男が内部から扉を開いた。ひきしまった体つきをしており、顔が陽にやけている。一九〇センチ以上あるにちがいない。

大男は背を丸めるようにして葛原を見おろし、首を倒した。葛原は内部に入った。

三和土には巨大な男物のスニーカーが一足あるきりだった。そのかたわらに靴を脱ぎ、葛原は狭い廊下を進んだ。

正面のリビングルームに入る。カーペットがしかれただけの、何もないがらんとした部屋だ。窓にはカーテンがおろされている。床の中央に、ファックス兼用の電話機が一台、ぽつんとおかれていた。

「金さんはいるのか」

葛原はいった。あたりを見回し、腕時計をのぞく。男は無言で首をふり、葛原を見つめた。小さい目に鋭さがある。

「名前」

ややあって男はいった。

「湯本」

「仕事は何」

「わかってるだろう。いわせるな」

いらいらしたように葛原はいった。

「仕事は何」

男は無表情にくりかえした。男が着けているのは、ナイロン製のスポーツウェアの上下だった。そのポケットに携帯電話がしまわれた。

「もういい。金さんがいないのなら、帰らせてもらう」

葛原は吐きだし、踵を返そうとした。とたんに男の左腕がのび、葛原の首をつかんだ。喉元に手首がさしこまれ、有無をいわさずひきよせられた。外見通りの馬鹿力だった。しかも格闘技に長けている。容赦のない締めつけに、あっというまに葛原の呼吸は止まった。

「仕事は何」

男が耳元でいった。葛原は呻き声をたてた。顎の下にくいこんでいる、手首の力がわずかにゆるめられた。

「警視庁だ。お前、こんなことして――」

再び手首がくいこみ、さらに後頭部に、男の右掌があてがわれた。首の骨が折れそうな激痛に、葛原の足は床を蹴った。耳の奥で轟音が鳴りひびき、意識が遠くなる。

男の腕を必死でつかんだが、びくとも動かない。スポーツウェアの下は、まるで石のように硬い筋肉がもりあがっている。

「もう一度訊く。すぐ答えないと、死ぬ」

後頭部の圧力がゆるんだ。咳こみ、体を折ろうとしたが、男の力がそれを許さなかった。威しではなかった。この男は素手であっさりと人が殺せる。

「こ、公安部、公安機動捜査隊だ」

いった直後、再び咳こんだ。

「身分証明」

葛原の手が上着をさぐった。男の右手が背後からのび、それをふり払うと手帳を抜きとった。

さらに男は葛原を抱きかかえたまま身体検査をおこない、悠然と警察手帳の頁をくった。やがて身分証の頁を見つけると、左手で葛原の頰をわしづかみにして向き直らせた。頰の内側が奥歯にくいこみ、葛原は血を味わった。

男は手帳の写真と葛原を、ためつすがめつするように見比べた。

「湯本、警部補」

葛原は頰をつかまれたまま頷いた。男は手帳をウェアにしまい、携帯電話をとりだした。電話は通話状態にあった。ボタン操作をすることなく、男は母国語で話しかけた。

男がつまむ携帯電話は、まるで百円ライターのように小さく見えた。

母国語の中に、「ユモト」という言葉が混じるのを聞いた。男は喋り終えると、相手の言葉に耳をすませた。

北見は、葛原が降りたあと、マンションの前から離れた筈だ。おそらく隣室の「三〇五」にいる仲間が、マンションの周辺をチェックしているにちがいない。

男の手がゆるんだ。葛原はそのままリビングの床にすわりこんだ。両頰の内側が切れていた。リンゴを握り潰す芸があるが、この男なら人間の顔を握り潰せそうだった。

玄関の扉が開いた。ニットのカーディガンを着けた初老の男と、もう少し若いスーツ姿の男の二人が、リビングにつづく廊下を進んできた。

葛原はすわりこんだまま新来の二人を見上げた。大男が葛原の警察手帳をカーディガンの男にさしだした。

受けとり、ワイシャツの胸からだした老眼鏡をかけて、初老の男はのぞきこんだ。

「あんたが金さんか」

葛原はいった。舌が滑らかに動かず、酔っているような発音になった。

「金さんはいない」

男はいって、手帳を葛原の膝に投げて返した。

「何しにきた」

葛原は手帳を拾い、男の顔をにらんだ。どこにでもいる、ありふれた商店主という風貌だった。

「大阪にいる俺の友人が、金さんに世話になっている。そいつは金さんが今、困ったことになっている筈だと、俺に連絡してきた。だからきてやったのに、何だ、この扱いは」

「お前のことなんか知らない」

「そうだろうさ。俺の友人は用心深いんだ」

「友人の名前は？」

「いいたくないね」

大男が身じろぎした。葛原は急いでいった。

「俺はそいつに借りがある。迷惑をかけたくない。あんたたちが警察庁《サッチョウ》の情報を欲しくないっていうのなら、帰るだけだ」

　男はしゃがみこみ、葛原の目を見つめた。

「何の借りがある？」

「銭だよ。競輪場で知りあったんだ、そいつとは」

　葛原はいった。男はさらに葛原の目をのぞきこんだ。

「金さんに会わせろよ」

　男は答えない。

「会わせろってんだ、この野郎！」

　葛原は怒鳴った。

「お前らみたいな取り巻きと話したって始まらねえ。金富昌が喉から手がでるほど欲しがってるネタを届けにきてやったんだ。なのに何だってんだ、お前ら。日本人なめてんじゃねえぞ！」

　男は瞬きもしなかった。

「あんた、金《かね》が欲しいのか」

「だったら何だよ」

「我々をなめてもらっても困る。あんたここにこっそりきたんだろ。て、ことは、あんたがこのままどこかに行方知れずになっても、我々は少しも困らない。警部補さんだか何だか知らないが、永久に埋めちまうこともできるんだ」

葛原はぎくりとしたように目を伏せた。男の手が軽く、葛原の頰を叩いた。

「金《かね》になると踏んだのは、あんたの勝手だ。お友だちとかは、あんたのことを何も知らん。ただあんたは、警視庁のお歴々が右往左往しているのを見て、これは銭になると踏んだだけだ、ちがうか？」

「街金に借りがあんだよ。ちっとやばい筋でさ。二百ほど回してくんないか。河内山の野郎のことなら知ってるんだ」

「河内山？　河内山、誰だ」

「警視正だよ。あんたらの親玉を追っかけ回してるだろうが。うちの公安機捜も外事二課も動いてる。ついさっきは、駅前でガサ入れがあった筈だ」

男はいっしょにきた仲間をふりかえった。何ごとかをいった。いわれた方は無言で部屋をでていった。

葛原は男を見た。

「ここが割れるのも時間の問題だぞ。俺は以前、所轄のマル暴で柳井組を担当していたんだ。その関係で児島産業のことを知ってた。捜査はまだ金井商事止まりだが、金石文の線から、ここもじき割れる」

「金石文は何も喋らない」

「そりゃそうだろう。喋れねえように、お前らがしたんだ」

男が無言で葛原を見つめた。

「警視庁は今、がたがただ。警察庁《サッチョウ》の中のふた手から、まるでちがう指示が届いているんだからな」

「どちらが優勢なんだ」

「今朝までは穏便派だった。だが羽月が襲われ、ガサ入れでも死人がでた。今は、河内山のやることを黙認する空気がある」

「河内山の目的は何だ」

「そいつは金さんに話す」

男は葛原から目をそらし、大男を見やった。大男の腕がのび、まるで子猫のように葛原の首をつかむともちあげた。

葛原は痛みに呻きながら立ちあがった。スーツの男が玄関口に戻ってくると、初老の男に報告した。

男は頷き、葛原をふりかえった。

「今からお前を連れていく。その話をもう一度するんだ。金《かね》が欲しけりゃくれてやる。ただし嘘をついたら、すぐ殺す」

スーツの男が、押されるようにして歩きだした葛原に歩みよった。ガムテープを手にしている。

「嘘だろ、おい。よせ——」

ガムテープが口に貼りつけられた。つづいて目の上にもガムテープが迫った。ぐるりと顔を一周するようにガムテープを貼られる。さらにその上にマスクをはめられ、帽子らしきものが、まぶかにかぶせられた。

「はがそうとするな。金《かね》も命もなくなるぞ」

耳元で男がいい、大男に押されるまま、葛原は歩きだした。

葛原の勘では、駐車場側の出入口から連れだされたようだった。そのまま待ちうけていた車に乗せられる。

走行時間はそれほど長くはなかった。二十分から三十分といったところだろう。降ろされたのは、繁華街と思しい騒音や雑踏の中を車が走り抜けたあとだった。

閉められたドアの反響音から推して、地下駐車場に入ったようだ。固く平らな床の上を歩かされ、階段のような段差を一段登った。

何かが足にぶつかり、

「すわれ」

肩を押さえつけられた葛原は、ビニールクロスの長椅子に腰をおろした。帽子とマスクが外され、ガムテープをむしりとられた。眉毛が抜ける痛みと昨夜の傷にひびき、葛原は悲鳴をあげた。

そこはどこかの駐車場にある、休憩所のようなスペースだった。飲み物の自販機と、灰皿ののった簡素なテーブルが並んでいる。四、五人の男たちが少し離れたテーブルに腰をおろし、こちらを見やっていた。右翼が着るような、紺の戦闘服を着けている。

カーディガンの男が葛原の向かいにかけていた。はさんだテーブルの上にアルミの安物の灰皿がある。

「煙草、吸ってもいいか」

葛原はいった。

「動くんじゃない」

男は冷ややかに答えた。

「お前が無線機をつけていないことは確かめた。ここは地下で携帯電話の電波も届かない。まず金をやる。それをうけとれ」

葛原の背後から手がのび、目の前に帯封をした百万円がおかれた。

「しまえ」

葛原は上着にしまった。

男はいった。

「この部屋のようすは防犯ビデオに写っている。ただしカメラは固定してあって、顔が写っているのはお前だけだ。もしお前が、河内山の命令できた囮捜査員なら、裁判で痛い目にあうのは、河内山の方だ」

「あの野郎がどんな痛い目にあったって、痛くもかゆくもないね。それより俺は二百万ていった筈だ」

「残りの金は話がすんでからだ」

「金さんはどこにいる?」

「じきにここにくる。お前は、手も首も動かさず、人形のように待っていろ」

葛原は息を吐いた。男はカーディガンの内側からショートホープをとりだし、火をつけた。

男は答えなかった。やがて吸い終えた煙草を灰皿につきたて、男は腕時計を見た。誰もひと言も口をきかない。

「俺にもくれよ」

葛原の背後で、車の走行音が響いた。金属製の排水孔の蓋をタイヤが蹴るガシャン、という音が反響する。

走行音は、今いる部屋をぐるりと回るように動き、正面の男の背後で黒塗りのセンチュリーが止まるのが、ガラス窓ごしに見えた。外に立っていた男が後部席のドアを開き、小柄な人影が降りた。

戦闘服の男たちが全員立ちあがり、気をつけ、をした。休憩室の扉を押して、人影が入ってきた。

ひどく険しい顔をした老人だった。額の中央部がはげあがり、目の下にどす黒い隈がある。常に怒りにかられているような、つきでた口元をしていた。茶の地味なスーツを着け、細い杖をついている。身長は、一六〇センチにも満たないだろう。

だがその老人が入ってきたとたん、休憩室の空気が張りつめた。老人はまっすぐに葛原のすわるテーブルに歩みよってくると、カーディガンの男の肩を乱暴に押しのけた。無言で葛原の向かいに腰をおろした。

押しのけられた男は、直立不動で立ちつくした。

「金富昌だ。河内山を手助けしてるのは誰だ」

いきなり老人は早口でいった。言葉にかすかな訛りがあり、唾が飛んだ。

「手助け？」

金の手が動いた。杖が葛原の首すじから耳にかけてを打った。葛原は無言で打たれた場所を押さえた。

「いいか。お前にくれる金など惜しくはない。お前の命は、もっと惜しくない。答えよ、河内山を助けているのは誰だ」

「成滝じゃないのか」

「奴にそんな余裕はないし、警察とも組まない。大阪府警は、河内山の命令で、ＳＰを二人動かした。ＳＰがついて守っているのは誰なんだ」

葛原は腹の底が冷たくなるのを感じた。金富昌は、作戦の齟齬に、葛原らの動きがあることを感じとっている。

「わからない。大阪に訊いたらどうだ」

「もう調べさせた。土田が成滝と組んでおることはわかっておった。東京にそんな協力者がいるという情報はなかった。河内山が連れてきた人間だ。警官じゃない。だが大阪で工作員を無力化し、京都では監視員を攪乱した。その上、本条というやくざをたきつけ、組を裏切らせて姜を連れだした。何者だ」

「河内山は、今回の案件には、かなり前からかかわっていたようだ。そのときに警察外の協力者を得たのだろう」

葛原はいった。金は杖でテーブルを叩いた。パンという音が鋭く耳を打った。

「答になってない。そいつが、成滝と河内山を結んでおるんだ。成滝をカバーし、こちらの動きを妨害している」

「じゃあ成滝の仲間じゃないのか」

「裏切り者に仲間などおらん。あいつは金に目がくらんだ亡国の徒だ」

「とにかく、河内山は今、優勢だ。柳井組のアジトから、拷問された姜と家族が見つかり、羽月代議士は負傷した上に、あんたらとのつきあいがマスコミに知れるのは時間の問題だ。河内山は、あんたらを叩けば、林忠一に貸しを作れると考えている」

金は顎をもたげた。

「林忠一は死人と同じだ。死人にどれだけ貸しを作っても、何の役にも立たんわ」

「あんたらがぐずぐずしている間に、河内山は林と会うかもしれないぞ。成滝だって、自分が助けられていることを気づいている頃だ」

「会えば、裏切り者は祖国に帰れなくなる。林の目的はアメリカへの亡命にかわるだろう」

「林の目的が亡命なら、とうに終わっている筈だ。アメリカ大使館は、こちらにも情報を流してこないがな」

再びテーブルを激しく打ち、金はいった。

「奴は裏切り者だ。煥様が指導者を継がれることに我慢がならず、祖国を売り渡そうとしているのだ。それに手を貸しているのが、お前ら日本警察と成滝だ」

「俺に怒鳴ってもしかたがない。アメリカはお前らほど真剣じゃない。林忠一が日本で殺されても、自分たちの失点にはならないからな」

「大使館は、アメリカ国内にいる愛国者を恐れている。やりすぎれば、我々の仲間が黙っていない。忠一と接触したという事実を、ホワイトハウスは絶対に認めない。偉大な祖国に恐怖を抱いているからだ。あのすきまだらけの豆腐のような国にいるのは、自己保身しか考えておらん低能の差別主義者ばかりだ」

「じゃあなぜさっさと忠一を殺さない」

金は恐しい形相で葛原をにらんだ。何かある、その瞬間、葛原は感じとっていた。

「いったろう、林忠一は死人と同じだ。我々は死人を利用して、内外の不穏分子を一掃するのだ」

金は険しい表情のまま、いった。それが表向きの理由でしかないと、葛原に悟られるのを承知で押し通そうとしている。

「不穏分子というのは、在団内部の人間をさしているのか」

「どんな組織にも腐った人間はいる。日本の腐った空気に害された愚か者が、在団にもいるということだ。口先で祖国への忠誠を誓っておきながら、自分はいつまでも腐った空気を吸っていたいと考えているような輩だ。今回のことは、真の愛国者とそうでない者を見分けるいい機会になる」

葛原は黙っていた。

「河内山が見つけた人間も、きっとそうした偽愛国者だ。だがそいつは在団の結束をゆるがし、こちらの行動を妨害している。許さん。祖国を裏切った報いは、必ずうけさせてやる」

再び唾が飛んだ。

「それが在団の人間なら、あんたらの方がよほど簡単に捜しだせる筈だ」

葛原はいった。金は、一連の葛原らの行動が、在団内部の裏切り者によるものだと考えているようだ。

「在団の人間だとはいっておらん。日本人でもなく、在団にも所属しておらん幽霊のような連中が、何千人とおるのだ。そいつらは、在団に所属する友人や親戚から在団の情報を得、利用できるときだけ在団を利用してきた。上辺《うわべ》は日本人のようにふるまい、祖国のことなど、自分の人生には何の関係もないと考えている」

「もし何の関係もないと考えているのなら、河内山に手を貸す筈がないだろう」

「金《かね》で転んだか、河内山に洗脳されたのだ。祖国の実情を知らぬ人間には、剛哲様や煥様への批判は耳に心地よい。腐った空気に慣れた者には、その腐臭すらかぐわしくなるものだ。祖国が日本のように腐るのを、願うようになる」

金は葛原に顔を近づけた。

「貴様ら日本人の腐った思想にかぶれた愚か者たちは、病原菌と同じだ。消毒せねばならん」

葛原は首をふった。

「わかったよ。この国が腐っていることは認める。演説はいいから、どうすりゃ金をくれるか、はっきりいってくれ」

「まず一番は姜の居場所だ。奴は何としても処刑せねばならない。と同時に、奴こそ、偽愛国者の正体を知っている。その口を割らせたい」

「俺に入ってきた情報じゃ、当然今は病院にいて、護衛がついている筈だ」

不審を感じながら、葛原はいった。金はなぜこれほど〝偽愛国者〟の正体にこだわるのだ。姜に対する処刑は、今でなくともできる筈だ。

「病院を調べよ。護衛の排除はこちらでする。姜を連れだして口を割らせる」

「それはいいが、林忠一はどうするんだ。姜より林忠一じゃないのか」

金に感じた違和感の正体を探ろうと、葛原はいった。

「貴様にいわれるまでもない。忠一の居どころはもうつかんでいる。だからこそ先に姜を訊問する必要があるのだ。裏切り者、偽愛国者の正体を、これを機にすべてつきとめるのだ」

「それが本国からの指令なのか」

金の表情がすっと冷たくなった。

「お前の目的は何だ？　金《かね》か。それとも我々の動きを探りにきたのか、河内山に命じられて」

「冗談じゃない。あんな頭でっかち野郎といっしょにしないでくれ。あいつは現場の苦労を何も知らないで、ゲームでもやっているつもりなんだ。姜《キョウ》を殺るのなら、ついでに河内山も殺ってくれたなら、どれほどすっきりするか」

葛原は急いでいった。

「それに、あんたのいう偽愛国者の正体を、俺もつきとめられるかもしれん」

「だったらつきとめよ」

「それは別の取引だ」

「取引だと？」

金は薄気味悪い表情になった。

「現在の河内山の動き、それに姜の病院を知らせることで、約束の金のぶんだ。偽愛国者の正体には、別の金を払ってもらう」

疑いを少しでもそらすためには、危険だが、報酬の吊り上げをもちかける他ない。無償で次々に情報を提供すれば、かえって疑いを大きくしてしまう。

「ふざけるな！」

再び杖がふりおろされた。耳たぶが熱く痺れるのを感じた。

「お前をこの場で殺すのがどれだけ簡単か、わかっていないようだな。警官だろうが何だろうが、ウジ虫はウジ虫にすぎん。我々が、日本政府ごときを恐れていると思うのか」

葛原は打たれた耳に触れた。血が滴っていた。

金富昌はふりかえりもせず、うしろに手をのばした。カーディガンの男が懐ろから拳銃をとりだすと、その手に預けた。見たことのない中型のオートマチックだった。

後部につきでた小さな突起のような撃鉄を、金は慣れた手つきで起こした。銃口を葛原の目と目のあいだに押しつけた。

「やめろ」

葛原の声がかすれた。

「ここが祖国なら、お前のようなウジ虫でも再教育の機会がある。剛哲様は慈悲深い指導者だからな。だが残念なことに日本だ。腐りきったウジ虫の国、日本だ。ウジ虫は駆除する他ない」

「俺を殺せば、今は気がすむだろう。だがあんたが警察にもっているパイプは、次々に閉じてる。もしかしたらこれが最後のパイプだぞ。ウジ虫がまとめて襲いかかってきたらどうする」

金は無言だった。瞬きもせず、葛原の目をのぞきこんでいる。殺す目だ、と葛原は直感した。この男は、人の手だけでなく、自らの手を使っても、殺人を厭わない。

銃口が外れた。天井に向けた拳銃の引き金を金はひいた。轟然と銃声が鳴り、葛原はびくりと体を動かした。コンクリートの破片がぱらぱらと舞った。

「ウジ虫の取引になどのらん。金は最初の額だけをくれてやる。お前は姜の入院先と偽愛国者の正体を我々に知らすのだ。それも一時間以内にだ。お前が裏切ったり、逃げださぬよう、監視をつける」

「無理だ。本庁に戻らなけりゃ、情報はとれん」

「やるんだ、それを。いいか、一時間がすぎて、情報をよこさなければ、お前を必ず殺す。今日できなくとも明日、明日できなくとも明後日。必ず、殺す」

葛原は呆然と金を見つめた。この老人の内側には、疑いと殺意しか詰まっていないように思える。

「教えてやる。命を消費してのみ、達成される大義もあるのだ。ふだんの私はこういう人間じゃない。だがひとたび走りだせば、どれほどの流血も厭わない。わかるか？　流血をひき起こしておいて、その血に怯え、走り止むのは、最悪の選択だ。流血を無駄にせんためには、その先、まだどれほど血を流さねばならなかろうと、走り止むことは決して許されん。お前らの政治家が好んで使う、不退転とは、本当はそういう意味だ。幾千、幾万の屍を築こうと、いや築いたからこそ、目的は達成されねばならん。私がそういう人間だということを、肝に銘じておけ。敵が何者だろうと、どれほどの数がいようと、どんな卑怯な手を使ってでも、私は目的を達する。わかったな」

最後の「わかったな」は、驚くほどやさしい声音だった。

葛原は頷いた。金富昌はさっと立ちあがった。日本語でいった。

「この男に監視をつけよ。一時間以内に情報の提供がなかったときは殺せ。殺すのにどれだけ時間を要してもかまわん。必ず殺せ」

「承知しました」

カーディガンの男が、金から拳銃をうけとりながらいった。

金はふり返りもせず、黒塗りの車に乗りこんだ。乗りこんでから後部席のフィルムを貼った窓ガラスが降りた。立っていた男のひとりに何ごとかを話しかけている。今度は母国語だった。

話しかけられた男は頷きながら、葛原らの方をふりかえった。

情報を得られようが得られまいが、最終的には自分を殺せという指示を下しているにちがいないと、葛原は思った。

「煙草をくれ」

窓が閉まり、黒塗りの車が走り去ると、葛原はいった。カーディガンの男は、今度は拒否しなかった。ショートホープと使い捨てライターを手渡された。

北見たちはやきもきしているだろうと思った。自分がもしマンションから連れだされることがあっても、決して尾行してはならないと、北見には小声で告げてあった。北見の腕は確かだが、万一尾行が発覚すれば、容赦なく殺されただろう。

葛原は煙草に火をつけ、今いる場所を見渡した。

「いいのか、そんなにのんびりしていて。あと一時間だぞ」

カーディガンの男がいった。

「ここにいる時間をカウントするのは勘弁してくれよ。電話すらかけられないんだぜ」

ここが、葛原に金富昌を会わせるために急きょ用意された場所でないことはわかっていた。もし会見用だけならば、わざわざ目隠しをする必要はなかった筈だ。戦闘服の男たちは、かなり長時間ここにいるようすがある。ここは、宝生会館での摘発を逃れた在団特務の待機場所にちがいない。安全部の工作員らしい人間はいないが、目につかぬ場所に隠れているのかもしれなかった。

「いいだろう。もう一度目隠しをして、お前を連れだす。目隠しを解いた時点で、カウントを始める」

「監視はいいが、ずっとくっついているつもりじゃないだろうな。電話だけじゃ必要な情報はとれないんだぜ」

「警視庁、あるいは警察関連の建物に入ったら、その時点で裏切ったと見なす。常にこちらの目の届くところにいるんだ」

葛原は頷き、だらしなく足を投げだした。

「もう一本、煙草くれよ。せっかく銭をもらっても、ソープにいく暇すら、ないってわけか」

「いきたければ、約束を果たしてから、いくらでもいけ」

蔑むように男はいった。

「冗談だよ。もらった銭は、ほとんど借金の返済で消えちまわ」

「お前ら公安は、秘密の捜査費用があるのだろうが」

「機捜にはそんなものねえよ。それにある部署だって、上しだいだ。所属長が点取り虫だったら、『うちはこんなに安い捜査費で、こんだけの成果あげました』ってやりたくてケツを叩きやがる」

声色を使って葛原はいった。

「憐れなもんだぜ。ノンキャリアでも公安にいりゃ、出世ができるかもしれねえってんで、まるで犬ころみたいにキャンキャン、キャリアの顔色うかがいやがってよ。けったくそ悪くて、反吐《へど》がでらあ」

唾を吐いた。

「あんた名前、何てんだ?」

「ん?」

「名前決めとかねえとまずいだろう。こっちが誰かと会ってるときとか、話しかけるのに苦労する。時間がねえのだから、そばにきちっといてもらわねえとな」

わずかに考え、

「吉津《よしず》だ」

男はいった。

「オーケイ、吉津さんね。外にでたら俺は、本庁の人間を呼びだす。もしあんたのことを紹介するときは、情報提供者だという風にさせてもらう」

「かまわん」

「じゃ、いくか」

葛原は目を閉じた。

「ずいぶん自信があるようだな」

ガムテープを再び葛原の顔に巻きつけながら、吉津はいった。

「自信なんかねえよ。ただ河内山の弱みをひとつ握っているのさ。そいつを使う。俺が野郎にムカついているのも、それが理由だ」

ガムテープを巻き終わった吉津がいった。

「立て。何だ、その弱みというのは」

「女さ。決まってんだろう」

葛原がいい終えると同時に、口にもガムテープが貼りつけられた。

26

今度は屋内ではなく、車内でガムテープが外された。

葛原は貨物用の、窓のないワゴンの荷台にすわらされている。向かいに大男がいた。

少し離れた後部席に、吉津とスーツの男がすわっている。運転席と助手席にも男がいるので、五人に囲まれている状況だ。

ワゴンは走っていた。

「今どこだ」

葛原は訊ねた。

「横浜市だ。川崎に近い」

吉津が首をねじって答えた。

「横浜のどこだ」

誰も答えなかった。

「どこだか教えてくれなけりゃ、連絡のとりようもない」

葛原はいった。

「港北区だ。カウントを始める」

吉津はカーディガンの袖をめくり、黒革のベルトで巻いた腕時計をのぞいて答えた。

「鉄道の駅で一番近いのはどこだ？　ＪＲでも私鉄でも」

葛原は訊ねた。吉津が母国語で運転手に話しかけた。

「日吉だ。東横線の」

運転手が日本語で答えた。

「そこにつけてくれ」

葛原はいって、携帯電話のボタンを押した。咲村の携帯を呼びだした。

「――はい、咲村」

「湯本だよ」

「湯本さん……」

「忘れちゃいないだろう。公安機捜の湯本さんだよ」

葛原はいった。芝居と察知した咲村はすぐに話を合わせてきた。

「もちろん覚えているわよ。それで何？」

「あんたと折りいって話がしたいんだ。あんたを気にいってるお偉いさんの件で。抜けられるかい、現場を今」

「難しいけど何とかするわ。でもそれで何かいいことあるの？」

「そうだな。おいしい情報提供者を紹介できるってところかな」

「ひとりでいった方がいいわね、じゃあ」

「見かけは、な。それと北見には、俺のことはうまくいいくるめてくれ。奴《やっこ》さん、すぐに俺のアラ捜しをしやがる。アラなんざないってんだよ」

「そっちもひとりなの」

「そんなわけないだろう。たっぷりおみやげがついてる」

「で、どこへいけばいいの」

「日吉駅だ。着いたら電話をくれ。大急ぎだぜ」

いって、電話を切った。

「何者だ」

吉津が訊ねた。

「外事二課の女刑事だ。昔、俺とあって、今、河内山にくっついてやがる。もっとも、奴のあそこは脳味噌並みとまではいかなくて、ときどき欲求不満のお相手をしてるんだ。それを河内山の野郎が勘づいて、俺を飛ばそうとこそこそやってやがる、気にくわねえってんだよ」

「車の中で唾を吐くな」

葛原は鼻を鳴らした。吉津はじっと葛原を見つめた。

「何だよ」

葛原はいった。

「公安刑事というのは、もっとインテリジェンスのある人間だと思っていた」

軽蔑を隠さない口調だ。

「好きで公安にきたわけじゃない。いったろう、元はマル暴にいたんだ。上の都合で、面《メン》の割れてない奴を、ってんでひっぱられたんだ。合ってねえことくらい、俺にもわかってる」

「だったら素直に飛ばされたらどうなんだ」

「それとこれとは別だ。スケッ張りでいいように厄介払いされるのは許せねえ。もともとは、こっちが先にいただいた女なんだ。あとから階級にものいわせやがって。河内山の野郎だけは、足もと蹴たぐってやらなけりゃ、おさまらないんだよ」

「下種《げす》だな」

吉津はいって首をふった。葛原は吉津をにらんだ。

「俺を怒らす気か。あんたらが助かる情報をくれてやってるんだぜ」

吉津は平然としていた。

「裏切り者には裏切り者の理由がある。歪んだ愛国心でも、それはそれだ。処刑するときには、それなりの尊厳を与えてやる。だがお前のような下種には、欲しかない。お前はこの国の腐った象徴のような警官だ」

「悪かったな。よその国をひっかき回しておいて、何を偉そうなことをいってやがる」

吉津は怒ったようすも見せなかった。

「お前のような人間がいる限り、日本の公安は恐れるに足らん」

「ほざいてろ。実際は、手入れをくって動きもとれんくせに」

吉津は大男に顎をしゃくった。万力のような手が葛原の頬をつかんだ。傷ついていた頬の内側に再び強い力を加えられ、葛原は呻き声をたてた。

吉津は目をみひらいている葛原に顔を寄せた。

「お前は金欲しさで、我々に協力しているにすぎない。わかるか。敵兵士よりも劣る存在だ。大きな口を叩いていると、あとあと本当に後悔することになるぞ」

葛原の目を見つめた。

「わかったか」

葛原は瞬きした。

「よし」

吉津は大男に頷いた。手が外れ、葛原はふてくされたように横を向いた。

「日吉だ」

運転手がいった。綱島街道に面した東横線日吉駅にワゴンはさしかかっていた。道路の反対側には慶応大学のキャンパスが広がっている。

ハザードを点け、ワゴンは停止した。

「降りる」

葛原はいった。

「待て」

吉津はいって、横にすわるスーツの男に目配せした。スーツの男が先に降りた。ドアを閉め、周囲を警戒するように見渡すと、駅ビルの構内に入っていく。

ようすを探りにいったようだ。しばらくして、吉津の携帯電話が鳴った。

「わかった」

吉津は短く答えると、葛原を見た。

「お前の携帯の番号を教えろ。これからひとりで降ろしてやるが、いつでも監視されていることを忘れるな。妙な動きをすれば、お前も、これから会う婦人警官も容赦なく射殺する」

「わかったよ。だが喫茶店くらいは入らせてくれよ。女にいうことを聞かせるには、立ち話ってわけにはいかねえ」

吉津は頷いた。

葛原はワゴンを降りた。自分のあとを追うように、大男と吉津が降りるのがわかった。

だがふりかえらず、駅ビルに入った。

駅ビルの向こう、綱島街道とは反対側に、放射状に町が広がっている。学生街らしく、飲食店が多い。駅ビルには、スーパーマーケットが入っていた。

葛原はスーパーに足を踏み入れた。一階には食料品の売場があった。じき七時になる。食料品売場は混んでいた。

総菜を売るコーナーを歩いていると、携帯電話が鳴った。

「はい」

「咲村よ。今どこにいる?」

「駅ビル一階の食料品売場だ」

「ひとり」

「今は」

「おみやげは?」

「そのへんにある。三箇か四箇だ」

「どうすればいい?」

「そっちで俺を見つけてくれ」

「わかったわ」

ほどなく、持ち帰りの寿司を売っているコーナーに咲村が現われた。葛原は手をふり、歩みよった。咲村の肩に手を回した。

咲村は一瞬葛原を見直したが、体を預けてきた。二人で歩きだした。

「俺たちはわけありカップルなんだ。俺と河内山は、あんたをとりあってる」

葛原は咲村の耳もとに口を押しつけ、ささやいた。

「幸せで涙がでそう」

咲村が切り返した。葛原は微笑んだ。

「金と会った。奴は、姜の入院先と河内山の協力者の正体を知りたがっている。俺は金《かね》でそいつを請け負って、外事二課につとめるあんたを口説き落とす」

咲村は無言で首をふった。

「その調子だ。とりあえずは、俺を拒否してくれ」

咲村は不意に立ち止まった。

「何馬鹿なことといってるの！　そんなのできるわけないじゃない！」

小声だが激しい口調でいった。その背後に、サンドイッチを選ぶ、吉津の姿があった。

咲村の表情が変化した。

「耳、どうしたの？」

バッグに手がのびた。通路の端に葛原をひっぱった。

「耳たぶが切れてる」

「金にやられた」

小さなポーチが現われた。バンドエイドをとりだすと、葛原の耳に貼りつけた。

「そんなのをもっていたんだ」

「馬鹿」

本当に心配そうな表情を浮かべていた。

「とりあえずどこかに入ろう。喫茶店がいい」

葛原は咲村の手をとり、いった。

「街にいく？　それともこのビル？」

「街だ」

葛原はいった。二人はスーパーマーケットをでた。

葛原の携帯が鳴った。吉津だった。

「どこへいくつもりだ」

「これからお茶を飲むところだ」

「忘れるな。刻限まであと三十二分だ」

葛原は電話を切った。葛原に手を握らせたまま、咲村が訊ねた。

「どうしたの」

「あと三十分以内に奴らの欲しがっている情報を渡さないと、俺たち二人ともこの場で殺される」

「すごい取引ね」

葛原は駅からのびる飲食店街に足を踏み入れた。歩きながら訊ねた。

「姜の入院先はわかるか」

「たぶん警察病院よ。ガードをつける必要があるから」

「金はそこを襲わせるつもりだ」

「なぜ？」

「姜にはまだ俺たちに話していない秘密がある」

「何なの」

「わからん。だが金はそれをひどく気にしている。表向きは姜を殺すためといっているが、どうやらちがうようだ。拷問にかけたいのだと思う。奴は、忠一のことよりむしろ、姜の方を重大に考えているようだ」

「どういうこと？」

「俺もそれを姜に訊きたい」

咲村は黙った。二人は歩きつづけた。

「どこまでいくの？」

「いい店が見つからない」

葛原はいって、通りを渡った。

「本物の湯本さんはどうした？」

「北見さんといっしょ。河内山警視正が合流に向かってるわ」

「なるほど」

「協力者って誰のこと？」

「どうやら俺のことらしい。だが金は、それが日本人だとは思っていない。在団に所属していない本国人だと思っている」

「なぜそんな風に思うのかしら」

「そこがポイントだ。金は、これを機会に内外の不穏分子を一掃する、といった」

咲村は眉をひそめた。

「内外といったの？　内というのは、忠一のことかしら」

「だとうけとったが……」

「電話を貸してくれる？　あたしのはバッテリーが切れそうなの」

葛原は渡した。咲村は、受けとった電話のボタンを押した。

「咲村です。待って下さい」

相手に告げ、よこした。葛原は耳にあてた。咲村が葛原にいった。

「わかる人がいるとすれば、彼くらいよ」

「何や」

土田の声が流れこんだ。

「金富昌と会った。奴は忠一の居場所はつかんでいるといい、これを機会に内外の不穏分子を一掃するといった。だが、成滝以外の日本国内の協力者の正体をひどく知りたがっている。どういうことなんだ」

土田はすぐには答えなかった。

「教えろ。俺と咲村の背中には、今、金の殺し屋がはりついているんだ」

「咲も狙われとるんか」

葛原は腕時計を見た。

「あと二十分で蜂の巣だ」

土田は唸り声をたてた。

「金は確かに追いつめられている。だがそれは警察の動きに対してだけじゃない。いったい何なんだ」

「姜、ちゅうたか。それに聞いたらどうや」

「金は姜の口を塞ぎたがっている。第一そんな時間は、俺たちにない」

かたわらを歩いていた咲村が突然足を止めた。葛原は目をあげた。

あの大男が、通せんぼをするように二人の前に立っていた。じっと葛原に目を注いでいる。葛原は背後をふりかえった。五メートルほどうしろに吉津がいた。街灯によりかかり、煙草をくゆらしている。右手がカーディガンの中にあった。

葛原は咲村の手をひき、再び通りを渡った。二人は追わずに、視線だけを巡らせてくる。時間切れが近いことを警告してきたにちがいなかった。

「――や」

土田がいった。

「何?」

「剛哲や、ちゅうたんや」

「何だと、どういうことだ」

なぜ、林剛哲を金富昌が恐れなければならないのだ。金ら在団の人間は、林剛哲、林煥の意思をうけて動いている筈ではないのか。

「あの国は分裂しかかっとんのや。親子であっても、従わすことのできる場所にちがいがある。たとえば剛哲は軍部やが、煥は安全部や。軍部と安全部は仲が悪い」

「つまり剛哲と煥は一枚岩じゃない、ということか」

「それどころか、風向きがかわれば、息子が親父を処刑しかねん」

葛原は息を吸いこんだ。新幹線の車掌室で聞いた河内山の言葉を思いだした。金富昌に対して感じた違和感の正体をつかんだ、と思った。

金富昌は乗るべき側を誤ったのではないか、という不安にとらわれているのだ。それは即ち、林忠一の来日の背景には、実は林剛哲の意思が存在しているかもしれないという可能性を示唆している。

「こいつはつまり、本国における権力争いが日本に飛び火したってことなのか」

「剛哲は神やった。だがその神が玉座を降りれば、ただの反逆者にされてしまうかもしれん」

土田はいった。

「そうならないための布石が、忠一の来日か」

「それやったら、煥が忠一を何とかしよう思うんは当然やろ」

林煥が失脚すれば、金富昌もその地位を失う。失脚させるための罠が、忠一の来日には仕掛けられているというわけだ。

葛原は怒りがこみあがるのを感じた。

「じゃあこれはいったい何なんだ。俺たちは権力闘争の駒ということなのか」

「だったらどうなんや。権力闘争するんは皆悪《わる》や、とでもいいたいんか」

葛原は息を吸いこんだ。林忠一と成滝をつないだのは姜だった。だが姜と林忠一をつないだ人物がいる、それが誰なのか土田に問いかけたとき、さっきは答をはぐらかされた。

金富昌も、同じ問いかけを姜にしたいのだ。そしてその答を、薄々勘づいている。

「忠一と姜を結んだのは、剛哲だな」

葛原はいった。

「どちらに玉座を渡せば余生が安泰なのか、ふたまたをかけている。勝った方に、国は動く」

「大阪でわいがいうたことがわかったか。煥が勝てば、あの国は戦争に向かう。忠一を勝たせなあかん、ちゅうこっちゃ」

「ひとつ教えてくれ。林忠一はデコイなのか」

かたわらに立つ咲村が目をみひらいた。

「どっちやと思う？」

土田は訊き返した。葛原は歯をくいしばった。この期に及んで、土田はまだやりとりを楽しんでいるかのようだ。

「お前は賢い。頭働かせてみんかい」

「この件に本当に剛哲が関係しているのなら本物だ。偽者ならば、姜と、本国の別の誰かのアイデアだろう」

土田の笑い声が耳の中で響いた。

「おみごとや。その調子なら、お前は自分の目で確かめられるやろ。この国にきとる忠一に会《お》うて」

「金富昌はそれを知りたがっている」

「奴はもう後戻りができん。そうできんように仕向けたんは成滝や。さもなけりゃ、どっちが勝とうと、日本でぬくぬくやっていけたろうからな」

成滝は忠一の側につくことで、金が自分と忠一に追っ手をさし向けるのを予期していた。そしてそれは、林煥側であるという旗色を鮮明にさせる効果がある。林煥が失脚すれば、金の運命もそれに伴う。

「——成滝はよほど憎んでいるのだな、自分の父親を」

葛原はつぶやいた。

「会うたんなら、わかるやろ。あの親子は殺し合うてきたんや。ただの憎しみやない。祖国にとっての一番の敵が互いやと信じてるんや」

土田の声が真面目になった。

「罠にはめられたことを金は気づいている。それが本当に剛哲なら、金は煥をたきつけてクーデターを起こすかもしれない。だからこそ忠一を追っかけているというわけだな」

「金は、忠一が本物かどうかをまず知りたい。本物やったら、まずまちがいなく殺すやろ。そして剛哲もひきずり降ろすよう、煥に進言する筈や」

「わかった」

葛原はいった。

「何や、急に」

「金をひっくりかえしてやる」

「どないしようっちゅうんや」

「軍部の大物の名を教えてくれ。俺は今、金に攪乱情報を注入できる立場にあるんだ」

葛原のアイデアを土田はすぐに察知した。

「おもろいな。けどそんなに保《も》たんで。それにお前も危のうなる」

「どのみち奴は俺を殺す気だ」

「わかった。待っとけ。すぐ電話する」

電話を切った葛原はあたりを見回した。夕刻の買物客がいきかう商店街に立っていた。夢からさめたような気分だった。吉津も大男も、その姿を消している。

「どうするの？」

咲村が訊ねた。

「喉がかわいた。とにかくお茶を飲もう」

少し先に、古めかしい喫茶店があった。学生がいかにもたまり場に選びそうな、大箱の造りをしている。

二人は、内側にカウベルの吊るされた扉を押した。すり切れた布ばりのソファがいくつも並んでいる。十席以上あるテーブルは、半数近くが埋まっていた。

葛原は奥近くの、両側に客のいる席を選んだ。入口が見える席にすわり、コーヒーを頼んだ。

　コーヒーが運ばれてくる前に携帯電話が振動した。

「閔明俊《みんみよんじゆん》」

　土田が短くいった。

「陸軍情報部大佐で、忠一の士官学校同期生や。父親は、元通信大臣。適当なとこや」

「閔大佐だな。わかった」

「咲はまだそこにおんのか」

「いる」

「代われ」

　葛原は携帯電話をさしだした。カウベルが鳴った。スーツを着た三人組の男たちが店に入ってきたところだった。見覚えのある顔はない。入口に近い席に三人はすわった。

「咲村です」

　土田の言葉に耳を傾けた咲村の表情が硬くなった。

「――わかりました。ええ、覚悟はしています」

　挨拶の言葉を口にして、切った。目で問いかけた葛原に告げた。

「府警の警備課長がとばされた。表向きは健康上の理由」

「あんたと大出を動かした人間か」

咲村は頷いた。その目が虚ろになっていた。

「わたしたちの任務はなかったことになる」

大出の死が原因だろう、と葛原は思った。大出に二階級特進はない。警察庁も大阪府警も、公けに大出が殉職であるとは、決して認めない。

「大阪に帰れたとして、その後はどうなるんだ？」

「わからない」

咲村は首をふった。が、我に返ったように、葛原を見つめた。

「で、これから先はどうするの？」

「金は怯えている。自分が罠にはまったのではないかと考えていて、それはおそらく正しい。今回の騒ぎのうしろにいるのは、林剛哲だ。剛哲は息子ふたりを争わせている。どちらに権力を譲り渡すかでな」

「どういうこと？」

咲村は眉をひそめた。葛原は首をふった。

「今詳しい話をしている時間はない。それよりどうやってここから脱出するかだ。俺たちを監視している金の部下は、情報をとるだけとったら、殺すつもりだ」

咲村はほっと息を吐いた。

「金富昌さえおさえられれば、林忠一に当面の危険はなくなる、そう考えていいのじゃない」

「そうかもしれないが、奴はそう簡単につかまるタマじゃないぞ」

そのときテーブルにおかれた携帯電話が振動した。葛原は手にとった。

「残り時間は、もう十分を切った」

吉津だった。葛原は咲村に目配せして立ちあがった。どこから監視をうけているかわからない以上、咲村の前でおおっぴらに吉津と会話を交している姿をさらすわけにはいかなかった。

通話口を掌でおおい、葛原はいった。

「でかい情報《ネタ》が入りそうなんだ」

「でかいネタ？」

「今回の事案に本国で関与している人間の名前だ。外事がつかんでる」

「誰だ」

「もうちょっと時間をくれ。女って奴は、抱っこしてやんなけりゃ、一番大事な話はしねえもんだ。そうだろ？」

「ふざけるな。貴様らが乳くりあう時間を待てというのか」

「無理強いしたら元も子もなくなる」

「それならこちらに女を渡せ。河内山の愛人なら、奴を足止めする手段にもなる」

「馬鹿いうな。こいつに何かあったら、まっ先に疑われるのは俺なんだぞ」

「貴様のことなど知ったことか。いいか、十分だ。十分で使える情報を渡さなければ、こちらから迎えにいく」

電話は切れた。

「相当かりかりきてる」

腰をおろして葛原はいった。

「金なの？」

「奴の部下で、吉津と自称している男だ。見かけは地味なおっさんだが、日本人なら平気で殺すタイプだ」

咲村の問いに葛原は答えた。

「どうやら金の右腕というところだろう。鶴見のマンションにいた」

「大阪弁を喋った？」

「いや」

「だったらこっちの在団特務の人間ね」

「目隠しをされ、どこかの地下駐車場に連れていかれた。そこで金と会ったんだ。兵隊のような連中がたくさんいた。俺は百万を受けとり、それをビデオに撮られた」

「在団の得意な手よ。抱きこむと同時に弱みも握るの。それでコロされた人間が、大阪にはたくさんいる」

「金は確かに追いつめられていて、どんな手を使ってでも、忠一を殺そうとする筈だ。その点では、俺の話を疑わずにとびついた。ただ計算ちがいは、奴が俺もあんたも殺そうとするだろうということだ」

「わたしだって馬鹿じゃない。呼びだされたときに、それなりの手は打ってるわ」

「そいつがうまくいくといいが」

カウベルが鳴った。若いアベックが入ってきたところだった。葛原らと隣りあう席にいたひとり客が立ちあがり、入れちがいにそこにすわった。間をおかず、二人組のスーツ客が入ってくると、カウンターに腰をおろした。

「心配そうね」

咲村はいった。葛原は眉をあげて見せた。

「今この瞬間、吉津らが押し入ってきて、銃をつきつけ俺たちを拉致しても驚かないね」

「そうはならないわ。大出さんが死んで、河内山警視正も肝がすわったみたい」

咲村は微笑んだ。

「それならいいが」

「先のことはもう考えない。生きのびること、それだけよ」

葛原が微笑む番だった。

「だんだん俺たちに近づいてきているよ、あんたは」

意味がわからないようだった。咲村は首をかしげた。

「どういうこと？」

答えようとしたとき、携帯電話が震えた。

「はい」

「時間切れだ」

吉津がいった。

「病院はつきとめた。警察病院だ。だがガードが大量についている」

掌でおおい、葛原はいった。

「本国の人間の名前は」

「名前はまだだ。だが元大臣の倅で、士官学校で忠一と同期生だった、陸軍の大物だと聞きだした」

すっと息を呑む気配があった。

「待ってろ、また連絡する」

電話は切れた。

「食いついたぞ」

「どうしたの？」

咲村は葛原を見つめた。

「何なの?」

「金が一番知りたがっていることを教えた。偽《がせ》だが」

咲村は瞬きした。頭を働かせている。

「それでどうなるの?」

「金のガードが下がる。最悪の結果を予期していた人間が、もしそうでないと知らされたら、ほっとしてたいていスキを見せる。あるいは河内山の網にひっかかるかもしれん」

咲村は微笑んだ。何かを仕掛けているようだ。葛原は思った。咲村には余裕がある。

電話が震え、テーブルに当たって音をたてた。

「はい」

「お前のいっているのは閔大佐のことか」

金富昌だった。吉津からの連絡をうけ、自ら電話をしてきたのだ。

「名前はまだわからない――」

「元通信大臣、閔敏俊《びんじゅん》の息子で、陸軍情報部の閔明俊だ」

「それだ。軍の情報部に所属しているらしい。そいつが、忠一だか忠一の仲間をたきつけて、日本に送りこんだんだ」

「日本警察に閔のことを教えたのは誰だ」

「わかるわけないだろう。本国か在団にいるエスだろうさ」

「在団におる人間が知っていて、私が知らぬことなどない。日本警察は我が祖国に裏切り者の犬を飼っているというのか」

「そこまで俺に訊くなよ」

「お前らの命を永らえてやろう。犬の名前を調べだしたら、一千万やる」

「本気か」

「使いの者がじきそちらにいく。お前の欲しがっている品をもって」

「期限は。まさかあと一時間なんていうなよ」

「大丈夫だ。じっくりやってよい」

「信じていいんだな」

「品物を見ればわかる」

金はいって電話を切った。葛原は咲村を見やった。

「金の使いがここにくる。金《かね》をもってくるようだ」

「お金を？」

カウベルが鳴った。入口を見ると、吉津がひとりで店内に入ってくるところだった。吉津はまっすぐに葛原らのテーブルに近づいてきた。咲村の手がバッグにのびた。葛原は急いで立ちあがった。吉津のうしろに大男の姿はなかった。

吉津は咲村には目もくれず、手にしていた茶封筒をさしだした。

「受けとれ」

葛原は受けとった。感触で現金であるとわかった。三百万は入っている。

そのとき店内にいた客の半数が立ちあがった。隣席のアベック、カウンターの二人組、入口近くの三人組だった。吉津をとり囲んだ。

「警視庁公安部の者です。ご同行をお願いしたい」

スーツのひとりがいった。吉津の目がみひらかれた。葛原を見た。右手がカーディガンの内側にのびる。

「よせっ」

葛原は叫び、吉津の腕をつかもうとした。が、一瞬遅く、吉津は抜きだした拳銃を口にさしこみひき金を引いた。

灰色の髪が、電流でも流れたかのように逆立った。鈍い音がして、吉津の後頭部が弾けた。血と灰色の塊が店内に飛び散った。まるでぶらさがっていたタオルが落ちるように、吉津の体が縦に崩れ落ちた。

とり囲んでいた刑事たちは呆然とそのありさまを見つめていた。一拍後、女性客の悲鳴があがり、騒然となった。

救急車、救急車、という叫びに逆らって葛原は怒鳴った。

「店の外を、早く！　ジャージを着た大男がいる筈だ。そいつをつかまえろ！」

怒りと失望が入り混じっていた。吉津が死ねば、葛原の策略は金に見抜かれる。

最初に動いたのは咲村だった。バッグから拳銃をひき抜き、喫茶店をとびだした。

「咲村！」

葛原はいって、あとを追いかけた。店をでた途端、立ち止まった。咲村が左手に携帯電話をもち、耳にあてがってあたりを見回していた。

「――そうです。身長二メートルくらい。ナイロン製グリーンのスポーツウェアを着けています」

その目が駅の方角に向けられた。ピリリリという笛が鳴り、怒号と悲鳴が交錯した。人波を押し分けて、頭ひとつ抜けでた大男が現われた。背後からジャンパー姿とスーツの男が二人追ってくる。だがまるで追いつけないほど、大男の足は早かった。

大男は葛原らの方角に突進してきた。その目が葛原と咲村を認めた。大男の足が止まった。憤怒の表情を浮かべ、二人をにらみつけた。

「あんた！」

追いついたジャンパー姿がその右腕をとらえた。大男は軽々とそれをはねとばした。

「抵抗するかあっ」

大男の右足が恐しい早さで回転し、ジャンパー姿の側頭部に叩きこまれた。ものもいわずはねとばされ、ジャンパー姿の刑事は昏倒した。

「貴様っ」

スーツの追っ手が腰に手をのばした。大男の右手がその顔に命中した。さらに前蹴りが胸に放たれ、血まみれとなって動かなくなる。

「――――」

大男は葛原らをふり返ると、母国語で何ごとかを叫んだ。そしてまっすぐ向かってきた。

「止まりなさい！　動くなっ」

携帯電話を投げ捨て、両手で拳銃を握った咲村が叫んだ。だが大男は進むのをやめなかった。

「撃てっ、撃てっ」

葛原は叫んだ。素手で立ち向かったら、万にひとつも勝てる相手ではなかった。

咲村が腰を落とし、狙いをつけた。大男との距離は三メートルとない。

「撃てっ、咲村！」

大男がつかみかかった。咲村が発砲した。大男の右肩がねじれた。スポーツウェアが裂け、中の布片が血とともに舞った。

だが倒れなかった。右肩を見やり、かっと目をみひらくと、咲村の手を蹴り上げた。

葛原は大男にとびかかった。ラグビーのタックルの要領で、体を低くし、肩から大男の腰にぶちあたった。

大男と一体となって地面に転がった。鋭い肘の一撃を首のつけ根に浴び、葛原は腕の力が抜けるのを感じた。大男は倒れたまま体を捻り、左の拳を葛原の胸に叩きつけた。はっきりと肋《あばら》の折れる響きを感じた。激痛に息が止まり、葛原は動けなくなった。大男が素早く立ちあがった。巨大な足が葛原の顔を狙った。

「そこまでよ！」

顔を赤くした咲村が目いっぱいのばした右手の拳銃を大男の頬につきつけていった。

「ぶち抜くわ、あんたの頭」

大男の動きが止まった。ようやく駆けつけた応援が大男の手に手錠をかませた。

それを見届け、葛原はゆっくり寝返りを打った。痛みに咳こみ、再び身動きできなくなる。

「大丈夫?!」

咲村が葛原の肩を抱えた。葛原は小さく頷いた。大男が抗いながらもひきずられていく。

駅前の商店街には、いつのまにか覆面パトカーが溢れていた。

「奴を殺さなくてよかった。それにあんたも殺されなくて」

葛原はようやく息ができるようになると、いった。

「どっちなの」

咲村は泣き笑いの表情を浮かべていた。その手が小刻みに震えている。

「逆だ。まずあんたが殺されなくてよくて、次に奴が殺されずにすんでよかった……」

咲村の腕を借り、葛原は立った。

「わたしも思ったの。もし殺したら、金の情報がとれなくなるって。でもあなたが助けてくれなかったら、どっちかは死んでたわ」

「たぶん、あんただ」

大男をおさえようとした、最初の二人の刑事をふり返って、葛原はいった。二人の前に警官や野次馬がひざまずいていたが、起きあがる気配はない。

咲村は小さく頷き、葛原から手を離すと、携帯電話を拾いあげた。

「よかった。壊れてない」

「バッテリーがないのじゃなくて、ずっと通話中にしていたんだな」

葛原は洋服の上から肋骨を探りながらいった。即席の盗聴マイク代わりにしていたのだ。

「そう。逆さにして、ブラジャーにはさんでいたの。河内山警視正につながってた」

折れた肋骨に触れると、息の詰まるような痛みを感じる。だが肋の骨折そのものは、たいした怪我ではない。折れた先が肺にでもつき刺さらない限りは、テーピングでしのげる筈だ。

「どう？」

「肋をやられたが、それだけだ」

覆面パトカーに押しこまれる大男を見やった。現場の封鎖がいち早く始まっている。

「奴が金の居場所を吐けばいいが……」

「ごめんなさい」

咲村があやまった。

「何が」

「電話のこと、黙ってた」

「何かやっているとは思っていた。だが吉津を無理にあそこでおさえようとしなければ、意外に早く、金にたどりつけたかもしれん」

覆面パトカーの向こうに、北見のワゴンを見つけた。助手席に河内山の姿があった。

「ねえ、さっきの質問」

咲村が葛原の腕に触れた。

「質問？」

「わたしが葛原さんたちに近づいているっていう意味」

葛原は苦笑した。

「警察をやめても、あんたにはできる仕事がある」

一拍間をおき、咲村の目が丸くなった。

「葛原さんたちのチーム？」

葛原は頷いた。

「俺たちが生き残れればの話だが。さっ、いこう」

ワゴンを目でさしていった。

27

最寄りの救急病院でレントゲン写真を撮り、怪我は骨折だけと診断された。テーピングで折れた骨を固定し、ワゴンに乗りこんだ。

ワゴンに湯本と麻木の姿はなかった。葛原は救急病院のトイレで写真を剝がしておいた警察手帳を河内山にさしだした。

「湯本に返しておいてほしい。嫌がるのを俺がむりやり奪った」

河内山の表情はかわらなかった。

「わかりました」

どうやら咲村の行動は不問ですまされそうだった。

「自殺した男の身許はわかったのか」

「特急でやらせていますが、登録された外国人の指紋資料には、該当するものがありませんでした。所持品から身許を特定できる品は発見されていません」

河内山はいった。

「どこにいきます？」

北見が運転席から訊ねた。助手席に咲村がすわっている。

「警察病院はどうなっている？」

葛原は河内山に訊ねた。

「私服を配置しています。姜は重要ですから」

「姜に会おう」

葛原はいった。

「私も乗っていきます。パトカーに先導させます。東京に着くまでに、わかったことを話して下さい」

河内山はいった。顔色は悪いが、目に鋭さがあり、落ち着きをとり戻しているように見える。

「いいだろう。ただし訊きたいことがある」

「何です？」

河内山は葛原を見つめ返した。

「あんたと俺たちの今後だ。当初のあんたの目的は、林忠一に貸しを作ることにあった。

それがあんたひとりの計画なのか、あんたと仲のいい他の官僚や国会議員と相談した計画なのかは、この際どうでもいい。問題なのは、林忠一の来日が、単なる秘密の外交交渉だけが目的だったのではない、ということだ。今回の騒動には、あの国の未来がかかっている。そういう点では、俺たち日本人が手をだすべきじゃなかった。だが手をだしちまった以上、もう引くことはできない。その覚悟はできているのだろうな」

河内山の表情は真剣だった。

「もちろんです。ただしこれが国家の運命にかかわる以上、責任をとりきれることではないと、理解してもいます。もちろんだからといって、途中でほうりだすというわけではありませんが――」

「ほうりだすにほうりだせない筈だ」

河内山は頷いた。

「誰かにゲタを預けるわけにはいかない。今の政府に対しては、前もってこの活動の了解をとりつけるのは不可能だったろうし、この期に及んで報告をあげれば、全員のクビが飛ぶだろうからな」

「おっしゃる通りです。我々は公務員ですが、この国家規模の活動は、現内閣の承認を得られるものでは決してありません。しかし、これは我が国の安全保障上、決して無意味でも有害な活動でもないと確信しています」

「見かたをかえれば、それは反逆やクーデターと同様の行為だ」

河内山は驚いたような顔になった。

「葛原さんからそういう指摘をうけるとは思いませんでした」

「ちがうと思うか」

「今の総理にとっては、そうでしょうね」

「それが今も、これからもあんたの足を引っぱらないとも限らない」

「実のところ、警察内部にある対立は、まさにその点から発しています。現内閣の外交方針を無視した活動をおこなうことへの批判です。ですが私は、私たちの本当の上司は、国家公安委員や内閣総理大臣ではない、と思っています。我が国国民全体の安全を守るのが警察の業務と考えれば、答はおのずからちがうものになる」

「その信念は正しいかもしれない。だが行動はまちがっている、といわれたろ？」

河内山は首をふった。

「もはやそうした批判に逡巡する時期は過ぎています。それに公安委員のうちの何人かは、秘かに私たちの活動を支持してくれています」

「わかった。じゃあ訊くが、望むと望まざるとにかかわらず、この騒ぎに巻きこまれた俺たちはどうなる？　うまくいかなけりゃあんたは失脚か刑務所いきだ。だが俺たちは、刑務所いきか殺されるかのどちらかしかない」

河内山は深々と息を吸いこんだ。

「葛原さんたちの協力が得られなければ、私たちの活動が評価される結果はだせませんでした。それはまちがいありません」

「俺が聞きたいのは、礼の言葉じゃない。うまくいってもいかなくても、チームの安全を保証してもらいたい、ということだ。確かにもう、俺たちにすべておっかぶせて、頬かむりをすれば何とかなるという段階じゃない。だがだからといって、俺たちは表彰されるわけでもなく、ある日パクリにくる人間がいなくなったという確信を得てもいない」

河内山の表情はかわらなかった。

「申しあげた筈です。私たちと葛原さんたちは、運命共同体だと。私たちが勝てば、葛原さんもお仲間も、少なくともこれまでのチームのお仕事に対する警察の干渉をうけることはなくなる。しかし負ければ、私たち自身を含め、法に抵触した責任を洗いざらい問われる結果になるでしょう」

葛原は目をそらした。

「だとすれば、俺の話を聞いて、あんたはひどくがっかりするかもしれん」

「あるていど想像はついています。これは林剛哲のゲームだった」

「その通りだ。あんたの勘は当たっていた。姜に会えばあるていどはっきりするが、剛哲は、忠一の来日を承認していたのだと思う。ただし、林煥と在団が忠一を捕え、反逆者として処刑するようなことになれば、それを受け入れ、林煥を後継者にしたろう。一方、忠一がうまくアメリカ政府との橋渡しに成功すれば、忠一の後継就任を待って、国家は鎖国路線の変更にのりだす。剛哲は心情的には忠一の側だが、煥の勢力の大きな今、それを公けにすれば、煥と安全部によるクーデターが起きる可能性がある。つまり、これは最初から最後まで、あの国の人間たちの戦いだということだ。それに俺たちは首をつっこんでいる。自分の命や人生をかけて」

「確かにどちらが正しくて、どちらがまちがっているとは、日本人である私たちに決められるものではありません。しかし、日本の国益を考えれば、どちらに与《くみ》すべきかは見えてきます」

「それはあくまでも、今の時点、今の俺たちの知識での判断にすぎない。きざないい方をすれば、歴史がまるでちがう判断を下す可能性だってあるのじゃないか」

「それはその通りです。ですが事態が進行しているのは、我が国の領土内であり、我が国の国民も巻きこまれています。それに対し、腕をこまねいて、歴史が判断することだというような、高みの見物を、警察官はすべきではありません」

「忘れるな。俺たちは警察官じゃない」

葛原がいうと、河内山は厳しい目で見返した。

「警察官ではありませんが、警察官によって緊急の援助を要請された立場にあります。そのことで、葛原さんは現段階での違法行為を免責されている――」

いいかけ、口がすべったとでもいうように、言葉を途切らせた。

「つまりその気になれば、いつでも俺をパクれる、といいたいのか」

河内山は首をふった。

「信じて下さい。私だってもう、あとには引けないことはご存知の筈です」

「――わたしは信じることにした」

咲村がふり返っていった。

「結果はどうあれ、警視正の言葉は信じられる」

河内山は怪訝そうな表情になった。咲村の今の言葉が、葛原にどれほどの影響をもたらすのか、判断がつかないようだ。

「北さんは？」

それには答えず、葛原は北見に訊ねた。

「よくわかんないです。でもやりかけた以上、やるしかないでしょう」

葛原は河内山を見やり、頷いた。

警察病院に到着するのは午後十時を回りそうだった。姜は二名の警察官が警備する「特別室」に入れられている、と河内山は告げた。姜の妻は死亡し、娘は今もＩＣＵに収容されている。

北見の運転するワゴンは、サイレンを鳴らす覆面パトカーに先導され、中原街道を走っていた。

「まず二人だけで話をさせてもらえないか」

葛原は河内山にいった。

「確かにあんたにも姜とのつきあいがある。だが俺とのとはちがう。姜は、俺とあんたを同じ側の人間とは見ていない。それは、どっちが敵でどっちが味方だとかいう問題とはちがう。だが俺たちが並んで奴の枕もとに立ったとして、奴を話しにくくさせることはまちがいない」

河内山はわずかに息を吸いこんだ。

「私と姜さんは、互いに利用しあう立場だと認識していました。その点においては、必要な情報は交換しあっていたといってよいでしょう。ですが最も重要な情報を、姜さんは伏せていた。そのことは、正直いえば残念です」

「それがわかっていたら、あんたの対応はちがったものになったのか」

河内山は無言だった。葛原は助手席にすわる咲村に目をむけた。

「心構えは確かにちがったかもしれん。だが打つ手にはそれほどのちがいはなかっただろうな。俺たちが駆りだされ、大阪の二人の刑事がそこにあてがわれる、という点では」

咲村は黙って葛原を見返した。

「ただ……犠牲者がですぎです。これほど多くの人命が損なわれるとは、正直、予測していませんでした」

河内山は低い声でいった。咲村が口を開いた。

「警察官の任務は、市民の安全を守ること。だったら人さえ死ななければ、どのような状況になっても、それが正しい結果だといえるのか——土田さんに昔、いわれたことがあるわ」

河内山はわずかに首をふった。否定しかけ、それをまた否定するような仕草だった。

「確かに犠牲者をださないのが一番だ、と我々は教えられている。しかしそれは、我が国の、この平和な社会の中にあっての価値観だ。別の場所、別の人間にとっては、どれほどの犠牲をだそうと、必ず手に入れなければならない結果がある……」

「とすれば、これは本来、警察がかかわるべき事案ではなかった、ということですよね」

咲村がいった。河内山は答えなかった。

「たぶんそうなのだろう。国防と外交のために情報を集めたり、あるいはもっと積極的な活動をおこなう公的な機関は、日本以外にならどこの国にもある。おそらく今度のことは、そうした機関の必要性をつくづく、あんたのような人間たちに思い知らせたのだろうな」

葛原はいった。しかし一方で、そうした機関は決してこの国では作られないだろう、とも思った。

「確かに警察には荷が重い事案です。しかし他に、これを扱うべき機関がない以上、私たちがやらざるをえない。そして今後もそうでしょう。これを教訓に新たな機関が設けられることなどありえない。マスコミは反対するでしょうし、国民の大部分は、今ですらそうした治安情報機関を、陰険で秘密主義のうちに税金を無駄づかいするところだと思っていますからね」

「こういう事件が決して公開されることがないからだ。もし最初から最後まですべての事実が明るみにでれば、反対の声は小さくなるだろうな」

葛原がいうと、河内山は小さな笑みを見せた。

「まるで人ごとのようにいいますね。葛原さんは、すべてがマスコミにさらされてもかまわないのですか」

「まさか」

「結局はそういうことです。私たちを含めた関係者は、この先どのように事態が推移しようと口をつぐむ。したがって、情報機関の必要性は、永遠に国民の理解を得られない。本来、そうした機関は、国家が戦争を経験した歴史の中から生まれ存続してきたものです。しかし戦争の経験によって、一度すべてを解体されてしまった我が国は、ついにもたずにここまできてしまいました。はっきりいって、アメリカにも中国にも、日本は防諜能力という点では、まったくなめられきっています。彼らは、優秀な個人の存在は我が国に認めるものの、組織としての能力はまったく認めていない。当然の話で、そういう組織は存在せず、また存在したとしてもその活動を容認するような法整備がおこなわれていないからです。結果、私たちにできるのは、目を開けて監視するだけだ、ということになってしまう」

咲村に目を向けた。

「公安は、情報を集めるばかりで何もしない。陰湿だ、といわれる理由はそこにある。何かしたくとも、できないのだ。しようとすれば、適用できるのは、微罪となるような軽い違法行為ばかりで、そうした容疑を並べたてればたてるほど、陰険だという非難は強まる一方だろう」

息を吐き、葛原にいった。

「治安を守る、という言葉の意味を、今回ほど難しく思ったことはありません。もし我々が一切知らぬふりをしていたら、これほどの犠牲者は、少なくとも我が国国民にはでなかったかもしれません。しかし長い目で見たら、何もせず手をこまねいていれば、より多くの犠牲者が生まれたかもしれない。ただそれは、この国の人々ではなかった可能性もあります。我々は、日本国の警察官であって、日本国民の安全さえ考えていればいい、という考え方もある。そういう人たちからすれば、私たちのしていることは、今の時点では、明らかにまちがっている。しかし、事態を放置した結果、未来において我が国にも重大な犠牲が生じないとも限らない。どちらが正しくて、どちらがまちがっているかは、証明のしようがありません。こうした問題に直面すれば、たいていの場合、何もしないほうが賢明だといわれるのが、これまでの日本の警察のありようでした。私はそれを、どこかでちがうと思ってきました。しかし、警察官を含む、市民の犠牲者がでた時点で、揺らいだことは確かです」

咲村がうつむき、低い声でいった。

「結局は、ひとりひとりなんです。わたしはつくづく思いました。わたしは軍隊を知りませんが、警察は軍隊に似ている、といわれる。縦がすべてで、下は上の意思に従わなきゃならない。でも現場では、上の意思を仰いでいる余裕のないときがある。泥棒が盗みに入ろうとしていたり、誰かが別の誰かを傷つけようとしているのを見て、どうしようなんて、上の判断を仰ぐのはおかしい。ところがそういうときでも、仰げ、という人がいる。それは何かあったとき、責任の所在を分担するための仕組じゃないですか。もし、誰かが自分ひとりの判断で行動をおこし、それが悪い結果につながれば、その個人が責任を問われることになる。その個人が警官なら、マスコミは警察全体の問題として叩きたがる。だから、仕組として、責任を分散させる。だけど、その仕組がずっとつづいてくると、自分で判断したり、自分で責任をとるってことがわからなくなってくる。知ってますか、警視正、警察をやめた人間が一番悩むのは、判断を仰ぐ上司がいなくなることなのだそうです。

笑い話ですよね。市民からは、頼もしいお巡りさんだと思ってもらいたい警察官が、実は上に相談しなけりゃ何も決められない、お子ちゃまのような頭の中身しかない。でもそうやって教育されてしまうんです。お前らだけで決めるな、ことに当たっては必ず、上の判断を仰げって」

言葉を切り、咲村は首をふった。わずかにその目がうるんでいた。

「大出さんはそういう人でした。だからすごく悲しかったと思う。誰の指示でもないのに、誰も責任をとってくれないのに、死ななきゃならないなんて……」

ワゴンの中を沈黙がおおった。咲村は鼻をすすり、いった。

「――わたしは大出さんとはちがう。自分の意思で今は葛原さんと行動を共にしている。このあとどうなるかわからない。もしかしたら警察をやめることになるだろうけれど、後悔はしない。自分の判断だから」

葛原は咲村の顔から目をそらした。河内山が感動した表情を浮かべるのを、初めて見た、と思った。

「かっこいいす。惚れちゃいそうですよ」

北見が小声でいった。

28

警察病院の裏口に、サイレンを止めた覆面パトカーとワゴンはすべりこんだ。連絡をうけた二名の刑事が待ちうけていた。彼らの報告から、警備が倍に増強されたことを、葛原は知った。さらに病院周辺にも、パトカーや機動隊が配置されている。

姜の娘はまだ意識不明だが、生命の危機は脱した、ということだった。治療をうけ、麻酔で少し眠ったあと、夕刻から短い事情聴取に姜は応じた。だが成滝や林忠一の名など、かんじんな点については口をつぐんでいるという。

「ご希望通り、お二人だけで話しあっていただきます。ただし、十分間。それ以上長びくと、今度は姜さんの体調もあって、私が話を聞けなくなってしまいます。十分たったら、病室のドアをノックします」

刑事たちにつき添われ、病院のフロアをよこぎりながら、河内山はいった。

「わかった」

姜の病室は、入院病棟の廊下のつきあたりにあり、部外者はまず近づけない位置だった。その手前で四名の制服警官が二班に分かれて警戒にあたっている。

河内山はそれらの〝歩哨〟の前を通過するまで葛原につき添った。廊下のつきあたりに、ソファセットがおかれ小さな待機室となっている。病室のドアはそこに面しており、「面会謝絶」の札がノブにかけられていた。

「ここで待ちます」

河内山は咲村に目配せした。葛原は頷き、ドアをノックした。返事を待たずに、ドアを押す。

部屋の中央におかれたベッドに姜が横たわっていた。両手両足は毛布の下に隠れ、顔の大部分を包帯でおおわれている。葛原がうしろ手でドアを閉じると、包帯のすきまからのぞく目を向けてきた。

病室の隅に、背もたれのまっすぐな椅子が二脚あった。ひとつをとり、ベッドのかたわらにおいた。

姜は無言で葛原を見守っていた。

「――十分だけ、二人だけで話をしていい、といわれた」

包帯の内側が凹んだ。聞き苦しい声で姜がいった。

「どのみち聞かれます」

目が天井の一角をさした。ふりかえるとテレビカメラがベッドを見おろしている。葛原は頷いた。

「特に珍しい話をするわけじゃない。かまわんさ。金富昌に会った」

姜の目に憎しみの光が点った。

「殺してやりたい」

「あんたがそう思うのは当然だろう。今頃金は、俺を殺したくて荒れ狂っている」

姜は瞬きした。葛原は姜の耳元に口を寄せた。熱と薬品の匂いを感じた。

「俺は公安刑事のふりをして奴に近づいた。一度だけだが直接顔を拝んだ。あんたの情報で警察に追いつめられ、奴は焦っていた。金欲《かね》しさに情報を提供するといったら、食いついてきたよ」

「でもつかまえてない」

葛原は頷いた。

「だがいろんなものが見えた。吉津という男を知ってるか。金の側近で、一見くたびれた親爺みたいな」

「在団特務の工作員です。シャブを本国から柳井組に流してる」

シャブという言葉を口にしたとき、目に涙が滲んだ。娘と妻のうけた仕打ちを思いおこしたのだろう。

「奴は死んだ。俺の目の前で口にピストルをつっこんで引き金をひいた」

姜の顔をおおった包帯が歪んだ。喜びを表わしたのだった。

「柳井組も児島産業もおさえられ、金にはもう、特務と残った安全部の工作員しかいない。

だがそれでも、林忠一を殺そうと躍起になるだろう。そうしなければ奴は破滅する。仕向けたのは、林剛哲だ。そうだろ？」

姜は答えなかった。かまわず、葛原はつづけた。

「ようやく見えたんだ、仕組が。剛哲は、煥と忠一の二人の倅の両方に賭けた。忠一がうまくアメリカと予備交渉をまとめれば、そのあと押しで鎖国政策を解く。失敗するか消されたら、保身のために煥に跡目を譲る。忠一はそれを承知で、剛哲の計画に乗った。王の地位が欲しかったのか、本心から国を何とかしようと思っていたのかはわからん。その忠一をあんたに紹介したのは剛哲本人だろう。そしてあんたは成滝を忠一につけた」

姜は黙っていた。

「父親が息子二人を天秤にかける。ずいぶんひどい話だが、その父親が弱気になり、弱気になったのを息子たちに嗅ぎつかれているとなると、そうせざるをえなかったのかもしれん」

「もし、クーデターが起きたら、兵士どうしが戦い、国民の中に憎しみが生まれ、屍が祖国をおおう。最も避けなければならないのはそのことだ。国民の中に憎しみを生んではならない。隣人どうしが争うのは、一番悲しいことだ」

姜がいった。うわごとのように聞こえる、何かに憑かれたような口調だった。

「それが剛哲の言葉か」

「昨年、迎えがきました。日本海から漁船に乗って、途中、潜水艦に乗りかえました。その潜水艦の中に、あの方がいた。煥や安全部に気づかれないよう、影武者をたてて、こっそり日本近海まできたのです。あの方は、金の恐しさをご存知でした。忠一が日本に渡ったことを煥が知ったら、必ず在団と安全部が忠一を殺そうとする。それをどうすれば阻止できるだろう、と相談されました。私は答えました。一番強い武器は憎しみです。この世で最も金を憎んでいる男を忠一につけましょう」

「忠一は目的を果たしたのか」

「わかりません。つかまってからは、一度も連絡がとれていないのです」

姜は目を閉じた。嘘をいっているかどうか、葛原には判断ができなかった。

「いつ戻るんだ、本国に」

姜は答えなかった。

「成滝に連絡をとる方法はあるのだろう」

姜が目を開いた。

「なぜそんなに忠一に会いたいのです」

葛原は息を吸いこんだ。

「あんたの仕掛けにのり、河内山と俺は、成滝の側面援護をした。結果、何人も命を落とした。そういう日本人がいたことを、忠一に知ってもらいたい。もしあの国が変わるというのなら、変わるために日本人の血が流れたことを、忠一にわかっていてほしい。それはきっと、日本とあの国の未来にとって、マイナスではない筈だ」

自分でも思っていなかった言葉だった。だがそれは本音だった。奇妙だ、と葛原は驚いていた。本名も捨て、犯罪者のプロとして生きてきた自分が、〝日本の将来〟について話している。

姜の包帯が歪んだ。再び笑ったのだった。

「おかしいか。俺も今いってから、おかしいと思ったよ」

葛原も笑った。そのとき、控え目にドアがノックされた。

「それが何だかわかりますか」

姜が訊ねた。

「ああ」

葛原は頷いた。

「あんたの言葉を信じるなら、口にするのはやめた方がよさそうだ。これ以上の犠牲は、俺にはもう、払えそうにないのでね」

河内山がドアを押し開けて現われた。咲村が背後にしたがっている。河内山は無言で葛原のかたわらに立った。

河内山は姜を見おろし、姜は河内山を見上げた。どちらもすぐには口を開かなかった。

やがて姜がいった。

「互いに賭けたものの大きさを競うのはやめましょう」

河内山は小さく首をふった。

「私はまだ何も失ってはいません。私自身は……」

「でもあなたも痛みを味わった。私を助けるために、あなたの部下が死にました」

「それはすべて私の責任です。もし警察庁がこの事案を正面から扱っていれば、大出さんは亡くならずにすんだ。扱えないのなら――」

言葉を切った。ワゴンの中でのやりとりを思いだしたようだ。

「きれいごとをいっても始まりません。金を捕えなさい。奴は、すべてが思いどおりにいってもいかなくても、今度こそ祖国へ逃げるでしょう。祖国には、奴を憎む者はおおぜいいても、処罰できる者はいない」

河内山は頷いた。

「幸い、葛原さんのおかげで、何人かの証人を確保できました」

「死刑にできますか」

葛原は姜の顔を見つめた。河内山が口ごもった。

「それは私には判断ができない……」

「ならば死刑にできる人間にゆだねなさい。人民に対する重なる裏切り行為と、ふたつの国の国民を数多く死に追いやった責任を問える者に」

「成滝が金を殺すと?」

葛原はいった。姜が顔を動かした。

「成滝は金を破滅させるために、この仕事をうけおいました。大義よりも、愛国心よりも、憎しみが一番強く、成滝の中にあります」

「なぜ父親をそこまで憎む」

「母親を殺したからです。母親は日本人で、苦労して金の愛人になりました。しかし金は、日本人だという理由で、彼女を虐げ、あいだに生まれた成滝もいじめ抜きました。私は、金のもとから逃げてきた二人をかくまったことがある。成滝はまだ九歳でした。しかし金は二人をむりやり連れ戻し、直後母親を殺したのです。強盗に襲われ、凌辱され殺されたことになっています。金はそれを特務の人間にやらせた。特務の若者に、人を殺す度胸をつけさせてやる、と。何も知らなかった成滝は、十八歳で特務に入り、それを知りました。成滝はしかし、父親への復讐のために、特務で訓練をうけつづけたのです。やがて学ぶことを学び終えると、父親のもとを離れた。それが金に対する最も大きな裏切りとなり、金の面目を潰すというのがわかっていたから。以来、憎みあいつづけている」

「今度のことは、成滝にとって復讐を果たす最大のチャンスだ。だからあんたは、成滝を自由にしておきたかった。今はなおさらそう思っている。成滝の復讐が成功するのを、心から願う理由があんたにもできた」

葛原はいった。そしてつづけた。

「警察が成滝の動きをつかめば、その復讐は未遂に終わるかもしれない。あんたはそれを恐れている。ちがうか？」

「さすがだ。あなたは一流のプロだ。どんな世界であれ、一流のプロに共通してるのは、人の気持がよくわかる」

「何もでないぞ」

葛原は悲痛な気持でいった。自分の言葉が正しいのなら、姜は、金富昌の死を聞くまでは、決して成滝との連絡方法を明かさないだろう。

「――姜さん」

河内山は咳ばらいをしていった。

「今のような話のあとでは、どのような法執行も、説得力を失ってしまう。警察官としては無力だし、また無力であるべきだと私は信じています。私刑を警察官がうけあえば、その瞬間から、法はその効力を失います。だが、あえて、だが、といいます。忠一と我々を会わせて下さい。我々には、忠一に対し、会うことを求める権利がある。この我々という言葉の中には、葛原さんやここにいる咲村くんも含まれます」

「その話はもう、葛原さんとしました」

姜はかすれた声でいった。包帯のすきまからわずかにのぞく、もともと血色の悪かった顔が、土色に変わってきているのに葛原は気づいた。

河内山も変化を悟った。焦りのこもった口調だった。

「時間がない。お願いです」

姜は黙っていた。呼吸が荒くなっている。葛原はその目を見つめていた。ドアが不意に開けられた。白衣の医師が二名の看護婦をしたがえ、入ってきた。

「これ以上は無理です」

静かに、ベッドと河内山のあいだに割って入り、いった。テレビカメラで見守っていたのだろう。

河内山がほっと息を吐いた。

「残念です」

目を葛原に向けた。

「葛原さん」

姜が今までよりずっと弱々しい声でいった。

「私は、この国でお世話になりました。世話をして下さったのは、決して表の世界の人たちではありませんでしたが、それでも日本の人たちです。あなたもそうだ。日本という国に、そういう意味では少し借りがある」

「返してくれるのか」

医師の手がそっと葛原の肩にかかった。

「十番に、『李郷《りごう》』というラーメン屋があります」

「麻布十番、あんたの家の近くだな」

姜は瞬きした。

「そこへいって下さい……」

29

「李郷」は、麻布十番の表通りを一本入った路地裏にあるラーメン店だった。すりきれて中の裸電球の光が目を射る、赤い提灯がガラスの引き戸のかたわらにさがっている。構えを見る限り、かなり以前からこの場所で営業しているようだ。

十一時を回り、麻布十番の大半の商店はシャッターをおろしていた。

葛原は、河内山と咲村とともに引き戸の前に立った。全部で六席しかないカウンターは無人だった。戸を引くと、カウンターの内側で、小さなモノクロテレビを眺めていた男がふり返った。五十くらい、と葛原は見た。

「いらっしゃい」

白い上っ張りはひどくよごれていて、鼻が潰れ、小さな目が落ちくぼんだ眼窩《がんか》にはまっている。小柄だがずんぐりとしていて、ひどく強情そうだ。

手書きの品書きが貼られた壁の一角に、モノクロの写真パネルがあった。試合中のボクサーを写したものだった。

「ラーメン」

葛原はいって、脂じみた丸椅子のひとつに腰をおろした。いろいろなことがあって、ほとんど食事をとっていなかったにもかかわらず、食欲はあまりなかった。

「私も」

「わたしもラーメン」

河内山と咲村がつづいた。

男はかすかに頷いて立ちあがった。麺をゆでる鍋の火を強め、新聞紙をかぶせていた木箱の中から三束の生麺をつかみあげた。

河内山が無言で葛原を見た。交渉は任せる、という合図だった。葛原は黙っていた。

ほどなくラーメンができあがり、丼が三つ、カウンターに並んだ。割箸をとり、葛原は丼をひき寄せた。

「ラーメンを食べる順序ってあるだろう」

葛原はなにげなくいった。

「順番？」

咲村が聞き返した。芝居に合わせるのに慣れてきている。河内山は当惑したように黙っていた。

「そう。ラーメンを食うときに、こうやってまず、スープをひと口飲んでから食べ始めるのと、いきなり麺をすすりこむのと——」

蓮華《れんげ》を手にして、咲村を見た。

「わたしはまずスープから、かな」

「俺は麺をいきなり食べちゃうんだ」

葛原はいって、河内山を見た。河内山は少し考え、答えた。

「私もスープから、ですかね」

「俺みたいのは少ないかもしれんな」

葛原はつぶやいた。男が口を開いた。

「三人に二人は、スープからいくね」

全員で男を見た。

「特に女の人は、まずスープを飲む」

男は無表情だった。特に会話に参加したかったというようすではない。小さなテレビの画面で笑い声が弾け、男はそちらに首を巡らせた。

「まずスープを飲むっていうのは、猫舌だからかもしれません。いきなり麺からいって、口を火傷したことがあるので」

河内山がいった。

「わたしは猫舌じゃないな」

咲村は首をふった。

「現場にいたんじゃ、猫舌はつらいだろう」

葛原はいった。咲村は小さく頷いた。

「ラーメンより、うどんを食べることの方が全然多いけど」

「関西かい、お姐《ねえ》さん」

男が問いかけた。

「ええ。大阪」

「関西弁ないな、あんまり」

「仕事だと使えないから」

男は小さく頷いた。葛原は告げた。

「この人は婦人警官なんだ、こう見えても」

男は瞬きした。

「へえ」

一拍おいて、いった。

「で、こっちの人は、警察のお偉いさん」

葛原は河内山をさした。

「じゃあんたは新聞記者か何かか」

葛原は首をふった。

「俺はちがうよ。成滝の同業者さ」

男は沈黙した。

「ここのことを姜さんから聞いた。姜さんは今病院にいる。そこからきたんだ」

「――なんで病院に入ったんだ？」

「拷問された。金富昌の手下につかまったんだ」

男の手がテレビにのびた。スイッチを切った。画面が中央に絞りこまれるようにして消えていく。子供の頃、家にあったテレビを葛原は思いだした。

「葛原さんてのは、あんたか」

低い声で男は訊ねた。葛原は頷いた。

「成滝から聞いているか」

男は答えず、視線を外した。上っ張りからショートホープの箱をとりだし、火をつけた。カウンターの内側によりかかった。

「俺は姜さんに世話になっててね。ずっと借りが返せないでいる。成滝ってのは、とんがっちゃいるが、腹はすわってる。姜さんに頼まれて、ときどき成滝のために動いてやった」

鋭い目になって、咲村と河内山を見た。

「いっとくが、運転手みたいな仕事をしただけだ。悪さは何もしちゃいないよ」

河内山が頷いた。

「成滝は今、こっちにいるだろ」

葛原はいった。男は否定も肯定もせず、流しに灰を落とした。

「成滝はいってたよ。もし葛原っておっさんがここを訪ねてきたら、そいつは姜さんが動けなくなった証拠だって」

「その通りだ。姜さんは奥さんを殺され、娘さんも重傷を負った。俺は、姜さんの恨みを少しでも晴らしてやりたいと思ってる」

「それは、野郎を殺《ばら》すってことかい？　そうじゃねえだろう。警察のお偉いさんがつるんでるんだ」

「個人的には、金が殺されたら、ざまを見ろと思うだろう。だがもちろん、俺が殺そうとまでは考えていない。考えているのは成滝だ。俺は、ここにいる人たちを困らせない範囲で、成滝を手助けしたいんだ」

男は黙っていた。やがていった。

「あんたのいうことは、信じてもいいような気がする。俺個人としては、だ。だが、そうだからといって、あっさり成滝につないだら、奴は怒るかもしれん。奴が怒ったからって、俺は何も困りゃしねえが、何にせよ、俺とあんたは初対面で、成滝とは、とりあえずこれまでのつきあいってもんがある。どっちを大事にしなきゃならねえかっていや、こりゃ世の中の筋ってやつがあるわな」

「わかってる。成滝に連絡をとってほしい。奴さんと話をしたいんだ」

「じゃ、明日、ここにきなよ」

葛原は首をふった。この男がどのていど成滝の立場を知ってそういっているのかがわからなかった。だが金富昌の名をあげても、それが誰であるか訊き返してはこない。

「それじゃまにあわない」

男は顔をしかめた。潰れた鼻の頭に皺が寄った。

「おいおい、まさか今からしろってんじゃないだろうな」

「できればしてもらいたい。一時間以内」

「店はどうすんだよ」

「それは――」

いいかけた河内山を制し、葛原は訊ねた。

「これが姜さんの頼みだったら、あんたはどうした？」

「あんたは姜さんじゃねえ」

男は低い声でいった。目に怒りの火が点っていた。

「だが姜さんがここを教えたんだ、俺に」

葛原と男はにらみあった。先に視線を外したのは男だった。

「もしお前が自分でいった通りの男じゃなかったら、落とし前はつけてもらうぞ。たとえ警察にどんだけ仲間がいようと関係はねえ」

「そんなことは百も承知だ。俺もあんたの顔を潰す気はない」

男は手首にはめた腕時計に目を落とした。

「じゃあよ、十二時半に、もう一回きてくれや」

「十二時半だな、わかった」

男は頷き、河内山をにらんだ。

「俺を見張るのはやめとけよ。もし張ってるってわかったら、絶対に成滝には会わせねえからな」

「もちろんです」

河内山は殊勝な表情で答えた。ラーメンの丼は空になっていた。

葛原は立ちあがった。

「大切な話だ。これ以上はない、というぐらい。そう、成滝に伝えてくれ」

「いうには及ばねえよ。じゃなきゃ、姜さんがここのことを他人に教えたりする筈はねえんだ」

自分を納得させるような口調でいった。葛原は頷いた。

「その通りだ。大げさじゃなく、人の生き死にがかかってる」

財布をだし、金をカウンターにおいた。

「それとは別にラーメン代、払っとく。もっと繁盛していい味だと思うがな」

嘘ではなかった。男は鼻をふん、と鳴らした。

「店を開けんのが十時からなんだ。寝たきりの年寄りがいるんでね。その世話をしてからじゃねえとでてこられねえ。十二時過ぎりゃ、混んでるぜ」

「なるほどな」

男と目を見交した。自分を不器用だと決めつけ、そのことに価値を感じるタイプの人間がいる。人から頼られるのは、決して嫌いではない。古めかしい言葉づかいや、少し大げさなくらいの話し方を好むが、基本的には正直な人物だ。自分の範囲のことにおいては、他人に口だしされるのを最も嫌う。連絡係に使うにはうってつけの性格だった。

「あとでうかがう」

引き戸から外にでた。

歩きだすと、咲村がいった。

「確かにおいしかった。さっぱりしてて」

「深夜営業をするには、さっぱりしすぎている。夜中にラーメンを食いたがる人間は、濃くて脂こい味を好む」

葛原は答えた。

「夜中なのに、ですか？」

驚いたように河内山が訊ねた。

「脂こい味が好きじゃなけりゃ、もともと夜中にラーメンを食おうともしないだろう」

「詳しいのね。ラーメン屋さんに勤めてたことがあるの？」

「昔、屋台をひっぱっていたことがある」

葛原が答えると、咲村は目を丸くした。

「嘘」

「本当だ。うんと昔のことだが」

路上駐車しているワゴンに戻り、待っていた北見に「李郷」のことを教えた。

「食ってきてくれ」

北見は頷いた。

「今、米ちゃんと話していたところです」

葛原はヘッドセットをはめた。北見はワゴンをでていった。空腹を満たさせるためもあるが、「李郷」のようすを探らせる目的もあった。北見は、成滝に顔が割れていない。

「どうなってます?」

イヤフォンの中で米島がいった。

「今夜ひと晩がヤマだ。美鈴《ママ》に待機するよう、いっておいてくれ」

「出番あるんですか、ママの」

米島が驚いたような声を出した。

「あるかもしれん。あるとすりゃ、今夜中に客を連れていく。さもなきゃでてきてもらうか」

米島は声を詰まらせた。

「了解、しました。ママに連絡をとります」

通話を切った。

そのまま運転席で煙草を吸っていると、北見が戻ってきた。

「チャーシュー麺、うまかったですよ。なんであんなうまい店が空《す》いてんでしょうね。ただちょっと、薄味かな」

「そう思うか」

「今日みたいに一日、車転がしてると、やっぱり塩《しょ》っぱいもんが食べたくなるんですよね。

あともう少しこってりしてて……」

「さすが」

咲村がいった。北見が不思議そうにふりかえった。

「何が、です？」

「葛原さん。何でも知ってるって思ったの」

北見は苦笑した。

「株が上がってますね」

「配当はでないけどな」

「葛原さんの能力の本質がようやくわかってきました」

河内山が口を開いた。

「こうして仕事をいっしょにするまで、私は葛原さんのことを誤解していました。私の考えていた葛原さんは、もっと動物的でビジネスライクなタイプでした。ちがいました。葛原さんは、人間を見抜く天才だ。それが演じることにもつながっている」

葛原は河内山を見た。

「追われる人間はいつでも芝居をする。芝居をしながら、それがどれくらい相手に信じられているかを観察するんだ。相手のツボ、ここを押したら嫌われる、ここを押したらガードが下がる、そんなことばかり考えている。臆病で卑屈になっていく」

河内山は首をふった。咲村がいった。

「でも葛原さんは卑屈じゃないわ」

葛原は咲村を見すえた。

「俺が卑屈じゃないとすれば、追われているのは真実でも、その理由が真実じゃないからだ」

咲村はわずかに目をみひらいた。

「裁判で真実を争ったら――？」

「俺に罪を着せようとしている人間は、とても頭のいい男だ。本当に頭のいい人間が人殺しなんてするだろうか、そう思うだろう。この場合、それを上回る憎しみが奴にはあった。だが念入りに計画を立て、自分に問われる罪の重さまで計算して、ことに及んだ。無理だ。ひっくりかえすことはできない。しかも俺は逃亡生活をつづけている。裁判官の心証は決してよくはならない」

咲村は首をふった。

「そんなことって、あるの……」

「もうひとつある」

葛原はいった。

「その男も俺を憎んでいるが、俺もその男を許しちゃいない。もし俺がでていって裁判になれば、奴を喜ばせる結果がでる可能性が高い。奴をどんなことがあっても喜ばせたくない」

「つまりそれは、自分の無実をはらす行為よりも優先される、ということですか」

河内山がいった。

「その通りだ。だから俺は決して理性的な人間とはいえない。動物的ではないかもしれないが、感情的な人間だ。たとえ一生追われようと、奴を喜ばせることはしたくない」

「しかし彼は一審の途中で自供をくつがえしたのでは……」

河内山がいいかけた。

「それも奴の手だといったら、信じるか」

「なぜそんなことを――」

「おそらく奴は、いく通りもの方法を考えていた。取調にあたる刑事、起訴をする検察官、そのタイプを見極めて、どの作戦を選ぶか決めた」

「どうしてそんな……」

咲村がつぶやいた。

「その男が人間を見抜くプロだったからだ。さっき河内山が俺に対しいっていたことがそつくりあてはまる」

河内山が目をみひらいた。

「つまりそれは……」

葛原は頷いた。

「旅行代理店を経営していたろう」

「じゃあ――」

「チームだったのさ、俺とその男は。もちろん警察も検察も知らない。知っているのはその男と俺だけだ。だから俺が簡単にはつかまらないことを、その男はわかっている」

「それ、初めて聞きました、俺も」

北見がいった。葛原はふりかえった。

「昔は俺とその男の、二人だけのチームだった。その頃の俺たちは、今のこのチームに比べれば、とうていプロといえるレベルじゃなかった。〝客〟が途中でつかまることこそなかったが、いつそうなってもおかしくない。そのていどのものだった。だが、この仕事をやっていく上で必要なものの見かた、考えかたを、その頃覚えたのさ」

「道理で……」

北見は首をふった。

「葛さんだけは、最初からプロだったわけだ……。俺たちは、葛さんに教わることばかりでしたもんね」

「昔話はもういい」

葛原は打ち切った。

「ラーメン屋に他に客はいたか」

「いませんでした。俺が入っていっても、ぼんやりテレビ見てましたからね」

「もう連絡をとったのかしら」

咲村がいった。

「別に緊張とか、してなかったですね。表のようすを気にもしなかったし」

「多分、成滝は、このすぐ近くにいるのだろう。動けないときにあの男をかわりに動かすのなら、近くにいたほうが何かと便利だ」

葛原はいった。河内山は頷いた。

「林忠一がアメリカの外交関係者と会うにしても、港区が一番目立たないでしょう」

時計を見た。約束の一時間がじき過ぎようとしていた。

「そろそろいってくる。今度は俺ひとりだ」

誰も反対はしなかった。葛原はワゴンを降りると、「李郷」に向かって歩きだした。ワゴンの近くも「李郷」の周辺にも、あたりを見張っていると思しい人間の姿はなかった。

葛原は「李郷」の引き戸をひいた。あいかわらず客はおらず、男はカウンターの外の椅子でテレビを眺めていた。葛原をふりかえるといった。

「六本木に『港スチーム』ってサウナがある。こっからまっすぐ芋洗い坂を登っていった左手のビルの地下だ。そこにいけ」

「『港スチーム』だな」

葛原は頷いた。

「あんたひとりでこい、とよ。他に誰かいたら会わんそうだ」

男は葛原を値踏みするように見つめていた。

「手間をかけたな」

葛原は答えて、引き戸を閉めようとした。男がいった。

「姜さんが入っているのはどこの病院だ」

「警察病院だ。見舞いにいくのはやめたほうがいい」

男は怒ったように答えた。

「のこのこでかけてなんかいくもんか。花か何か贈ってやりたいんだ」

「それなら大丈夫だと思う」

「姜さんの女房、殺した奴ら、どうなった」

「三人死に、あとはつかまった」

「つかまった奴らは、簡単にはでてこられねえのだろ」

「ああ」

「だったらましか。早くいけや」

男はテレビに目を戻した。葛原は「李郷」をでていった。

歩きながら携帯電話をとりだした。北見を呼びだす。「港スチーム」のことを告げてつづけた。

「俺はこのまま歩いていく。北さんたちはどこか近くで待機してくれ」

「了解」

「港スチーム」は、麻布十番から六本木の交差点へと抜ける坂道の中途にたつ古いビルの中にあった。何度も酔っぱらいに壊されたのだろう、金網で囲われた立て看板に「終夜営業」の明りが点っている。

葛原は湿った匂いのする階段を降りた。黄ばんだワイシャツに蝶ネクタイをつけ、裸足で黒ズボンをはいた痩せた男が、入口をくぐったところにあるカウンターの外で待っていた。

「二千円いただきます」

葛原の姿を認めると、カウンターの内側からバスタオルとタオルのセットをとりだし、いった。タオルの上にロッカーキイのついたビニールバンドがのっている。

葛原は金を払った。サウナ店の中は静かだった。奥に細長い造りになっているようだ。タオルとキイを受けとり、カウンターのかたわらを奥へと進んだ。壁の片側にロッカーの並んだ小部屋にでた。

衣服を脱ぎ、ロッカーにしまった。成滝がもし接触してくるとすれば、何ももちこむことができないサウナ室か浴室だろう、と思った。互いに信用できない相手と話しあうとき、サウナはよく使われる場所だ。

ロッカールームの先が、小さな浴槽がふたつ並んだ浴室だった。シャワーが四つしかない。無人だ。

さらにその奥にあるサウナ室に葛原は入った。激しい熱気に包まれた。縦長の階段状の板張りの小部屋の中で炭がチンチンと音をたてている。皺くちゃになったバスタオルが何枚か床にある他は、人の気配がなかった。

葛原は二段ある階段の下の段に腰をおろした。バスタオルを巻きつけている他には、何も身につけていない。

三分もすると汗が噴きでてきた。二分後、サウナ室をでた。ふらふらになるまで汗をかくのが目的できたのではない。

湯を張ったほうの浴槽に、成滝がつかっていた。無表情に葛原を見つめている。葛原は立ち止まり、見つめかえした。

「姜は助かったようだな」

やがて成滝はいった。

「ああ。だが奥さんが駄目だった。あんたが羽月を襲わせるのは予想がついた。だが警察はあえて羽月の警護を強化しなかった。あんたは姜をデコイに使ったんだ。姜もそれは承知の上だったろう。それにしても犠牲は大きい」

成滝は無言だった。火照っていた肌からゆっくりと熱がひき、葛原はわずかに寒けを感じた。

「あんたの目論見は成功した。柳井組を叩かれ、児島産業も警察にやられて、金富昌は別動隊を失った。奴は追いつめられている」

成滝が立ちあがった。やや胴長だが、ひきしまった上半身をしている。無数の白っぽい傷跡が、その肩やわき腹にあるのを、葛原は認めた。

無言で浴槽のへりに腰をおろした。葛原は足を踏みだすと、浴槽に体を沈めた。

「姜はお前に『李郷』を教えた。それは命を助けてもらったお礼か」

成滝は目を閉じていた。

「それだけじゃない。あんたにとってはよけいなお世話かもしれんが、あんたの戦いを側面から援護するために、何人もの日本人が血を流した。命を失った警官もいる。感謝しろとまではいわない。だが何のためにそれがおこなわれたのか、その理由を姜は考えたんだ」

成滝は目をひらいた。

「理由？」

「あんたの父親の祖国と日本の関係の未来を少しでもよくしたいと考えている、ということだ」

父親という言葉に対し、成滝は反応しなかった。

「あんたの本当の目的は、父親を潰すことだ。それを邪魔する気はない」

成滝は答えなかった。

「会談はうまくいったのか」

返事は期待していなかった。が、成滝は答えた。

「忠一が期待しているほどの結果はでなかった。当然だろう。王様がすべてを決める国じゃない。忠一とアメリカ人じゃ、国の政策というものに対する考えがまるでちがう。アメリカ人は慎重だった。予備的な交渉としては効果があった、それだけにすぎん」

「親書は渡さなかったのか」

成滝は葛原を見た。

「親書？」

「林忠一は、父親の意をうけて日本にきたのだろう。だとすれば、林剛哲からアメリカ大統領あての親書を預かってきた筈だ。金富昌が必死に林忠一を狙ったのは、それが目的だろうが。それさえ手に入れれば、林剛哲による祖国への裏切りの証拠になる」

「奴はそんな甘い男じゃない。実の息子でもそこまで信用しちゃいない。忠一が煥と手を組んで裏切ったら、それまでだからな」

「じゃあ、あくまでも忠一は、自らの意思で動いたという形になっているのか」

「実際はどうあれ、アメリカ側はそううけとる他ないだろう」

「それでもよかったのか」

成滝は小さく笑った。

「それしかないんだよ。だがお前が考えたのと同じことを、たぶん金も考えている。奴はアメリカ大使館にもスパイを飼っているだろうから、親書が渡ったという情報が入らない限り、忠一を狙うだろうな」

「あんたはそれを利用する。このあいだは偉そうなことをほざいたが、結局は、林忠一は、あんたの復讐のためのデコイというわけか」

「互いに目的が一致した。姜は俺のそういう腹を知っていて、俺と組んだんだ」

笑みを消した成滝はいった。

「じゃああとの仕事はこっちがひき継ごうじゃないか。あんたは心おきなく復讐を果たすがいい。林忠一の身代わりをこちらで用意してやる。それをデコイにするんだ」

「そんな奴がどこにいる？」

「ここさ」

葛原は答えた。

「俺がやってやる」

成滝はすぐには答えなかった。ただじっと葛原を見つめた。その視線が、自分の容姿を実際に林忠一のデコイとして使えるものかどうか検討するものであると、葛原は気づいた。

ややあって、成滝がいった。

「お前がひき連れている警察はどうする？　お前の芝居につきあわせるのか」

「必要なら」

成滝は首をふった。

「お前の考えはわかっている。今の忠一の顔を、お前も警察も知らない。デコイを作るためには、忠一に会う必要がある。それが狙いなのだろうが」

「それもある」

葛原は認めた。

「問題外だ。警察が忠一をおさえたら、それで終わりだろうが」

成滝はいって立ちあがった。

「警察は忠一をおさえない。少なくとも俺といっしょにいる警察は」

浴室の出口に向かっていた成滝は足を止め、ふりかえった。

「警察の考えていることがお前にもわかるってのか。それほど警察と仲よしで、よく逃がし屋の仕事ができたものだ」

吐きすてるような口調だった。

「こいつは親子の権力争いで、首をつっこんだあんたは、親子の復讐劇。だが俺や警察はどちらでもない。出世を狙った奴もいたし、あんたのいうように、俺は自分と仲間の保身が目的だった。だがかかわった動機が何だろうと、降りられないところまで俺も、俺をひっぱりこんだ警察の人間もきてしまった。今さらそんなチャチな決着ですまそうとは思わない」

成滝は背を向けた。だが足は止まっている。

「――警察が俺の仕事の邪魔をしないという保証は？」

「ないね。あんたが警官の前で金を殺したら、まちがいなく手錠がとんでくる。しかし金が警察につかまるか、国外に逃亡するのは時間の問題だ。どっちにしてもあんたは一番したいことができなくなる。それをくいとめるには、デコイを使うしかない。デコイが動き回れば、追いつめられた金も最後の賭けにでるだろう。あとは、あんたが警察よりひと足先に金を殺せばいい」

「そのすべてが罠じゃないという証拠はあるのか。警察は、忠一と俺と金の三人を手に入れられるのだぞ」

「たとえ金を捕えても、警察は在団の内部にまではメスを入れられない。むしろ死んだ方が動きやすいだろう」

「それはお前の理屈だ。警察の理屈じゃない」

成滝はいって足を踏みだした。

「警察を信じろといっているのじゃない。俺を信じろといっているんだ。それともお前は今まで誰も信じないでここまできたというのか」

葛原はその背に告げた。だが返ってきたのは、

「下らん」

という、ひと言だけだった。

浴室の扉が閉まり、葛原は上半身を浴槽の外にだした。自分が忠一のデコイを演じるという計画は、限られた時間の中で、忠一にたどりつく唯一の可能性だった。それに失敗すれば、葛原や河内山の知らないところで、林忠一は帰国するか、金富昌に殺されるだろう。もはやどうにもならないという徒労感だけがあった。

残された道は、ひたすら金富昌のいどころを捜す、それしかない。

立ちあがり浴室を出るとロッカールームに入った。バスタオルで体をふき、衣服を身に着けた。

ロッカールームと受付のあいだに、鏡の並んだ洗面所があった。ヘアドライヤーや整髪料が備えられている。そのひとつの椅子に成滝が腰をおろしていた。紺のスーツを着け、ネクタイを結んでいる。

立ち止まった葛原と、鏡の中で視線を交した。

「デコイのお前を、金の手下が消そうとしても俺は助けない。金自身がその場に現われるまでは」

厳しい口調でいった。葛原は頷いた。

「当然だろう。警察にも手をださせない。金は必ず、自分の目で忠一を確かめ、殺されるのを見届けようとする。あんたはそのときを待つ」

成滝は上着の中から煙草をとりだした。ラークマイルドだった。火をつけ、深々と煙を吸いこんだ。

「顔師はいるのか」

洗面台に灰を落とし、訊ねた。

「いるがそっちが連れている人間がいれば、それでもかまわない」

葛原は答えた。成滝は暗い目で葛原を見返した。

「今はいない。危険になったんで田舎に帰した。デコイはいたが京都をでる前に殺された。言葉が喋れてデコイのできるのが、そいつしかいなかった」

「俺は喋れないが、今回のデコイくらいならつとまるだろう」

成滝は小さく頷いた。

「どのみち殺されるだけの役割だ。忠一をお前に会わせてやる」

葛原は微笑んだ。成滝は土田典子の身を案じたのだ。

「何だ？」

成滝が訊ねた。

「別に。動かせるなら大森へ。そこに俺の顔師がいる。道具がどれだけいるかわからないから、連れてきてくれた方がありがたい」

「警察は？」

「河内山はくるだろう。それ以外の人間は寄せつけない」

「顔師の自宅か」

「そうだ」

「裏切ったら、そいつの家を燃すぞ」

「わかってる。だからこそ自宅を教えている」

葛原はいった。

30

「信じらんない！　嘘でしょ、頭にきちゃう！」

美鈴が叫んだ。

「なんで勝手にあたしん家《ち》を、そんな危い連中との待ち合わせ場所にしたの。あたしや彩美がどうなってもいいんだよ。殺されてもいいっていうんだ！」

「ママの腕が必要だ。それにどのくらいの化粧をしなけりゃならないか、会ってみなけりゃわからない相手なんだ。だから仕方がなかった。それともママは仕事道具を全部もって、こちらまできてくれたか」

葛原は携帯電話に告げた。

「そんなことできるわけないじゃない！　まったくもう、頭にくる」

彩美、彩美と呼びたてる声が聞こえた。アイスコーヒーもってきて、冷蔵庫に入ってるやつ、ああ、もう、喉がかわいた。

「今、そちらに向かっている。一時間以内に、相手側もつく筈だ。ただし、俺たちがいくまでは、誰も家に入れないように」

「あたり前よ、もう。一銭にもなんないのに、何だってそんな仕事しなきゃいけないの。馬鹿みたい」

ワゴンは国道一号線を走っていた。そのうしろを二台の覆面パトカーが追尾している。河内山が手配した、外事二課の護衛だった。忠一が姿を現わせば、いつ在団特務と安全部の工作員が襲撃をしてきてもおかしくはない。本来なら機動隊を動員したいという河内山を、葛原は説得したのだった。

人間が動けば動くほど情報は洩れ、問題は大きくなる。そうなれば、いつ河内山の手から林忠一がとりあげられるかわからなかった。河内山本人が林忠一の行動の自由を拘束したところで、それは警察全体の意思とは限らない。しかも、警視庁から在団への情報漏洩がおこらないという保証はどこにもないのだ。

追尾してくる外事二課員は、河内山が全幅の信頼を寄せる者八名に限られた。そうであっても彼らは、自分たちがどこに向かい、何をさせられる予定であるか、知らされていない。

なおもまくしたてる美鈴との会話をようやく終わらせた葛原は、ワゴンに乗りこんでいる河内山に告げた。

「忠一と話す時間をあんたにやる。録音しようが写真を撮ろうが、向こうがオーケーするならかまわない。だがあんた以外の誰かに会わせる気なら、奴を絶対に拘束しないという確約をとりつけてくれ。裏切れば、俺はもちろん、俺の仲間も、成滝に殺されるだろう」

「成滝の拘束も問題外ですね」

葛原は頷いた。

「これは忠一に会うためじゃなく、金をおびきだすための作戦だ。それが成滝にとっての第一目的だ。姜にとっても、今はそうなった。裏切れば、あんたもいつか姜に殺されるだろう」

河内山は厳しい顔になった。

「威すのはやめて下さい。殺されるのが恐くて、私は裏切らないわけではない。葛原さんは信用できないというかもしれませんが、私にも私の信義がある」

「信じているさ、あんたの信義はな。だから俺は大森に向かっている。あんたが裏切れば、女二人でそこに暮らす仲間が殺されるんだ。信じていないのは、あんたが所属している組織の方だ」

河内山は、葛原とかたわらにすわる咲村に交互に視線を向けた。

「私がこれから林忠一に会うことを、私の支持者すら知りません。事後報告をおこなうつもりです。しかし林忠一が、私ごときではなく、日本政府のより中枢に近い人間と会いたいと望んだとき、事態の一部は私の手を離れます。私はそれを拒否したくないし、それに見合う日本政府の人間にも拒否してほしくありません。ですがその人物が、葛原さんと成滝の交した約束に対し、信義を守れるかどうかは、予測できない」

「もっと大きな手が、金や成滝をさらうというのだろう」

「可能性はあります」

「そのときあんたはどうする？　傍観者に戻るのか」

「戻るには高すぎる代償を払っています。私は葛原さんの側につきます」

「つまり成滝の復讐を黙認する、ということだな」

「現場に立って、金富昌をおさえつけておけといわれれば拒否するでしょうが、成滝に止めろとはいわないつもりです」

「まだるこしいいい方ですね」

咲村がいった。

「葛原さんのいう、きざないい方なら、金富昌は歴史から退場すべきときがきている。退場のしかたは、今までの金の生き方にふさわしいやり方が一番だわ。日本政府は、金を死刑にはできない。ちがいますか」

「おそらくは。死刑にするには、金は政治的な存在でありすぎます。咲村さんは、金が死ぬべきだと?」

平静な口調で河内山は訊ねた。咲村の顔が一瞬赤らんだ。

「――思います」

河内山は葛原を見た。

「葛原さんは?」

「金をそれほど憎いとは思わない。だが殺したいほど奴を憎んでいる男と、俺は約束をした。その約束は守りたい」

河内山はほっと息を吐いた。

「――結局、人なのですね。政治だ、国際関係だといったところで、人の行動が、すべてを動かしている。大所高所から、歪みのない判断のできる人間などいない。独裁者も政治家も官僚も、しょせん、ただの人にすぎない」

「犯罪者もな」

葛原はいった。河内山は頷いた。そしてつけ加えた。

「でも葛原さんを犯罪者だと考えていたのは、初めの何日間かだけでした。今はあなたが殺人犯だとは思っていない。ですがそのことは、あなたにとっての何の助けにもならない。残念です。法は法で、たとえ人が作ったものではあっても、人そのものとはちがう。法に心や印象はない。あってもいけないのでしょうが」

「でもその法は、万人に平等には適用されない。金が死刑にならないことが証明している」

咲村がいった。河内山は深い息を吐いた。

「その通り。私も認めます。成滝の復讐を邪魔したくない側であることを」

美鈴の美容室に到着したのは、午前二時四十分だった。河内山は指示を送り、外事二課の刑事八名は、少し離れた位置で待機についた。林忠一と成滝が美鈴の美容室に入った時点から、警備行動に入るよう命じられている。

北見を含む四人が、「大森美容室」の店内に入った。美鈴は、美容台のひとつにすわり、待っていた。彩美の姿はない。美容台の周囲には、美鈴の仕事道具が並んでいる。

美鈴は葛原の姿を見ると矢つぎ早に、文句の言葉を浴びせた。河内山と咲村には目もくれようとしない。

四人が到着して約十分後、裏口のインターホンが鳴った。

「ああ、もう！」

美鈴がぼやきながら、ふだんはカーテンに隠されているテレビのリモコンを手にした。スイッチを操作すると、裏口の扉にしかけられたテレビカメラの映像が映った。

成滝と三名の男が立っていた。

「何これ、がらの悪そうな奴ら。本当に店に入れていいの、こんなの」

「入れてやってくれ」

葛原が答え、北見が動いた。裏口の所在を成滝に教えたのは葛原だった。

「俺がいってきます」

店をよこぎって、裏口の扉の鍵を開けにいった。数秒後、男たちに囲まれるようにして戻ってきた。中のひとりに葛原は見覚えがあった。

姜の事務所を訪ねたあと、六本木で襲撃してきた男たちの中にいた。男はまったく動じるようすもなく、葛原の目を見返した。気を失うまで殴りつけたことなど、忘れているかのようだ。

成滝が咲村と河内山を見た。

「もうひとりいた刑事《でか》はどうした？　外で見張りか」

「いってなかったな。姜を助けにいったとき、撃たれて死んだ」

葛原は告げた。わずかだが成滝の表情が変化した。

「咲村刑事には会っているな。こちらが、警察庁の河内山警視正だ」

美鈴と北見の名はあえて口にしなかった。成滝は連れている男たちをふりかえった。全員が成滝と同じような紺のスーツを着けていて、まるで制服のようだった。

「忠一はこの近くに待たせてある。安全を確認したら連れてくる」

葛原は頷いた。

「確認したろう」

成滝は背後をふりかえり、

「他の部屋を見ろ」

と命じた。

「ちょっと！」

美鈴が叫び声をあげた。二人の男が動いた。ひとりが二階につづく階段をあがった。

「絵に触らないでよ！」

成滝はその場に立ち、動かなかった。残された男は、成滝の背後を離れない。

葛原は彩美が気になった。だが美鈴が心配するようすがないところを見ると、別の場所に移したようだ。

数分後、安全を確認した男たちが戻ってきた。

「まったくもう、勝手に人の家ん中歩き回って、頭にきちゃう」

美鈴は小声で吐きだした。成滝は苦笑した。

「顔師はどっちだ」

美鈴と北見を見比べた。

「彼女だ」

「なに、顔師って。名前があるのよ。ちゃんと！」

「ママでいい。ふだん、俺はそう呼んでる」

葛原はいった。

「そうか」

「忠一を連れてきてもらおうか」

成滝は背後をふりかえった。立っていたひとりが進みでた。成滝を見やり、母国語で喋った。

「いいですかって訊いたわ」

咲村が低い声で通訳した。河内山の目がみひらかれた。年齢は三十代の終わり頃で、ずんぐりとした体つきをしている。

「彼がそうだな」

葛原はいった。入ってきたときからわかっていた。三人の中で、その男の爪だけがきれいに磨かれている。

成滝は無言で頷き、美鈴に訊ねた。

「できるか」

「できるかって？　何、どういうこと？」

「この男と俺を似せてほしい」

葛原がいった。美鈴はため息をつき、小さく首をふった。一歩踏みだして、忠一の顔をしげしげとのぞきこんだ。

「眉毛描いてる。二重瞼にしてる。頬っぺたも何か入れてるよ――」

上着の胸にいきなり掌を押しあてた。

「本当はもっと痩せてるね」

成滝は顎をひき、興味深げに美鈴を見つめていた。美鈴は葛原をふりかえった。

「この顔に似せるの？　それとも元の顔？」

「その顔でいい」

葛原はいった。多少の変装がない状態では、むしろデコイだと疑われる。

「そのあと、この男の顔をかえてくれ。時間はどのくらいかかる」

美鈴は、忠一と葛原の顔を交互に見た。

「この人の方が色が黒いからやりやすいね。あんたの顔に一時間、そっちをかえるのに三十分」

葛原は頷いた。

「すぐ始めてくれ」


美鈴は、葛原と林忠一を並んだ美容台にすわらせエプロンをかけさせると、仕事に入った。林忠一は無言のままだった。そこにいる全員が見守る中、粘土を葛原の顔にのせ、ドーランを塗り、小筆で皺や隈を描き加えていった。途中から、鏡に映った二人を見比べて仕事をするようになった。鏡に映った二人を似せていく作業だった。

誰にともなく、美鈴は説明した。

「目は嘘つきなの。特に自分のした仕事には、ね。だから鏡で比べる。鏡の方が正直」

忠一の髪に触れ、長さを確かめると、葛原の髪を切った。忠一は元からそうだったのか、カムフラージュのためか、髪を短く刈りそろえていた。

美鈴が仕事をしているあいだ、誰も口をきかなかった。美鈴だけが「暑い」「暑い」を連発し、実際に額に玉のような汗をふきださせていた。

美鈴はひっきりなしに二人の顔に触れ、小筆を動かし、鏡を見比べた。

四十分後、

「――すごい」

咲村がつぶやいた。鏡の中のふたつの顔は、その大きさを別にすれば、兄弟で通るほど似ていた。

「アーンして」

仕上げは含み綿だった。葛原が口を開けると、実際は綿ではなく合成樹脂でできた詰めものを、美鈴は上と下両方の奥歯と頬のあいだに詰めこんだ。鏡を見たあと、下の奥歯のぶんを抜きとり、指でちぎって量を調節して詰め直した。

そのあとは、鏡の中の顔はそっくりになった。

「みごとですね」

河内山もいった。美鈴は険しい目で河内山をふりかえった。

「明るいとこ駄目。皺、ばれる。汗いっぱいかくのも駄目」

「どれくらい保《も》つのですか」

「一日。それ以上のときは、また化粧する」

「終わりか?」

葛原の問いに美鈴が頷くと、エプロンを外して、葛原は美容台を降りた。

「今度はこっちをかえてくれ」

忠一も無言だったが、驚きを隠せずにいた。母国語で成滝に話しかけた。

「あなたの部下も上手だったが、この女性は天才だといってるわ」

咲村が通訳した。美鈴はにこりともせず、おしぼりを二本、忠一につきだした。

「これで顔をふいて、口の中のものだして」

咲村と成滝が見合い、成滝が通訳した。林忠一が言葉にしたがうと、その顔を今度は肉眼でまじまじと見つめ、美鈴は舌打ちした。

「落ちない。油性の染料使ってるよ」

どたどたと奥にいき、壜をもって現われた。中の液体を綿棒につけ、

「ちょっとしみる。目つぶって」

成滝に通訳させた。忠一の顔を綿棒の先端でなぞり、おしぼりですぐにこすった。忠一の化粧が落ちた。

数分後、今までとは印象のちがう男の顔があらわれた。一重瞼で、どちらかというと細長く、神経質そうな顔立ちをしている。

それをのぞきこみ、

「ふーん。うんと若くするか」

美鈴はいった。頰に肉をつけ、瞼を二重にし、メッシュの入ったウイッグをかぶせ、色

を白くするドーランを塗った。さらに口紅を使い、実際より唇を厚く見せる。

鏡の中に、二十代の前半にしか見えない忠一の顔があった。

「目を開けて」

美鈴の言葉の通訳を聞いて、忠一は目を開いた。驚嘆の叫びをあげた。首を何度もふり、同じ言葉をくりかえした。

「天才だ、天才だって……」

咲村がいうと、美鈴は手についた染料をおしぼりでふきとりながら答えた。

「一銭にもならない天才なんて。ふん！」

河内山が進みでて、成滝に告げた。

「そろそろ林忠一氏と話をさせてもらっていいかな。通訳は彼女がする」

咲村を示した。成滝は頷き、林忠一に話しかけた。忠一は美容台にすわったまま、首を巡らし、河内山を見つめた。成滝が河内山の身分を短い言葉で説明し、聞いていた咲村はわずかに顔をしかめた。

忠一は大きく頷いた。

「できれば三人、あなたも同席するなら四人で、話しあいたい」

河内山はいった。

「どこで話すんだ？」

成滝はいって葛原を見た。

「二階は駄目だよ！　新しい絵も入ってる」

美鈴が急いでいった。

「ママ、頼む」

葛原はいった。美鈴は頰をふくらませ、

「もう！」

と吐きだした。

「いいそうだ」

成滝はおかしそうに頰をゆがめた。

「あんたの絵に悪さはしない。こいつと警察が約束さえ守るのなら」

「何それ?!」

美鈴は眉を吊りあげた。

「知らないのか。フェアじゃないな。もし俺をだましたら、この家は燃していいことになってる」

成滝はわざと意地悪げな口調でいった。美鈴は大きく息を吸いこんだ。そして成滝に近づき、人さし指を立てていった。

「あんたの顔、忘れない。いい？　この家を燃すなら、あたしも殺しなさい。でなけりゃ、あたしがあんたを殺す。女だと思って甘く見ているのならまちがいよ。いい？」

成滝は答えなかった。わずかだがその目に驚きと敬意に似た表情が浮かぶのを葛原は認めた。

やがて成滝は首を巡らし、

「いこうか」

と河内山に告げた。


四人が二階にあがり、葛原と北見が美容室のソファに残された。美鈴は無言で床に散った毛や使った化粧道具の片づけをしている。

北見は米島に電話をかけた。デコイを動かすときは、チーム全体がデコイのフォローをするというのが、これまでのやり方だ。

だが葛原はいった。

「北ちゃんはここに残ってくれ」

米島に状況を説明していた北見は目をみひらいた。

「葛さん、何いってんですか」

「このデコイには余分な人間がつくべきじゃない。金は成滝のやり方を知っている。デコイだとばれる材料はすべて外そう」

「駄目ですよ、そんなの。わかってるでしょう。いざっていうときドライバーがついてなかったら、逃げるものも逃げられない」

「逃げるためのデコイじゃない。追っ手を潰すためのデコイだ」

「葛さん――」

北見は言葉に詰まった。

「――自分が死んだら、警察はあたしたちをほっておく、そう思っているんだよ」

床をほうきで掃きながら、美鈴が低い声でいった。北見の声が高くなった。

「そうなんですか、葛さん」

「そんなことは思ってない。だが逃げることを放棄した〝逃がし屋〟に、仲間はいらない。これは本当の囮なんだ。俺が逃げるつもりだと考えたら、成滝は手を組まなかったろう」

「でも――」

「決めたんだ。どうせあと、たいした時間じゃない。北ちゃんは、ママや米ちゃんと同じように待機していてくれ。全部が終われば連絡する」

北見は黙りこんだ。しばらく無言だったが息を吐いた。

「葛さんのいう通りです。俺がついてっても足手まといなだけだ」

「――そうだな」

低い声で葛原はいった。北見の目に傷つけられたような色が浮かび、葛原は視線をそらした。

「ああ、喉、かわいた。アイスコーヒー、飲む?」

美鈴が片づけを終え、腰に手をあてていった。

「すまない」

誰にともなく、葛原はいった。


林忠一と河内山の会談は四十分ほどで終了した。四人が二階から降りてきて、林忠一の言葉を咲村が通訳した。

「上にある絵は、ママさんのコレクションか、と訊いています」

「売り物もあるよ」

美鈴が答え、それを聞いた忠一が何ごとかをいった。

「欲しい絵がたくさんあったそうです。ママのセンスはすばらしいって」

四人にもアイスコーヒーをサービスした美鈴は手を止め、忠一の顔を見た。

「じゃ、今度買いにきてもらうよ。安くはしないけど」

忠一は首をふり、笑いだした。葛原は河内山を見た。

「どうなる?」

「林忠一氏は、日本のしかるべき筋との会談を希望しました。非公式であり、予備交渉とすらいえませんが、国交回復のための序章となればいい、と」

険しい表情だった。

「会うクラスは？」

「今後のいろいろな可能性を考えれば、外務大臣は会いたがらないと思います。せいぜい次官クラスでしょう。忠一氏は相手の階級にはこだわらないといっています」

「理想主義者だな」

葛原はつぶやいた。

会話の内容を察したのか、林忠一が喋った。咲村が通訳した。

「一度ですべての目的が達せられるとは思っていない。何度も足を運ぶこと、何度も相手に会うこと、大切なのはむしろ話の中身ではなく、その姿勢だと――」

葛原は河内山を見た。

「親書はあったのか」

河内山は首をふった。

「やはりありませんでした。ですが次はもってくるつもりだ、といいました。次があるようなら、彼の時代がくるし、ないのなら、それきりですね」

「で、今後の手順は？」

「私は一度、庁舎に戻ります。同期のパイプを通じて外務省に働きかけます。早ければ

――」

腕時計をのぞき、河内山はいった。

「午前八時か九時に、会談をセットすることができると思います。場所は、都内のどこかということになるでしょう」

「その時点で情報は流れるな」

河内山は頷いた。成滝が口を開いた。

「金は絶対に会談を阻止しようとする。日本で暮らしている奴にとっては、忠一と日本政府関係者の会談は屈辱的な行為だ。許せない」

河内山はいった。

「忠一氏が暗殺されれば、当然、いっさいはなかったことになるでしょう。外務省はそういうスタンスをとります」

「暗殺されなくても、だろ。上の考え方ひとつで、何でもありだ」

成滝が嘲るようにいった。

「だとしても、やらないよりは、やることにはるかに意義がある」

河内山は成滝を見た。

「どちらでもかまわんさ。大切なのは、金の野郎が、それによってでてくることなんだ」

成滝は答えた。

「いくら本国がかわったところで、奴がのさばっている限り、俺たちと本国の関係はかわらない。意義があるのは、何より金を潰すことだ。邪魔しないと約束できるな」

河内山を鋭い目で見つめた。

「約束します」

河内山はきっぱりといった。

「警察は、あなた方の戦いに関知しない」

成滝は葛原に目を移した。

「たとえこの男が殺されても、だ」

河内山は息を吸いこんだ。

「あなたの目的は、金富昌であって、葛原さんを殺すことではない。ちがいますか」

「――確かに」

「もし、葛原さんの命を無駄に投げだそうとあなたが考えているのであれば、私はあなたに対する協力姿勢を見直さざるをえない」

「そんな気はない。ただの順番の話をしているんだ。こいつを助けるか、金を殺すか。俺の中の順番は決まっている。ただそれだけだ。そのあと俺をパクりたけりゃ、パクったっていいんだ」

河内山はわずかに驚いたような表情を見せた。

「金をパクるのだけは許さない。パクったって奴は、裁判になんかでやしない。国外退去になるか、不起訴処分で、今まで通り、のうのうと暮らすだろう。あんたもそれはわかっている筈だ」

河内山に顔を近づけ、成滝はいった。

「その可能性は否定できません」

「だろ。だったらそいつを忘れるな。いっておくが、これはそちらがもってきた取引だ。条件もすべてそちらの条件だ」

何かをいおうとした河内山を制するつもりで、葛原はいった。

「それでいい。やろうじゃないか」

成滝は葛原を見つめ、深々と息を吸いこんだ。何度も小さく頷いた。河内山は無言になった。

林忠一が不意に口を開いた。咲村を見やり、通訳をさせた。

「あなたが誰で、どのような立場の人間であるかは知らない。しかし、私を守るために命をかけるであろうことは理解しています。そういう日本人がいたという話を、私は父に伝えます。それは将来、必ず何かの役に立つでしょう」

「それでけっこうだ」

葛原はいった。

31

河内山は警護の覆面パトカーに乗って、警察庁へと戻った。警護の外事二課の刑事が何人残ったか、あるいはひとりも残らなかったのか、葛原にはわからなかった。だがその刑事たちの存在が、河内山にとっての最後の切り札にあたるということは理解できた。

夜がゆっくりと明けていった。河内山以外の人間は、誰も大森美容室をでていかなかった。会談が決定し、時間と場所が決められた時点ですべてが動きだすと、誰もが理解していた。あとは、葛原をデコイに金富昌をおびきだす、成滝の手腕しだいだ。

「――作戦はあるのか」

美鈴は眠るといって、二階にあがってしまっていた。成滝と林忠一、二人のボディガード、北見、咲村、葛原の七人は、美容台や客用のソファに腰かけていた。

葛原の問いに、美容台にかけ目を閉じていた成滝は返事をしなかった。あっても前もっては教えたくない、ということだろう。デコイを使って成功するには、デコイ自身がデコイであるのを知らないのが一番で、二番は、どこでどんな形で襲撃をうけるか予測していないことだ。襲撃の場所と時刻を知るデコイは、どうしても緊張や怯えを感じ、動きが不自然になる。

午前六時二十分、葛原の携帯電話が鳴った。

「会談の詳細が決まりました。午前八時四十分から、六本木にある外務省の施設を使います。ホテルより人目につきませんし、周囲に公務員宿舎があるので、いざというときの秘密保持もしやすいからだそうです。もっとも外務省は、もうひとつの計画については一切知りません」

「くるのは？」

「アジア局長と政務次官です」

「わかった」

施設の住所を聞き、葛原は電話を切った。米島にかけた。

「米ちゃん、最後の仕事だ。今からいう住所の詳細を教えてくれ」

眠っていたらしい米島は、だが葛原の声を聞くと、てきぱきと答えた。

「六本木の目抜き通りからは、直線で二百メートルは入ってる。低層マンションと一戸建てが大半を占める住宅地だね。施設に隣接する道路は一方通行で、向かい側は低層マンションヨン。道路幅は、大型車は通行不可」

「最寄り警察署との距離は？」

「近いよ。四百メートルってとこかな。でも、パトカーより自転車の方が早いね、そこだと」

接道状況は、警備する側にとって有利だ。襲撃者は、駐車して車内で標的を待つというわけにはいかないし、襲撃後の逃走経路も高速移動手段が使いにくい。

葛原が話している間に成滝も連絡を始めていた。外務省施設の住所を知らせる内容だ。二人の通話は、ほぼ同時に終わった。

携帯をおろした成滝が葛原に告げた。

「お前は今から俺といっしょに動く」

咲村を見た。

「あんたは忠一といっしょだ。言葉ができるからちょうどいい。この連中といっしょに移動してもらう」

「わたしの任務はちがう。葛原さんの護衛よ」

「いう通りにしろ。いずれあとで会うことになる」

葛原は咲村にいった。咲村は唇をかんだ。

「ボディガードがひとりなんて変よ。かえって囮だと宣伝しているようなものだわ」

「今、俺のチームに女がいるという情報はない。あんたがいれば金は怪しむ」

成滝はいった。

「だったらわたしはひとりで動く」

「林忠一には本当のボディガードが必要だ。これからの何時間かは、あんたしかいない」

葛原はいった。咲村は驚いたように目をみはり、成滝を見た。

「そうなの？」

「この連中のこれからの仕事は金を殺すことだ。いったろう、順番の問題だと。そうなったとき、忠一のそばにいてやれるのは、あんただけだ」

成滝は否定も肯定もしなかった。咲村は成滝と林、そして葛原を見た。苦しげな表情になっている。

「あんたの本来の仕事をするんだ」

「わたしの本来の仕事は――」

「犯罪者を守ることじゃない。重要人物の警護だ、ちがうか？」

咲村は目を伏せた。低い声でいった。

「わかった。向こうで会いましょう」

「いくか」

何も聞こえていなかったかのように成滝はいって、立ちあがった。林忠一に話しかけた。

林はその言葉に、やや緊張した表情で頷いた。

「葛さん――」

葛原が立つと、北見はいった。

「あとで電話をする。ママによろしくいっといてくれ。勝手におしかけて悪かった、とな」

葛原は告げ、成滝とともに大森美容室をでていった。でていきぎわに、壁にかけられた時計を見た。午前七時十五分前だった。

成滝は、スモークシールをはりめぐらせたメルセデスを路上駐車していた。葛原が助手席に乗りこもうとすると、トランクを開けた。

「こいつを上着の下に着ろ」

ケプラー繊維でできた防弾ベストだった。思ったより軽量でやわらかい。

「いっとくが、鉛弾をくらったら、貫通はしなくとも、骨折か内臓破裂はさけられん。それに刃物には効果がない」

いいながら、成滝も同じものを上着の下に着こんだ。

「金のやり方を教えてやる。奴は手下にお前が殺されるところを、どこか安全でよく見える場所から眺める。さもなけりゃ、お前をさらって、拷問し、目の前で頭に一発くらわすよう命じる」

「金には一度会った」

運転席のドアにかかった手が止まった。

「何だと？」

「情報を売る刑事のふりをして近づいたんだ。杖で殴られた。土田から聞かなかったのか」

成滝は葛原を見つめた。

「で？」

「吉津という奴の手下が眼の前で自殺した。警察が確保に失敗したんだ」

「吉津は、関東の在団特務の元締めだ。吉津が死んだとすれば、金はこちらでの活動の右腕を失ったことになる」

いって成滝はメルセデスに乗りこんだ。

「土田と話していないのか」

葛原は隣にすわっていった。

「逆探されるような危険をおかす馬鹿はいない。府警がガサ入れをかけた時点で、土田は切った」

「土田はあんたには大義がある、といってた。うまく信じこませたものだな」

成滝は冷ややかにいって、イグニッションキイをひねった。

「日本人はそういう言葉が好きなんだよ」

「俺もそれにだまされたというわけか、姜の事務所で」

成滝は答えず、車を発進させた。

「本当の目的が復讐だとわかって、忠一をあんたにゆだねたのは、姜だけだ」

「復讐が大義の動機になる。戦場で敵兵を殺すのは、愛国心じゃない。仲間の兵隊を殺された怒りや恨みだろう。それだけのことだ」

前を向いたまま成滝はいった。

「で、これからどうするんだ？　六本木に向かって、金とその手下がやってくるまで、つっ立ってるつもりか」

成滝の眼がパネルの時計を見た。

「もう少しすると、金のもとに情報が入る。林忠一が外務省の人間とどこで会うかという、な。そこはホテルで、金は十年以上も、在団の金《かね》でふた部屋をおさえつづけている。偶然というやつだ。金は大喜びするだろう。ホテルは警察の監視をうけちゃいるだろうが、奴にとっては勝手知ったる、東京の宿舎だ。従業員に金をやって中に入りこむのは簡単だ。目の前で忠一が死ぬのを眺めるチャンスさ」

「別の筋から正しい情報が入ったらどうする？」

「奴は両方確かめるだろうさ。ホテルの方が時間が早い。八時ちょうど。奴はこないわけにはいかない。なぜなら忠一と直接会ったことのある人間は、在団には奴しかいない。安全部の工作員は、残りわずかだ。首実検には金が必要なんだ」

「結局あんたは、自分もデコイにしたわけだ」

葛原はいった。あえて別の場所を会議場として情報を流すことで、成滝はやはり忠一の命を守ろうとしている。

「ホテルには当然、在団の監視がつく。あんたがいるところに忠一はいる、金富昌はそう考える、ちがうか」

成滝は無言だった。


ホテルに到着したのは午前七時十分だった。早朝といえるほどの時刻ではなく、品川に近いホテルは、すでに人の出入りが始まっていた。成滝はホテルの少し手前でハザードを点し、メルセデスを路肩に寄せた。携帯電話のイヤフォンマイクを耳にさしこんでいる。短縮ボタンを押した。

「状況を知らせろ」

相手がでると告げた。耳を傾けていたが、いった。

「了解。これから地下駐車場に入る。向こうは準備時間がなく、やるとすりゃ、荒っぽいやり方で攻めてくる筈だ。腹をくくれよ。電波が途切れるかもしれんが、電話は切らないでおく」

「何人配置した」

葛原は訊ねた。

「六人だ」

「たった？」

「カスが何十人いようと、撃ち合いになったら役に立たない」

成滝はいって、メルセデスのダッシュボードを開いた。ずんぐりとした形のオートマチック拳銃をとりだし、上着のサイドポケットに落としこんだ。サイドブレーキを外した。

「くるとすれば駐車場だ」

葛原はいった。

「わかっている。たぶん先に安全部を金は動かす。警察が張りこんでいる場合に備え、工作員を捨てゴマに使い、目的は自分と在団特務で果たそうとするだろう。安全部は、金が逃げるまで、警察をひきとめる役割も果たす」

「この車は防弾か」

葛原の問いに、成滝は当然のように頷いた。葛原はいった。

「工作員を駐車場においていたとしても、入ってくる車すべてを襲撃するわけにはいかない。地上に、標的を視認する人間が絶対必要だ。忠一の顔を知っている者だ」

スモークシールを貼った車の乗員の顔を確認できるのは、フロントグラスしかない。その役割の人間は、必ず正面から地下駐車場に入る車を見られる位置にいる筈だった。

「わかっている。だがそれを確かめさせると、こちらが罠にかけたことが向こうに伝わる」

メルセデスは道路に面したホテルのエントランスをくぐった。五十メートルほどの登り坂の先に地下駐車場の入口があり、それを過ぎて二十メートルほど進むと、玄関ロータリーがある。地下駐車場までの登り坂は駐停車禁止で、車は止まっていない。

葛原は鼓動が早まるのを感じた。

「襲撃チームはふたつに分けられている。標的が直接ロビーに入ってくる場合と、駐車場から上がってくる場合の両方に備えなけりゃならない」

わずかに早口にもなっていた。

「ロビーは使わん。心おきなく、金にでてきてもらいたいからな」

十メートル先に、トンネルの入口のような地下駐車場の進入路が口を開けていた。周辺は植えこみで囲まれ、歩行者は通れないようになっている。

「曇り空は奴らに味方する。強い太陽光はフロントグラスに反射して、乗員の顔を見にくくする――いたぞ」

葛原は小さく叫んだ。ツツジの植えこみの中に、腹ばいになっている男を発見したのだった。迷彩服を着け、簡単には見つからぬよう、地面にべったりと体をつけている。小さな双眼鏡がその手もとにあった。

一瞬後、メルセデスのフロントグラスからその男が消えた。

「くるぞ。全員準備しろ！」

成滝が叫び、メルセデスは地下駐車場への進入路に入った。視界が暗くなり、らせんを描く下り坂が前方にのびる。ヘッドライトが点った。

メルセデスは半円を描くように最初のカーブを回った。直後、散開した三つの人影が下り坂の前方に現われた。

乾いた連続発射音が、進入路のトンネル内でこだました。銃弾を浴びたフロントグラスの一点が、白くなった。だが弾丸は貫通することはなかった。その白い点が瞬くまに、みつつ、よっつと増えていく。

「止まるな！　突破しろっ」

「わかってる！　やかましい」

葛原と成滝は怒鳴りあった。だが反射的にブレーキを踏みかけていた成滝を鼓舞する役には立った。成滝はアクセルを踏みこみ、停止する意思がないことを悟った襲撃者は、メルセデスの前方から逃れようと、壁ぎわに身を躍らせた。

成滝は逃げ遅れたひとりの体をはねあげた。戦闘服を着け、小型のサブマシンガンを首から吊るしている。

男たちのすきまを走り抜けたとたん、後方から銃弾が浴びせられた。防弾ガラスとわかっていても身がすくむほどの弾幕だった。

正面に入庫ゲートが見えた。黄に黒の斜線の入ったバーがおりている。

「――を、おとり下さい、駐車券をおとり下さい――」

アナウンスが流れていた。そのゲートの向こうから、散弾銃や拳銃を手にした男たちが走りでた。目だし帽をかぶっている。ひとりが遮断機の箱から駐車券をひき抜き、片手を大きくふった。バーがもちあがり、メルセデスは減速することなく、その下をくぐり抜けた。直後、火線が開かれた。現われた男たちが進入路の上方に向けて発砲を開始したのだ。

駐車場内に高速で進入したメルセデスのブレーキを成滝が踏みこんだ。すべりやすい床をグリップできず、タイヤが悲鳴をあげ、メルセデスは尻をふった。

進入路の坂から転げ落ちてくる戦闘服姿の男たちが見えた。トンネル内では逃げ場がなかったのだ。メルセデスが停止した。

「油断するな！　まだいる筈だっ」

成滝は怒鳴った。待ちぶせた男たちは全部で四名だった。仕止めた死体を一顧だにすることなくさっと分かれ、メルセデスの前後左右を固めた。

成滝は男たちの歩くスピードに合わせ、ゆっくりとメルセデスを進めた。

「金は?!　金はどこにいる?!　ロビーか」

窓を細めにおろし、成滝はいった。

「まだ見てません」

荒々しい息とともに返事がかえってきた。

「三人だけってことはないっ。絶対にいるっ。捜せ！」

「そばを離れさすな！　向こうの思うツボだ」

葛原はいった。

「やかましい！　金を殺《や》らなきゃ意味がないんだ」

四人の男たちは駐車場内に散った。乗員のいる車を捜すように、身を低くして、一台一台をのぞきこんでいる。

キキキッという音が聞こえた。葛原は背後をふりかえった。巨大なタイヤをはかせた黒塗りのオフロード4WDが駐車場への進入路を駆け降りてくるところだった。助手席に迷彩服の男の姿があった。

「うしろからきた！」

成滝が答える間もなく、4WDは遮断機のバーをはねとばし、メルセデスの後部につっこんできた。

後方からの激しい衝撃をうけ、メルセデスのエアバッグがとびだした。一瞬視界が白い靄と灰色の風船で閉ざされた。シートベルトにひき戻され、葛原はシートに背中を叩きつけた。

ふりかえると、4WDの四つのドアとさらに荷物室の扉が開くのが見えた。荷物室に腹ばいになった男がサブマシンガンを乱射し、メルセデスのそばに戻ろうとした護衛をなぎ倒した。駐車場に並んだ車が激しく揺れ、次々にフロントグラスやヘッドライトを砕け散らせる。銃撃戦が始まった。

「進むんだ！」

叫んで、葛原は成滝を見た。成滝はもうろうとした表情で葛原を見返した。葛原は気づいた。成滝はシートベルトをしておらず、とびでたエアバッグの直撃を顔面にうけたのだ。追撃者の火線が開かれた。葛原は成滝の膝に身を投げだすと、右手でアクセルを押しこんだ。メルセデスは急発進した。

「ハンドル！　ハンドル！」

葛原は叫んだ。狭い駐車場を直進すれば、壁か止まっている車に衝突することは見えている。一瞬後、成滝が何か叫びながらハンドルを切り、メルセデスは左のわき腹を何かにぶつけながらも右折した。成滝の右足が葛原の手の上からアクセルを踏みこんだ。葛原は痛みをこらえて右手をひき抜いた。

「ロビーにいる人間を戻せっ」

「金はどこだっ」

成滝は叫んでハンドルをさらに切った。前方左手に、ロビー階へとあがるエレベータホールが見えた。ガラスの自動扉があり、スーツを着けた男たちが四、五人固まって、こちらを見つめている。

「金だっ」

葛原と成滝は同時に叫んでいた。男たちの中央に杖をついた金富昌の姿があった。

「止まるな!」

葛原はいったが成滝は聞かなかった。

「このぅ……」

罵り声をあげると、ハンドルを左に切った。男たちはあわてて自動扉の内側へと、金の体をひきずって避難した。直後、段差をのりこえたメルセデスはガラスの箱のようなエレベータホールに鼻先をつっこんだ。ガラス扉が粉砕され、まるで滝のように破片がふり注いだ。

それでもメルセデスは男たちに届いていなかった。金富昌の体を自らの体でおおいながら、スーツの男がひき抜いた拳銃を乱射した。そのまま奥のエレベータへと避難しようとする。

エレベータは二基あった。男たちが逃れようとしているのではない、手前のエレベータが扉を開いた。紺のスーツを着た男二人がとびだしてくると、ほんの一、二メートルの距離から男たちの集団に銃弾を浴びせた。

あっというまに三人の男が床に転がった。が、金ともうひとりがエレベータに乗りこんだ。成滝がメルセデスのドアと格闘していた。衝突の衝撃で開きにくくなっているようだ。

「殺れっ、殺れっ」

成滝が叫んだ直後、4WDを降りた追っ手が到着し、銃弾を浴びせた。応戦する間もなく、今度は成滝側の二人が体を丸めるようにして床に倒れこんだ。金の乗ったエレベータの扉が閉まった。

「この野郎!」

成滝は叫び、メルセデスのシフトをバックに押しこむとアクセルを踏んだ。追っ手は全部で二名だった。エレベータホールから勢いよく鼻先をひき抜いたメルセデスはスピンした。鈍い音がして、ひとりの体を弾きとばす。

「上だっ、上に向かえ!」

葛原は叫んだ。

成滝は歯をくいしばり、ハンドルを切った。駐車場内の通路をメルセデスは猛スピードで走り抜けた。出口の遮断機を弾きとばし、地上へと躍りでた。だがそこは、駐車場の進入路の反対側だった。

「止まれっ」

葛原が叫ぶと、成滝は急ブレーキを踏んだ。満身創痍のメルセデスの目前、ガードレールと遊歩道で仕切られた向こう側の下り坂を、黒塗りのセンチュリーが走り降りていくのが見えた。窓はすべてシールでおおわれている。

「金の車だ！」

「本当か?!」

成滝はふりかえった。直線で十数メートルの距離でありながら、追いつくことは不可能だった。出庫路はいったん玄関方向へ登らなければ、ホテルエントランスに向かえない仕組になっている。あとは追う道がないのだ。

二人の目前でセンチュリーは信号無視をして、一般道に走りこんだ。クラクションを浴びながら、合流し、遠ざかっていく。

「畜生ぉう！」

成滝が叫び声をあげ、ハンドルを殴りつけた。葛原は時計を見た。午前八時まで、あと十分あった。

「まだ間に合う！　車を降りろ」

葛原は怒鳴って、シートベルトを外した。

32

メルセデスをその場で捨て、植えこみとガードレールを乗りこえて遊歩道にでた。急ぎ足で下りながら、葛原は携帯電話をとりだした。

「タクシーを拾うんだ」

血走った目の成滝に告げた。都心のラッシュが始まっていた。品川と六本木はさほど離れていないが、それでも三十分は要するだろう。六本木に向かう道は、外苑西通りも東通りも、激しく渋滞する。

河内山の携帯を呼びだした。電源が切られている。咲村の携帯にかけた。

二人はホテルエントランスをでた一般道に立った。タクシーの空車を捜した。だがラッシュ時とあって、なかなかその姿はない。向かいの品川駅前のタクシー乗り場にも長い行列ができている。

「はい、咲村！」

低くおさえた声が葛原の耳にとびこんだ。

「タクシー！　タクシー！」

成滝は叫び、手を大きくふっていた。しかし目に入るタクシーはどれも皆、客を乗せている。

「葛原だ。金に逃げられた。たぶんそっちにいく。注意しろ」

「今どこです」

「品川だ。向かおうと思っているのだが、足がない――」

クラクションが聞こえ、顔を上げた。見慣れたワゴンが目の前で停止するところだった。運転席に北見の姿がある。

「北ちゃん！」

葛原は叫んで、スライドドアを引き開けた。成滝もあ然とした表情で乗りこんでくる。

「やっぱり待ってるなんてできなかったっすよ。邪魔にはならないよう、近くで待機していたんです」

北見は快活な口調でいった。

「つけられてたなんて気づかなかった――」

成滝が吐きだした。

「そこはプロですから。どこへいきます？」

北見は淡々と答え、葛原に訊ねた。

「六本木だ」

「了解」

北見はアクセルを踏みこんだ。

渋滞を避け、次々に裏道を使って、北見が六本木交差点にワゴンをつけたのが、八時十五分だった。会談の開始まで、あと二十五分ある。

咲村と林忠一は、まだ車の中にいた。接道の悪さを考え、ぎりぎりまで外務省施設には近づかない作戦をとったのだ。

八時三十五分に施設の門を開けさせ、車ですべりこむ。すべてをスピーディにおこなうことで、暗殺の機会を最小限におさえる作戦だ。

渋滞する六本木交差点の百メートル手前で、北見はワゴンを路肩によせた。前方にハザードを点したメルセデスが止まっている。成滝が乗っていたのと、まったく同車種だ。

葛原はスライドドアを開け、ワゴンを降り立った。メルセデスに近づく。後部席に、咲村と林忠一がいた。

あたりを見回した。外事二課の刑事の護衛が乗っている筈の車がなかった。奇妙だった。何かがおかしい。

葛原はメルセデスのドアを開けた。

「うしろのワゴンに乗りかえてくれ」

咲村と林忠一に告げた。咲村が通訳した。メルセデスの前の席に、二人のボディガードがすわっている。

林忠一がメルセデスを降りた。助手席にいたボディガードがつき従った。咲村は降りなかった。

「あんたもうしろだ」

葛原はいった。咲村は首をふった。緊張した表情を浮かべている。

「どうしたんだ」

「いいから乗って」

葛原は背後をふりかえった。林忠一とボディガードは、成滝の待つワゴンに乗りこむところだった。二台の車は前後を接したまま路肩に止まっている。

葛原はメルセデスに乗りこんだ。ドアを閉め、訊ねた。

「どうしたんだ」

「会談がキャンセルされた。外務省に総理官邸から圧力がかかったの。特定の後継候補との外交は望ましくない、と。情報が洩れた」

咲村は短くいった。

「何てことだ」

「でも六本木の施設は、林忠一をうけいれる。政務次官はこなくて、アジア局長と担当官だけが午後から、林忠一の事情聴取をおこなうって。それが会談にかわるものよ。すみしだい、林忠一は、中国いきの飛行機に乗せられる。表向きは不法入国者に対する強制送還という形で」

「林は知っているのか、それを」

咲村は頷いた。

「それでもかまわないって。日本の政府関係者と会った事実はかわらないし、本来日本にきた目的も果たせたのだから、と。あの人、見かけによらず、腹がすわってる」

「河内山は？」

「担当官を外された。警察庁《サッチョウ》に禁足されたけれど、何とかこっちへ向かうって」

「じゃあ護衛はひきあげたのか」

咲村は頷いた。

「護衛活動を日本国警察官がおこなうことは、特定勢力との関係を疑われる結果を生む。したがって一切、そうした活動をおこなってはならないというお達しよ。かわりに一般警備活動として、麻布署から二名、地域課の巡査が派遣されることになった」

「ふざけるな！」

葛原は怒鳴った。

「金の思うツボじゃないか」

咲村は小さく頷いた。

「河内山警視正は、最後の最後にハシゴを外された。外務省の同期にはめられたといっていたわ。ふた股をかけられていたみたい」

表情は平静だった。葛原は目を閉じた。

「どうする？」

咲村が訊ねた。

「どうしようもないさ。林を施設に送り届けたら、俺たちの仕事は終わる。それだけだ」

「ここで帰っても同じよ」

「金を逃した。奴は絶対、六本木にもくる」

咲村はじっと葛原を見つめた。

「林のためなの。まさか成滝のため、ということはないでしょう」

「どちらでもないな」

「じゃあ誰のため？」

葛原は無言で首をふった。

「いこう」


ワゴンを先行させた。六本木交差点を旧防衛庁方向に曲がり、六百メートルほど進んだ地点の一方通行を入る。その先さらに細い一方通行を左折して百メートルほど進んだ右側が、外務省施設だった。

施設は低いフェンスを周囲にめぐらせた、約三百坪ほどの建物だった。スライド式の鉄扉があり、そこをくぐると、玄関前の車寄せがある。

八時三十分にワゴンは最初の一方通行を曲がった。次の一方通行路は急角度で、しかも道幅が狭く、さすがの北見もかなり減速しなければ曲がれない状況だった。

「先にいった方がよかったのじゃない」

不安げに咲村がいった。

「いや。この順番でいい」

葛原は答えた。

ようやく曲がったワゴンのあとを追い、メルセデスは細い道に入った。前方右手に、制服を着けた二名の警官の姿があった。直線の細い路地に駐車している車は見当たらない。

「待ち伏せはないようね」

咲村がいった。品川のホテルでおきたことは話してある。

「さすがの金も逃げる他ないいってことかしら」

「生き残った奴が口を割らない限り、警察は金に手をだせない」

北見がクラクションを鳴らした。警官が二台を見やり、片手をあげた。スライド式の鉄扉を開き始める。重いらしく時間がかかる。

「前方、車は？」

北見とつながった携帯電話に葛原は声を送りこんだ。

「いません。ですけどいい加減すね。いくらくるのがわかってるからって、こっちに免許証見せろともいいませんよ」

北見が答えた。

「歩行者は？」

「いません」

葛原は背後をふりかえった。メルセデスを追ってきた車も人もいない。

「よし、林と成滝が施設に入ったら、俺と咲村はそちらの車に移る。仕事はそれで終了だ」

「了解。なんかあっけないすね」

鉄扉がようやく開ききった。ワゴンはウインカーを点し、施設の車寄せに進入した。メルセデスもあとを追う。

内部にはすでに外務省の係官が到着しているらしく、車寄せには先行車があった。黒塗りのセンチュリーだ。

葛原は目をみひらいた。

「待て！」

叫んだが遅かった。施設の観音開きの扉が開くのと、ワゴンのスライドドアを、助手席をおりた成滝の部下のボディガードが開くのが同時だった。

建物からはスーツを着けた二人の男が迎えでていた。

成滝がまずスライドドアを降りた。

パン、という銃声が屋内から聞こえた。ドアのかたわらにいたボディガードが崩れ落ちた。つづいて銃声が聞こえ、成滝の体がぐらっと揺れ、尻もちをついた。メルセデスの運転手が何ごとか叫び、とびだした。

「しまった!」

葛原は叫んで、メルセデスのドアを開けた。建物からでてきた二人の男は、何ごとが起こったのか理解できないように、背後をふりかえり、硬直している。

警官のひとりがあわてたように走りかけ、建物からすっとでてきた男に銃弾を浴びて転倒した。

拳銃を手にした二人の男と金富昌が、建物の中から姿を現わした。金の顔には大きな笑みが張りついている。

林忠一は、ワゴンのステップに足をかけたところで身動きを止めていた。

「おいっ」

ドアを開け、降り立った葛原は叫んだ。金がふりかえり、目を丸くした。ワゴン内の林忠一と葛原を見比べ、母国語で何か叫ぶと、杖をふりかざした。

杖の先端が葛原をさした。

銃声が連続し、葛原は思わずしゃがみこんだ。視界の隅に、メルセデスのおろした窓から咲村が発砲している姿があった。

銃声は全部で十数発つづいた。鳴り止んで少ししてから、葛原は頭をあげた。

金とその手下が地面に横たわっていた。かたわらにすわりこんだ成滝が、空になって遊底の開いた拳銃をそちらに向けている。

「咲村っ」

「大丈夫！」

声が返ってきた。

「北ちゃん！」

思わず葛原はメルセデスの陰から走りでた。ワゴンの運転席で、身を起こす姿があった。ほっとして、息を吐いた。

成滝が、すわりこんだまま葛原を見あげた。放心状態の目をしている。

「奴ら、先回りしてやがった――」

かたわらに、頭を抱え、しゃがみこんでいるスーツ姿の二人の男がいる。ひとりが頭をあげ、いった。震えていた。

「な、何なんです、在団からの出迎えだっていうから、入れたのに……」

「葛原さん！」

叫び声にふりかえった。河内山だった。タクシーが止まり、降りかけたところだった。

「これは、いったい……」

転がっている男たちを見て、河内山は絶句した。

「金は在団幹部の身分を使って、堂々と先回りしていた。ここにいる外務省の人間には、金の目的はわからなかったろうからな」

ふふふ、という含み笑いが聞こえた。成滝だった。

「野郎、お前を見て、目を丸くしていやがった。俺が忠一を連れていると思ったら、そっちの車からお前が降りてきたんで、どっちがどっちかわからなくなったんだろうな……」

葛原は金富昌を見おろした。胎児のように体を丸め、横むきに倒れている。金は最も多くの弾丸を浴びたのだろう、出血量も多く、ひと目で息をしていないとわかった。

成滝の笑い声が弾けた。どこか精神の均衡を失ったような響きがある。

咲村をふり返った。咲村はメルセデスの窓から銃を握った両手をつきだし、うなだれていた。傷ついているようすはない。

生き残った巡査が泡をくったように、無線で応援を要請し始めた。

河内山が門をくぐり、葛原のかたわらにきた。

「林氏は？　林忠一は？」

成滝の笑い声が止んだ。林忠一がワゴンのドアから降り立った。

「無事でしたか」

河内山はほっとしたようにいった。

林忠一は呆然としてあたりを見回し、成滝に何ごとかを訊ねた。成滝はすわりこんだまま、それに答えた。言葉通り、防弾ベストは、命は救ったものの、立てるほどの体力は残っていないようだ。

「早く建物の中に入った方がいい。まだ残っている暗殺者がいるかもしれない」

葛原がいうと、河内山が我にかえったように拳銃をひき抜き、あたりを見回した。

成滝が葛原の言葉を通訳した。林忠一はそれに頷き、金とその手下の死体をよけるようにして、建物の中に入りかけ、足を止めた。

葛原をふり返った。強い光のこもった目で葛原を見つめ、何ごとかを喋った。

成滝が立ちあがろうと努力しながらいった。

「お前の名前を知りたいとさ。自分の命を助けてくれた人間の――」

葛原は林忠一の目を見返した。本名は、といいかけ、不意に馬鹿ばかしい気持に襲われた。

「私が何者であるかなんて、あんたは知る必要はない。ただの日本人、それだけだ」

成滝は葛原をじっと見つめた。

「いいのか」

葛原は頷き、ワゴンの中に入った。北見が運転席から体をねじり、見守っている。

成滝が訳した。林忠一は瞬きし、その場から葛原を見あげた。葛原は小さく頷き返すと、早く建物の中に入れ、と手をふった。

いく重にもかさなったサイレンが聞こえてきた。

成滝と肩を貸す河内山、そして林忠一が、建物の中に姿を消した。ようやく動けるようになった外務省の職員二人があとを追った。

それを見届け、葛原はワゴンの手近なシートに腰をおろした。全身が震え、ひどく疲れはてていた。北見が無言で右手をあげた。

咲村の姿が見えた。空になった拳銃を握りしめ、メルセデスを降り、スライドドアの前までできて迷っていた。屋内と車内の、交互に目を向けた。

震える手で煙草に火をつけ、葛原はいった。

「仕事は終わりだ」

咲村は答えなかった。ただ無言でスライドドアをくぐり、ステップをあがると、葛原のかたわらに腰をおろした。そして葛原の顔を見つめ、動かなくなった。

33

門前仲町のマンションで、葛原と北見が仮眠から目ざめたのは、午後五時過ぎだった。

二人は近くの中華料理屋まで歩き、腹ごしらえをした。帰りに、夕刊紙を含む新聞を何紙か買い、マンションで目を通した。

品川のホテルでの発砲事件は大きく扱われていた。暴力団の抗争か、と見出しにはあったが、詳細は捜査中ということになっている。

「こんなものなんですかね」

あくびをかみ殺しながら北見はいった。六本木で起こったことを報道する記事はどこにもない。だが実際は、事件に関係する省庁の役人たちはあと始末に追われているだろう、と葛原は思った。

外務省や警察庁、それに警視庁、大阪府警。成滝は救急車ではなく、パトカーに乗せられ、病院に運ばれていった。逮捕されたかどうかもわからない。葛原は長居は無用と判断し、その後すぐ現場を離れたのだった。

去り際《ぎわ》にひと悶着があった。咲村が同行する、といったのだ。葛原はそれを許さなかった。

「あんたの仕事は終わったんだ、ここに残った方がいい」

咲村は無言で首をふった。

「俺たちときても、もうやることは何もない」

「でも、葛原さんは、わたしが向いてるって――」

「それは今じゃない」

葛原は咲村の言葉をさえぎっていった。

「第一あんたはまだ警官だろう」

それをいわれ、初めて気づいたように咲村は瞬きした。

「俺たちと警官がいっしょにいるわけにはいかない。ちがうか?」

咲村は息を吐き、小さく頷いた。そして外務省の建物の中に入っていったのだった。


「奇妙なもんですね」

北見の言葉に、葛原は我にかえった。

「こうしてまた葛さんと二人になっちまうと、この何日間のことが、いつもの仕事とたいしてかわらなかったような気がしてくる。あんなにひどい目にあったっていうのに……」

「ふだんとはちがう。もう、チームはこれで終わりだろう。もしまたやるとしたら、時間を空け、全部を新しくしなけりゃ無理だ。それにしたって、河内山が本当に約束を守れるとしての話だが」

葛原は答えた。その可能性は、五分五分、と見ていた。ただ、たとえ河内山が約束を守れないとしても、チームの全員が拘束をうけるまでには、まだしばらくの猶予がある。それに、最低限、河内山は警告を発してくるのではないか。楽観はしていないが、それくらいの〝仁義〟を求めることはできるような気がしていた。もちろんたとえ警告がなくとも、チームは今日を最後に、いったん解散し、できる限りの潜伏をはかることになっている。美鈴は彩美を連れて一度台湾に里帰りするし、米島は実家に避難する。北見は明日から一週間休暇をとって、母親と国内旅行をしながらようすをうかがう計画だった。

「今回、待機している間、やることもないし、恐くもあったんで、米ちゃんとよく喋ってました。俺たちのやってたことって、やっぱり悪いことだったんだなって。どこか人助けをしてるような錯覚があったけど、本当は犯罪だったんだって……」

北見が煙草に火をつけ、いった。

「そうだな」

「でもそれがわかったのってよかったと思うんです。たぶん、葛さんのいう通り、チームはもう終わりでしょう。残念な気もするけれど、とり返しのつかない結果がこれででないですむなら、潮どきだったのかもしれません」

「そう考えてくれるなら、俺もありがたい」

「何いってるんすか。葛さんの責任だなんて、誰もこれっぽっちも思っていませんよ。米ちゃんだって最初はぼやいていたけど、よく考えたら、報酬は皆が平等にうけとっていたんだから、全員の責任だっていってました」

葛原は答えなかった。それに、と北見は言葉をつづけた。

「この仕事のおかげで、俺、いろんなことを勉強しました。それはふつうの仕事をしていく上で役立つかどうかはわからないけど、生きてく上では、大切なことが山ほどありますよ。そのほとんどは、葛原さんから教えてもらったんです」

　葛原は首をふった。

「俺は人にものを教えられるような人間じゃない。教えられることがあるとすれば、それは人をだましたり、法律を欺いたりするような知識だけだ。それにしたって、自分が生きのびたくて自然に身に付いたものでしかない――」

　インターホンが鳴った。葛原は北見と目を見交した。

　ソファから立ちあがり、玄関ロビーの監視カメラのモニターを見た。

　河内山がひとりで立っていた。朝とはちがうスーツを着け、手に重たげな書類鞄をさげている。

「はい」

　インターホンに告げた。

「よかった。おられたのですね。約束の品をおもちしました」

　河内山がいった。周囲に目をやり、つづけた。

「成田空港からの帰りです。客はさっき、飛行機に乗りこみました」

　葛原はオートロックの解錠ボタンを押した。数分後、河内山はリビングに立っていた。

「本当にお疲れさまでした。個人として、それからこの国の一部の志ある人間を代表して、心からお礼を申しあげます」

深々と頭を下げた。その顔には、仕事の成否はとにかく、やるべきことをすべてやった人間が浮かべる、清々しさのような表情が浮かんでいた。

「勝ったのか、あんたたちは」

葛原は訊ねた。わずかに逡巡し、河内山は答えた。

「引き分けよりは、やや勝ちに近い、そう申しあげてよいと思います。勝利を確信するには、まだまだ時間がかかるとは思いますが」

葛原は小さく頷き、いった。

「約束はどうなる」

河内山は足もとにおいていた鞄をとりあげた。書類ホルダーとディスクの入ったプラスチックケースをとりだした。わずかに息を吸い、いった。

「コピーがない、という言葉は信じていただく他はありませんが、警視庁、警察庁、双方の、葛原さんら〝チーム〟に関する資料はこれがすべてです。住所、氏名、監視記録、電話番号、全部がここにあります。お預けして帰ります」

葛原は無言でうけとった。

「もちろん、今回の件を通してかかわったすべての警察官の記憶を消すことはできません。ですが、それがほめられるべきかどうかは別として、彼らは、上が忘れたがっている事実は、思いだしたがらない、という習慣をもっています」

「大出の家族には何と説明する？」

河内山の顔に痛みが浮かんだ。

「府警本部と折衝中です。何とか、公務上の殉職扱いにすることはできないかと。お子さんもいらしたことですし……」

葛原は頷いた。

「それから経費と報酬に関してですが、機密費で処理するつもりですが、もう少し時間をいただけますか。庁内での趨勢が決してからでないと、お金を動かすのは、問題の原因となりかねないので……」

葛原は北見を見た。北見は黙って肩をすくめた。

「ひとついっておく。あんたの言葉を疑うわけじゃないが、俺たちに今後、連絡は一切とってもらいたくない。またできるだけ、それが難しくなるような手を打つつもりだ。だから、報酬がでるとしても、俺たちを捜してほしくはない。こちらからあんたに連絡する」

「了解しました」

河内山は葛原の目を見つめ、いった。

「咲村さんはどうしました？」

北見が訊ねた。

「いっしょに成田にいき、成田から関空に飛ぶ便に乗りこみました。いろいろ考えるところはあったようですが、私には、何も」

「そうすか」

少し残念そうに、北見が答えた。

「彼女が今後も警察官をつづけるかどうか、私には判断がつきません。ただ望むのであれば、なるべくそれが可能であるような努力は惜しまないつもりです。あるいは、私の部署に出向してもらう、という方法もありますし。経験も能力も、申しぶんのない人ですから……」

河内山はいった。葛原は首をふった。

「たぶん、それは断わられるだろう」

「正直、私もそう思います。彼女のような人こそ、我々の部署に欲しいのですが、そういう人には嫌がられることが多い」

河内山は認め、息を吐いた。そして気分をかえるようにいった。

「さて、失礼するとします。内閣官房にだす報告を、まだすべて作り終えていないので」

蓋を閉じた鞄を手にした。

「あったことを全部書くのか」

「まさか」

河内山は笑った。

「真実がすべて書かれた報告書など、向こうも期待してはいません。もて余すだけでしょうし……」

「なるほどね」

葛原と北見は、河内山を玄関まで送っていった。ドアノブに手をかけ、河内山はふりかえった。靴を三和土におき、いった。

「お願いをしてよろしいですか」

威儀を正していた。

「何だ」

「お二人に、握手をしていただきたいのです。同じ、日本人として」

葛原は黙った。先に手をだしたのは、北見だった。

「いろいろあったけど、河内山さんが約束を守ってくれて、俺はよかったです」

「とんでもない。今は感謝の気持でいっぱいです」

両手で北見の手を握りしめ、河内山は答えた。

葛原を見た。

葛原は首をふった。

「俺たちは商売仇だ。握手なんてするものじゃない」

「友人として、です。もう二度とお会いしないかもしれませんが。実は、林忠一氏とも、先ほど握手を交しました」

「葛さん――」

北見が促した。葛原は右手をだした。河内山が握った。

「――商売仇かもしれませんが、私は葛原さんたちと仕事ができたことを誇りに思います」

河内山の目がわずかに潤んでいた。

葛原は握り返し、告げた。

「ありがたいが、そいつは今日いっぱいにしておいてくれ」

河内山は深く頷いた。

「明日は、忘れます。皆さんとお会いしたことをすべて」

「それでいい。それが一番ありがたい」

河内山の手に力がこもった。それは河内山の決意の表われのようだった。

（完）

解説

宍戸健司《ししどけんじ》（ＫＥＷ代表・編集者）

角川書店の担当編集者として僕が初めて大沢在昌さんにお目にかかったのは、一九九〇年ごろだったと記憶している。角川書店で文芸編集を生業《なりわい》としていた僕が、大沢さんの前任担当者から〝これはすごいぞ〟と『氷の森』を渡されて、興奮しながら一気読みしたのがつい先日のことのようだ。そして、僕が担当を引き継いだ翌年に、大沢さんは白眉の警察小説『新宿鮫』を上梓し、日本推理作家協会賞、吉川英治文学新人賞を受賞して、名実ともに人気作家の階段を駆け上がっていくのである。思えばあれから、三十年以上の月日が流れてしまった。当時、大沢さんを担当していた各社の編集者仲間もほとんどが還暦を過ぎ第一線を外れているが、大沢さんだけはいまだに第一線で冒険小説の世界をリードし続けている。

今回、『闇先案内人』の解説の依頼を受けて、数十年ぶりに本作品を読み返したわけだが、読了してみて小説としての完成度、描かれている内容の濃さ、描写の的確さに改めて舌を巻いた。本作品が初めて世の中に姿を現したのは、一九九四年四月発売の「別冊文藝春秋」207号で、完結したのが二〇〇一年七月発売の「別冊文藝春秋」236号である。「別冊文藝春秋」誌での不定期連載とはいえ、スタートから完結までになんと七年の歳月を費やしているではないか。その都度、違ったテーマを綴る短編小説を不定期に雑誌に掲載して、単行本になるまで数年かかったという話なら理解できる。実際にそのような形で刊行されている作品集も多い。しかし、文庫本で上下巻・計八百ページに迫る大長編を、七年の歳月をかけて完結させたなどという話は聞いたことがない。しかも、この時期に大沢さんは同時並行で前述した『新宿鮫』の続編や、前期大沢作品の代表作でもある佐久間《さくま》公《こう》シリーズの長編など数多くの冒険小説を刊行しているのだ。僕も長年、文芸編集者として多くの作家の方々とお付き合いさせていただいてきたが、そのほとんどの作家から、いくつものシリーズ連載を抱えている場合、なるべく間をあけずに雑誌に掲載して書籍化してほしいといわれてきた。なぜかというと、執筆の間隔をあけてしまうと作家自身がその作品のキャラクター設定やストーリー展開を忘れてしまい、また最初から自身の執筆した作品や関係する資料を読み直さなければならないからである。さらに、不定期連載のような掲載方法であると通常連載にもまして、その作品に対するモティベーションが下がり、良い作品に仕上がる可能性がどんどん低くなる場合が多い。しかし、そんな常識を覆しているのが本作なのである。魅力的なキャラクター設定、複雑に絡み合ったストーリー展開、ダイナミックなアクションなど、どのシーンを思い返しても七年もの歳月をかけて描いたものとは全く思えない。まさに一級品のプロの仕事であるといえよう。

　大沢さんが描いてきた多くの作品は、その物語の主人公が住んでいる、もしくは勤務している土地や地域の特色が、物語に大きな影響を与えていることが多い。また、評論家や一般の読者諸氏もその地域だからこそ成立する事件やリアリティを期待しているし楽しんでいるように思う。新宿然り、六本木然り、である。しかし、本作は舞台となる地域の特色に依存しているところは全く感じられない。本作は、特殊な舞台設定や主人公たちの仕事や過去の生い立ちには、もちろん大沢作品らしいアイデアや新しさを見つけることができるのだが、それ以上に興味深いのは、物語の様々なシーンで現代社会が抱えている問題点や人間が生活していくうえで必ず突き当たるであろう根源的なテーゼをその都度提示し、物語の中で昇華させているところである。

　物語は、後ろ暗い闇にまみれた依頼人を〝追っ手〟から高額な料金で何の痕跡も残さずに逃亡させる「逃がし屋」という、ありそうでなさそうな仕事をしているチームが、警察庁から特別な任務を依頼されるところから始まる。葛原《くずはら》というリーダーが率いるこのチームは、依頼人を逃がすために非合法なことにも手を染めているわけで、通常であれば警察からの依頼など受けるはずがない。しかし、大沢さんは葛原に依頼を断ることができないような過去を用意し、そればかりでなく断ればチームの仲間全員が犯罪者として起訴されるという逃げられない条件を与えた。だが、今回の依頼を成功させれば、葛原の過去も含め、チーム全体の仕事に関しても警察はいっさい目をつぶるというものであった。警察庁のキャリア警視正から葛原が依頼を受けたその任務とは、日本の隣国に位置し、独裁国家である某国の独裁者の子息が日本にすでに潜入していて、米国と秘密裏に会談を行うとの情報を得た警察庁が、その会談を阻止するために動いているその国の対立する派閥の工作員より先にその子息を見つけだし保護せよ、というものであった。その工作員たちは自分たちの利権を守るために、また自分たちの信じている理想国家を守るために、その子息を殺害しようとしているのである。それを阻止し某国に無事子息を帰国させるというのが任務の大まかな内容である。そして、この子息には関西を拠点に活動している一流の「逃がし屋」成滝《なるたき》が行動を共にしていて、工作員から子息を逃がす計画を立てているという。同じ〝逃がす〟ことを生業にしているプロ同士が、片方は〝追う〟側に回り、相手がどのような思考で動くのかを理論的に導き出す過程も読みどころの一つであるが、その物語の合間合間に提示される「自分にとっての祖国とはどういう存在か」とか「愛国心とはいったい何なのか」という問答や、はたまた「自分にとっての仕事とは何なのか」「生活の安定と仕事上のリスクバランスは、どこでだれが決めるものなのか」など、大人であればだれもが一度は突き当たるような問題に、物語のなかで見事に回答を出してくれている。ほかにも「警察が正義の味方だと思っているのか」とか「これは警察庁と府警公安の足の引っ張り合いか」など、大沢さんが得意としている警察機構の〝たてまえ〟と〝矛盾〟についても、しっかりと解説されている。そして後半では、葛原と一緒に動いている女性刑事に「いったい何なの。警官の仕事って……」と皆が理解しているようで理解していない、警察という巨大組織と個人の関係について語らせている。そしてこの問いについても物語終盤には回答を見つけることができるのだ。

関西地盤の成滝率いる「逃がし屋」が、某国の子息を逃がすために練った計画を追う葛原チームの行動を縦軸に、前述のような様々な問題に対して本質に迫ろうとする試みが物語の横軸にみっちりと張り巡らされている。というわけで、本作品は読了後、ただ冒険小説として面白かったというカタルシスを得られるだけでなく、大人の人間が生きていくうえで避けては通れない様々な疑問を、自分事として考えさせてくれるきっかけにもなるのである。

さらに、本作の最も恐るべきところを指摘するならば、前述したように本作品は一九九四年から執筆が始まり、単行本化されたのは二〇〇一年九月であるのだが、その当時この作品のモデルになっているであろう、日本に隣接している独裁国家の前最高指導者はきわめて健康であり、その子息たちが後継者争いをしているなどという事実は、一般的に全く知られていなかった。本作の執筆開始時の日本はというと、まだバブル経済の余韻が残っていて社会全体が浮足立っていたように思う。そのような時代にこの『闇先案内人』は生み出されたのだ。某隣国の前独裁者がなくなるのは、単行本が刊行されてから十年後の二〇一一年十二月であるし、その子息たちの兄弟確執が世の中に知られるようになり、長男がマレーシアのクアラルンプール国際空港で暗殺されるのは、単行本刊行から実に十六年後の二〇一七年のことである。本作がこのような事実を知ったうえで、その事件をもとに取材し小説化したのなら何ら不思議はない。しかし、大沢さんは日本がまだ浮かれていた時代に十五年以上先の国際情勢を予言し、本作品を完成させていたのである。この事実には、恐るべきという以外に言葉が見つからない。

今でも第一線で作品を発表し続けている大沢在昌という小説家は、何者であるのか。彼はどこからやってきて、どこへ向かおうとしているのか。

もしかしたら、現在刊行されている大沢作品の中には、十年後二十年後の日本、もしくは世界の姿が潜んでいるのかもしれない、と僕は真剣に考えてしまうのである。

二〇〇一年九月　文藝春秋
二〇〇四年一月　カッパ・ノベルス
二〇〇五年五月　文春文庫

光文社文庫

闇《やみ》先《さき》案《あん》内《ない》人《にん》（下）

著者　大《おお》沢《さわ》在《あり》昌《まさ》

2023年10月20日　初版1刷発行

発行者　三宅貴久
印刷　堀内印刷
製本　ナショナル製本

発行所　株式会社　光文社
〒112-8011　東京都文京区音羽1-16-6
電話（03）5395-8147　編集部
8116　書籍販売部
8125　業務部

ISBN978-4-334-10073-5　Printed in Japan

組版　萩原印刷

ずばり東京　開高健
サイゴンの十字架　開高健
白いページ　開高健
トリップ　角田光代
オイディプス症候群（上・下）　笠井潔
吸血鬼と精神分析（上・下）　笠井潔
ボクハ・ココニ・イマス　梶尾真治
李朝残影　梶山季之
嫌な女　桂望実
諦めない女　桂望実
おさがしの本は　門井慶喜
うなぎ女子　加藤元
応戦1　門田泰明
応戦2　門田泰明
奥傳夢千鳥　門田泰明
夢剣霞ざくら　門田泰明
汝薫るが如し　門田泰明
天華の剣（上・下）　門田泰明
メールヒェンラントの王子　金子ユミ
完全犯罪の死角　香納諒一
祝山　加門七海
目嚢―めぶくろ―　加門七海
203号室　新装版　加門七海
深夜枠　神崎京介
ココナツ・ガールは渡さない　喜多嶋隆
A7　しおさい楽器店ストーリー　喜多嶋隆
B♭　しおさい楽器店ストーリー　喜多嶋隆
C　しおさい楽器店ストーリー　喜多嶋隆
Dm　しおさい楽器店ストーリー　喜多嶋隆
紅子　北原真理
暗黒残酷監獄　城戸喜由
ハピネス　桐野夏生
ロンリネス　桐野夏生
世界が赫に染まる日に　櫛木理宇